U0667978

海上书缘

陈子善题

周 洋 著

文汇出版社

图书在版编目（CIP）数据

海上书缘 / 周洋著. -- 上海 ： 文汇出版社，
2017.7
　　ISBN 978-7-5496-2101-9

　　Ⅰ. ①海… Ⅱ. ①周… Ⅲ. ①散文集－中国－
当代 Ⅳ. ① I267

中国版本图书馆 CIP 数据核字（2017）第 091942 号

海上书缘

作　　者 / 周　洋
责任编辑 / 乐渭琦
特约编辑 / 石玲凤
封面题字 / 陈子善
装帧设计 / 王　翔

出 版 人 / 桂国强

出版发行 / 文匯出版社
　　　　　　上海市威海路755号
　　　　　　（邮政编码200041）
经　　销 / 全国新华书店
照　　排 / 上海歆乐文化传播有限公司
印刷装订 / 上海宝山译文印刷厂
版　　次 / 2017年7月第1版
印　　次 / 2017年7月第1次印刷
开　　本 / 890×1240　1/32
字　　数 / 270千字
印　　张 / 13.25

ISBN 978-7-5496-2101-9
定　　价 / 48.00元

周 洋 读 书

陈思和

　　周洋是一个公务员，又是一个爱书者。我与他相识于多次演讲的会场，他起先总是带来我的旧版书要我签名题词，后来就渐渐地如朋友一般，见面偶尔聊一会读书上的事情。再后来，我在公益性讲座时会主动留心一下，听众席上有没有周洋在座。前不久，在解放日报社举办"摩登茅盾"图片展以及座谈会上，我又一次遇到周洋，他取出一个大大的信封袋，里面装着他平常写的读书文章，说准备出一本随笔集，希望我能给他写一篇序文。其实他不知道，这个夏天我处于焦头烂额之中，本来想趁着假期完成一部已经拖欠了十多年的书稿，已经到了万不得已要交稿的时刻，但还是因为前面欠下的各种文债——其中主要都是朋友们催着要求为他们写的序文书评——有些已经拖了几个月甚至一年以上，我不得不再一次把书稿往后拖延，决心完成文债后再也不接这类活了，一心一意做我自己的研究项目。但是，——又是但是，当周洋交给我这一袋文稿时，我连犹豫都没有就答应了，为什么？因为我在这个普通读者的人格成长中看到了读书的真正意义。

　　我对周洋并不了解。从他的自述文章里大致可以看到，他真正自觉的读书是从考上高中开始的，家长为了庆贺他考上芜湖的重点中学，特意带他到上海来游玩，给他买了两本文学名著：老舍的《四世同堂》和巴金的《秋》。高中是高考的冲刺期，尤其是重点中学，应试教育风气之浓厚、教育体制之僵硬、教育方法之专制，都是可以想见，但是我要赞扬周洋就读的这家高中，它依然鼓励了学生们爱读书的风气；当周洋考上了大学，连续上本科、研究生期间，他把高中时的爱读书的习惯带进了校园，而且在爱读书的同时，已经开始节衣缩食把零花钱用在了购买书籍上。待到毕业后，他走上工作岗位，先是在浦东新区当公务员，后来又换了更高层面的政府部门，我们只要有一点社会经验的人都知道，在机关里当公务员一定是在忙忙碌碌的文山会海里度过的，再加上这段年龄要结婚生育，组织家庭，于公于私都可谓是从理想境界落到务实生活的阶段，可是周洋偏偏读书兴趣更加浓了。我们从他的一篇篇文章里可以看到，他利用休息时间，不断出入于各种读书讲座和读书活动，见贤思齐，结识各种爱读书者，形成了一个良好的读书环境。当他的工作单位离家远了，每天要花几个小时乘坐地铁上班时，他却把途中读书作为人生一大乐趣。地铁是现代都市飞速发展的一个象征，乘坐地铁的大多数是上班族的青年人，我们只要走进地铁，总是可以看到一幅不变的景象：不管是空是挤，不管是坐是立，每一个人手里都是拿着手机，埋头在读，——当然读的内容是五花八门，但是很少见到一个拿着书本读书的人。我想象着周洋每天捧着一本书坐在拥挤的地铁里，精神世界却沉醉在书本的美妙境界里，是一幅多么动人的景象。从高中考上大学，从大学考上研究生，又从校园走上社会，从一个政府机关走向另一个政府机关，读书伴随着周洋的成长，非但没有因为读"闲书"而耽误了他的前程，而是催生了他的成熟，智慧和工作经验。过去有人说，不读书者，语言乏味，面目可憎，这话未免有些高高在上的腐酸气，然而青年才俊周洋却因为爱读书走上了一条灵气飘动、活力四溅的人生道路。

从周洋的读书人生中我们还可以看到，当下的上海在经济飞速发展的同时，民间社会确实涌动着一股欣欣向荣的读书景象。我们在媒体和新媒体上看不到真实的有意义的上海人文化生活，我们从那些流行于社会各阶层的微信这个群那个圈里，看到的民间日常生活大多数是围绕着吃喝玩乐，怪话连篇，看不到沉浸在浮躁雾霾底下真正有意义的生活。就说是读书吧，媒体总是渲染青年人不爱读书、全民读书热情下降等等耸人听闻的流言，可是周洋和他的朋友们就为我们树立了另外一种生活的图像。他们都是非专业读书者，也不是什么"职业读者"，他们都是普普通通的公务员，机关职工，白领，私人企业的从业者，等等，可是他们的读书热情非常饱满，非常纯粹，没有什么功利性目的，就是因为爱读书而已。近十来年读书民刊的蓬勃盛行，地方公益性的文化讲座和读书活动的开展，以及民间各种读书会的方兴未艾，都助长了良好的社会读书风气。我们从周洋经常性参与的各类活动中可以看到：思南公馆的读书会，巴金故居的文化活动，各市区图书馆、文化馆举办的讲座，高校学府举行的各种论坛，上海书展的新书推广等等，形成了多元的上下互动、连绵不断的读书文化运动。周洋和他的爱读书的朋友们正是在这样一种社会氛围里获得了读书的动力和提升。

周洋从爱读书到收藏书，进入到爱书者的第二个境界。其实藏书不是一件容易坚持的事情。不仅仅需要有雅兴，还需要有足够的物质条件，譬如存书空间，书籍的无限量增长会使每一个藏书者都感到头痛。像周洋这样年轻的藏书者可能还没有遇到这些现实的困境，但他的藏书的丰富已经在各篇文章里展现出来了。他参加各种演讲会和读书活动，有一项重要任务就是请书的作者题签，前提就是他已经有准备地收藏了各类图书，而不是临时抱佛脚所能够办到的。周洋的许多篇文章里都写到了他拥有作家旧作的初版本，或者某些年代久远的版本，对于一些他所爱好的作家（譬如黄裳），他几乎收齐了作家的所有著作。这是非常不容易的。我觉得藏书者可以分成几类，一类是以收藏的眼光来藏书，这类收藏比较注重版本年代和书的价值；第二类是以爱书的眼光来收藏，比较注意版本的品相，样式（如签名本、毛边书、特藏本等等）；还有第三类，主要是出于工作、研究的需要而搜集某专题的书籍。第一类是为了保值，第二类是为了赏玩，第三类是为了研究或者利用。各有所取。我不知道爱书者周洋将来会成为第几类的藏书者。但我自己因为担任了图书馆馆长的缘故，有条件接触到一些顶尖的民间藏书家，有几次我到现场观看民间藏书家的收藏，都让我感到震撼。我对藏书家的工作充满敬意，不管他们出于什么动机，首先一个前提就是他们都是自觉的文化守护者，并且为之付出了极大的心力和财力。在中国这样一个多灾多难的国家里，文化的厄运随时可能降临大地摧毁一切，唯有存在于人心深处的文化底蕴无法摧毁，大量民间藏书家们正是在"文革"大破坏期间开始一点一点地积累文化的残片，现在已成蔚然大观。在今天经济繁荣文化再度兴盛之时，我也希望有更多的图书爱好者能够加入藏书行列，藏书于民，造福于社会，并且为国家的文化积累奠定坚实的基础。

周洋把读书的过程看作是学习的过程，这也是非常好的读书经验。他在一篇谈自己在思南读书会听讲座的文章里说："对于我这样的上班族来说，参加思南读书会正是工作之余不可多得的学习机会。《论语》有言'学而不思则罔，思而不学则殆'，我把'学思并重'作为自己在思南听讲座的一个信条坚持于今，自觉受益匪浅。首先是边听边记勤思考，从第一期王安忆与孙颙对谈活动开始，我就拿出专门的本子作为讲座笔记，读书会上听到的新知识、新思想、新方法，我都一一记下，闲暇时翻阅笔记'温故而知新'。其次是购读新书促思考，这一年在思南因讲座喜结书缘，陆续购读了……通过文本阅读走进作者的精神世界。再次是撰写书评深思考，在听讲座、做笔记、读新书之外，我还尝试着将自己的阅读感受写成书评文字，与更多的书友分享思考的快乐。"（《带一本〈论语〉去思南》）。从读书到购书再到写书，应该说是爱书者的第三境界，把自己的读书心得，交流体会，藏书喜悦都写出来，与书友们分享，并且慢慢走上了写书者的行列。我觉得周洋的读书道路完美达到了这一境界。

这本随笔集就是周洋的读书、购书的心得结集，我衷心祝贺周洋在已有的成绩面前不骄傲、不满足，继续在读书做人、修身养性的道路上走下去，以期获得更高的境界。

2016 年 9 月 12 日于鱼焦了斋

目 录
CONTENTS

第二辑　问学师友

第三辑　读藏忆念

第四辑　灯下漫笔

第五辑　聆听书声

第一辑

书 人 书 事

朱正先生的第一本书

今年已经 85 岁高龄的朱正先生，退休前是湖南人民出版社的编审，在出版界享有盛名，同时他也是国内知名的鲁迅研究专家。朱正先生坦言读书和写作是他每天生活的主角，可谓笔耕不辍，著作等身，而他的第一本书则是出版于 1956 年的《鲁迅传略》，那也是新中国成立后出版的第一部鲁迅传记。笔者有幸收藏到《鲁迅传略》的初版本，并得到朱正先生亲笔签名题词，成为我藏书中的一件佳品。

坎坷能激思力，忧愤必抒胸臆。《鲁迅传略》的写作，是朱正成为"肃反对象"后，在囚禁中完成的。1955 年，朱正以一个刚参加工作的年轻编辑身份莫名成为肃反对象，他早就想写一本鲁迅传，就利用写交代材料的间隙，写出了提纲和初稿。肃反搞了大半年后，朱正的问题被查清了，他就专心致志地在这一时期写出了《鲁迅传略》。全书用 10 个章节共 10 万字的篇幅，以时间发展为脉络，交代了鲁迅一生的主要经历，辅之以简要的评述。1956 年年初写好后，正赶上纪念鲁迅逝世 20 周年，出版社于同年 11 月即付梓出版。

我收藏的这本《鲁迅传略》得自旧书摊的一次淘书。是书品相完好，作家出版社 1956 年 12 月出版，32 开平装本，190 页，

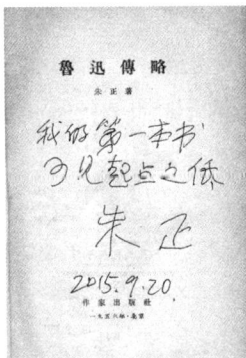

作家出版社1956年一版
一印《鲁迅传略》封面
及扉页题词书影

售价 0.55 元。封面由藤鞸设计，淡绿色衬底，正中由绿叶装饰的
方框内，是鲁迅先生的头像剪影，下方是繁体字的"鲁迅传略"
书名，整个装帧简洁古朴，清新雅致。翻开该书版权页可以看
到，当时第一次印刷就印了 1 万册，即便放在今天也是一个不小
的印数了。

　　2015 年 9 月，朱正先生来沪宣传他的新书《鲁迅的人际关
系》，与沪上学者陈子善先生对谈。我有幸在活动现场见到了朱
正先生，一番寒暄之后，我拿出事先准备好的《鲁迅传略》，请
先生签名留念。朱正先生一眼就看出这是初版初印的版本，显得
非常高兴，我叹服先生好眼力，他笑道："这本书第一次印刷和第
二次印刷有个很明显的不同，第二次印刷时，封面上的鲁迅头像
剪影就从白色换成黑色的了。"我立即用手机上网查询，发现果
然如此，此书出版至今已达 60 年，真是佩服先生过人的记忆力。
朱正先生接过书，略一沉吟，在书的扉页上题了一句话"我的第
一本书，可见起点之低。朱正　2015.9.20"。

　　《鲁迅传略》出版时，朱正先生只有 25 岁，如此年轻就为鲁

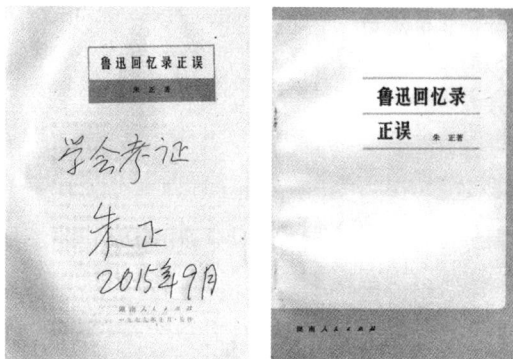

朱正先生代表作《鲁迅回忆录正误》封面及题词书影

迅作传，而且还是在大出版社出的书，从交稿到付梓不足一年时间，这在很多人看来是一件十分了不起的事情，先生却说"可见起点之低"，此话又当如何理解呢？在随后与陈子善先生的对谈活动中，朱正先生特意做了解释，当年，这本《鲁迅传略》完全是按照主流媒体的观点来写的，没有丝毫自己的见解，没有一点自己的意见。1955年正好是反胡风，所以他在书中对胡风进行了批判，说胡风很早就是一个反革命分子，是他蒙蔽了鲁迅。现在回想起来，正因为这样写符合当时宣传的需要，所以出版非常顺利，稿子寄出去几个月就回复说决定采用。也正是因为这样，现在看到这本书觉得自己起点很低。"后来我想，当时自己只能达到那个水平，而且当时也只允许达到那个水平。"于是，等到1982年《鲁迅传略》修订版由人民文学出版社出版面世时，朱正先生对这本书作了大幅度的修订、补充和完善，字数从10万字变成20万字，篇幅几乎翻了一倍，而且书中许多观点都和旧本不同甚至相反。他说："这样的书拿到1956年是不可能出版的。这个新版不但是我自己的进步，也是时代的进步。"

作家对待自己的早期作品也即"少作"的态度，鲁迅先生在其文章《〈集外集〉序言》中有过这样的论述："听说，中国的好作家大抵是'悔其少作'的，他在自定集子的时候，就将少年时代的作品尽力删除，或者简直全部烧掉。我想，这大约和现在的老成的少年，看见他婴儿时代的出屁股、衔手指的照相一样，自愧其幼稚，因而觉得有损于他现在的尊严，于是以为倘使可以隐蔽，总还是隐蔽的好。但我对于自己的'少作'，愧则有之，悔却从来没有过。出屁股、衔手指的照相，当然是惹人发笑的，但自有婴年的天真，绝非少年以至老年所能有。况且如果少时不作，到老恐怕也未必就能作，又怎么还知道悔呢？"鲁迅先生以犀利的文笔给那些"悔其少作"的文人作家以辛辣的讽刺。朱正先生耕耘鲁迅研究凡六十年，深得其中精髓，他对待"少作"的态度就是反复推敲修改，广泛搜集材料，不断修订再版，以期奉献给读者最好的研究成果。正如他夫子自道式的个人信条所言："不写自己不相信的话，不写自己没有弄清楚的事情。"这种积极有为的"不悔少作"，这种不图虚名、小心求证的治学精神，值

朱正先生为作者签名题词

《鲁迅手稿管窥》是
朱正先生另一部有价
值的好书

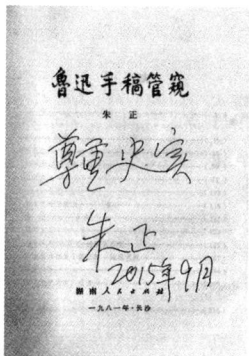

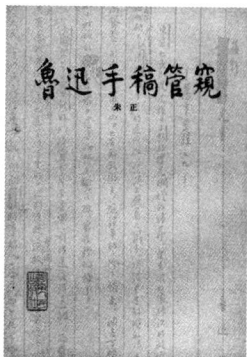

得我们后辈读书人学习效仿。

　　记得朱正先生在《重读鲁迅》一书的代序《必将保留的和不必保留的》中写道："他（指鲁迅）身上那种中国优秀知识分子的传统的骨气，用他自己的话说，'这就是中国的脊梁'。他作为中国知识分子的楷模，这形象，这精神，必将永世长存。"读朱正先生的书，体悟先生的为人为学，何尝不能感受到这种伟岸的形象和崇高的精神呢？

二〇一六年三月十二日夜于入梦来斋

（原载 2016 年 4 月 18 日《文汇读书周报》，

2016 年 4 月 28 日《羊城晚报》转载）

《编辑手册》：沈昌文先生的编书之始

本文要说的《编辑手册》，不是一本普通的工具书、业务书，它出版于 1963 年 12 月，是著名出版家沈昌文先生编的第一本书，48 开薄薄的一册，由人民出版社作为内部读物出版。彼时，沈昌文已在人民出版社工作了 12 年，由一名小伙计成长为崭露头角的青年骨干。如今，53 年过去，再度翻开这本纸张泛黄的小册子，仍能感受到其中历久弥新的工匠精神。

说沈昌文先生是当代成就卓著的出版家、散文家，应是实至名归的。他 1951 年考入人民出版社，从校对员做起，先后担任社长秘书、编辑室主任、副总编辑。1986 年至 1996 年任三联书店总经理，兼《读书》杂志主编，这期间，他成功策划出版了《傅雷家书》、托夫勒的《第三次浪潮》、房龙的《宽容》、蔡志忠漫画等脍炙人口的好书，引领了上世纪 80 年代的阅读风尚，并将《读书》办成中国人文类杂志的标杆，成为影响几代知识分子的精神高地。退休后的沈昌文先生笔耕不辍，接连出版《阁楼人语》《书商的旧梦》《也无风雨也无晴》等散文集，他的文章平实质朴，明白晓畅，在读书界有一批忠实的拥趸。

买到这本《编辑手册》，缘于五年前在文庙书市的一次淘书。当我从平板车上的一排旧书中找到它时，起初以为是一个老笔记

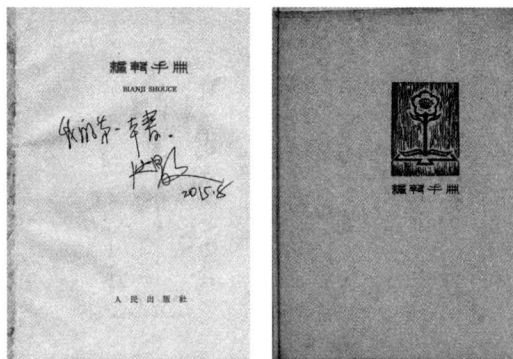

1963年出版的《编辑手册》是沈昌文先生的第一本书

本，书脊部位有一些脱胶，老板索价 10 元，真是不贵。我翻到扉页的背面，看到页面下端有两行红色的小字"编者：沈昌文一九六三年十二月出版"。我立刻意识到这是一本意义非同寻常的好书，赶紧合上书，不动声色地付款走人。

仔细看时，发现这其实是一本方方正正的精装本小书，212页，是人民出版社总编室为方便该社编辑同志查找资料而编写的工具书。外面有透明的硬塑封皮，既皮实又精致。封面上方正中央位置，是一幅木刻画，画的是一本打开的书，书中长出一朵美丽的花，大概这正象征着图书编辑点石成金、妙手生花的工作成果吧。木刻画的下方是"编辑手册"四个美术字的书名，舍此别无他物，整个封面简洁素朴，高雅别致。

在资讯高度发达的今天，人们只需轻点鼠标，即可享受互联网技术带来的方便快捷。因此我们很难想象，在上世纪 60 年代，出版社的编辑人员必须依靠一本得心应手的工具书来满足日常工作之需，而编这部工具书的人，一定是知识面广，深知一线工作之需，并甘愿沉下心来做基础性工作的人。所幸有了沈昌文先生

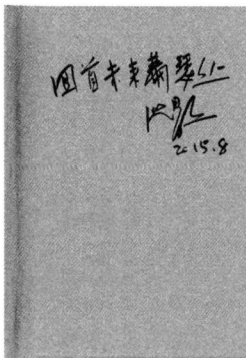

先生晚年著作《也无风雨也无晴》封面及题词书影

所下的一番苦功，可说是编辑之福、读者之幸。关于这本书，沈先生曾饱含深情地回忆道："我编过一本书，叫《编辑手册》，是我在人民出版社做秘书时，综合人民出版社各种情况编辑的。《编辑手册》里面收录了 10 个制度，都是陈原（注：著名语言学家、编辑出版家，时任人民出版社副总编辑）制定的。陈原当时是领导班子中最年轻的。现在看起来都是条文，实际上都是编辑工作的心得。陈原应该是我做出版工作时最亲近的老师。"（参见《沈昌文：传帮带重在名副其实》中国新闻出版网 2014 年 8 月 29 日，作者：章红雨）

以我"门外人"的浅见，这本《编辑手册》有三点最见功力和情怀。首先是一个"全"字，书中既有编辑、出版、审稿的相关制度规定，也有外国人名、各国货币、历史朝代纪元、出版印刷术语等各种参考资料，所收内容全面详实，编排科学合理，基本涵盖了从事编辑工作经常用到的各项专门知识。其次是一个"细"字，该书的很多细节之处匠心独具，思虑周延。比如，书中对"开本"一词的注解，不仅有文字上的阐释，还配有图片详

《阁楼人语》记录了与《读书》杂志有关的人和事

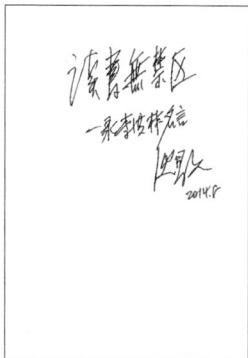

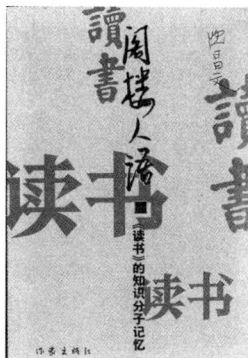

解，并用几本已经出版的书籍做举例说明，此外还对容易出现的误读做了提醒。再次是一个"雅"字，工具书也可以秀外慧中，赏心悦目。此书开本小巧，用纸考究，书内附有列宁修改文稿时的批改样稿，鲁迅先生亲拟的《海上述林》一书出版广告的原稿手迹，毛泽东、郭沫若的毛笔题词等影印件插图，使这本书在实用之外更添一份艺术之美。

千淘万漉虽辛苦，吹尽狂沙始到金。与沈昌文先生同时代的几位出版大家，都是以一种不忘初心、脚踏实地的精神认真做好每一件事，努力做精每一本书。比如，湖南人民出版社的朱正先生，历经多年爬梳整理编选的《鲁迅书话》，广受好评多次再版，每一次新版问世前，老先生都要对照当时新版的《鲁迅全集》进行校对，甚至找到鲁迅先生的手稿原件进行校勘。岳麓书社的钟叔河先生，以一人之力搜求并校订知堂老人集内文、集外文、书信、译文以及序跋文，终成煌煌十四卷《周作人散文全集》，惠泽后世学人。还有三联书店的范用先生，当年顶住压力承诺一字不改出版巴金先生的《随想录》，不仅亲自设计封面，还调用了印《毛选》的备用纸，使这部书成为新时期的经典。这些出版界的文化老人，淡泊名利，宁静致远，摒弃浮躁，坚守初心，把尽职尽责、精益求精的工匠精神做到了极致，在出版史上书写了浓墨重彩的一笔。正如沈昌文先生所言："书是一个牵涉到灵魂的事情，作者的灵魂，读者的灵魂，对待灵魂的事情，我们要慎重。"

2015 年 8 月，上海书展的活动热度比这座城市的温度还要更胜一筹。受海豚出版社的邀请，沈昌文先生来沪发布他的新书《师承集》，我有幸在活动开始前当面向先生请益。沈先生面色红润，性情平和，说话慢条斯理，令人如沐春风，心绪松弛，当我拿出这本《编辑手册》递到先生手上时，他忍不住啧啧称奇，连说这本旧书保存如此完好十分不易。坐在沈先生身边的陈子善、葛剑雄二位先生也探身过来，一同品鉴这本陈年旧藏，大家建议沈先生在扉页题词以作纪念。沈先生颔首微笑，欣然提笔写下"我的第一本书。沈昌文 2015.8"。并对我说："我编的书，这算第一本，此前我还翻译过一本苏联的书。"我马上说："我知道，书名应该是叫《书刊成本核算》吧？""是的，我是在夜校学习的

作者与沈昌文先生在2014年上海书展期间合影

俄语。"刚说完，活动就正式开始了，沈先生要去给喜爱他作品的读者朋友做签售，我们简短的交流也就戛然而止了。时间虽短，我却已然感受到一位出版大家的风度和魅力，真是遂吾所愿，幸甚至哉！

我非编辑出版圈中人士，这本《编辑手册》所汇编的相关知识于今也已物换星移。但即使以一个普通读者的视角，亦能从书中感受到那种对待工作勤勉敬业、认真踏实的工匠精神，它启示我们应该怎样对待自己的工作，怎样对待自己的职业生涯。

二〇一六年八月二十八日于沪上入梦来斋

（原载 2017 年 4 月 24 日《藏书报》）

曹文轩的文学之旅从这里起航

前不久，著名儿童文学作家、北京大学教授曹文轩先生获得2016年国际安徒生奖，该奖项是世界儿童图书创作的最高荣誉，被称为"儿童文学的诺贝尔文学奖"。曹先生的作品《草房子》、"我的儿子皮卡"系列、"丁丁当当"系列均备受读者喜爱，已成为原创童书的当代经典。其实，曹先生的第一部作品就是儿童文学题材的一部中篇小说——《没有角的牛》，笔者就收藏了这本书，并有幸得到曹先生亲笔签名题词。

大学时期的一次淘书让我入藏这本《没有角的牛》。记得那家旧书店狭小逼仄，两排书架顶天立地，中间的过道仅容一人侧身而过，为了搜寻心仪的好书，我不得不一会儿蹲下，一会儿站起，睁大眼睛仔细翻检。就这样，一本白色的小薄册子在我眼前一晃，直觉提示我，可能是本好书，于是目光重新回到该书封面，画的是一个少年牵着一头没有角的牛，童趣盎然又蕴含着艺术张力。我一看作者是曹文轩，知道他是北京大学教授、新概念作文大赛的评委，不仅学术造诣十分了得，多年来还不遗余力地培养文学新人。当然，我更加知道，他是对于读书怀有宗教般虔诚感情的人。据说，他在东京访学时，收到两位研究生的来信，信中诉说了他们工作之后的心态，觉得自己已经变得难以沉静下

《没有角的牛》封面及
扉页题词书影

来，对未来感到惶恐，曹文轩随即给他们复信，信中说："任何时候，任何地方，只要不将书丢掉，就一切都不会丢掉。"大哉斯言！就凭这句说进读书人心坎里的话，他的书，我必须购读。

《没有角的牛》是由上海的少年儿童出版社 1983 年 2 月出版的，192 页，售价 0.4 元。这是一部中篇小说，讲述的是在那个"史无前例"的年代关于"读书无用论"的一个故事。主人公范小牛生活在农村，他天资聪颖，但性格倔强，读小学时，由于受到"四人帮"所谓"教育革命"的错误影响，变得不用功读书，而是热衷于调皮捣蛋、捉弄同学，甚至偷考卷、闹考场，成了不受人喜欢的"坏孩子"。后来，在老师和同学们的关心帮助下，范小牛终于醒悟，开始了转变。整部小说分为 17 个章节，情节引人入胜，文字浅近直白，生活气息浓郁，是一部儿童文学领域的上乘之作。

值得一提的是，这本书的插图是由著名画家施大畏先生和庞先健先生共同创作完成的。施先生由连环画起步进而专攻国画，代表作有《暴风骤雨》《皖南事变》等，现任中华艺术宫馆长、

悲悯精神是文学
之生命
曹文轩
2014.8.15

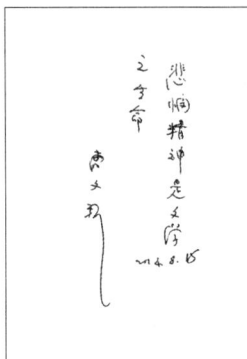

《经典作家十五讲》是
一本非常耐读的好书

上海市文联主席、上海画院执行院长等职。庞先生则擅长连环画，代表作品有《密林虎啸》《烽烟图》等，曾任上海人民美术出版社连环画编辑室主任。这两位画家在年轻时就有多部作品获奖并入选全国画展，在为《没有角的牛》创作插图时，正是在画坛崭露头角、意气风发的创作新秀。可以说，《没有角的牛》是由这三位富有才华的年轻作家和画家联袂合作，奉献给读者的一本儿童文学精品力作。

2014年上海书展期间，曹文轩先生携其新书《经典文学作品十五讲》来沪与读者见面。时隔近两年，我仍清晰地记得，书展活动那天，曹先生穿着深蓝色的立领衬衫，他中等身材，头发浓密，举手投足间显得儒雅而有风度。面对书展上熙来攘往的市民朋友，曹先生拿起话筒，现场发表了即兴演讲，用他的亲身经历，讲述了爱书、读书、品书的无穷乐趣。他富有磁性的嗓音，饱含真情的演说，极具书卷气的个人魅力，感染了活动现场的众多读者，演讲完毕，掌声雷动，无论是家长还是小读者都听得津津有味，意犹未尽。活动结束后，我经出版社朋友的引荐，得以

曹文轩有两副笔墨，写学术论著，也搞文学创作

和曹文轩先生近距离交流，并拿出这本事先准备好的书：《没有角的牛》，请他签名留念。书展上出售的大多是近些年出版的新书，一下子见到这本30多年前的旧书，曹先生眼前一亮，高兴地说："这本书你还有啊，我自己留存的也都全部送人了，现在还真不太好找了。"说完，愉快地接过书，非常认真地写下"这是我的第一部作品，谢谢收藏。曹文轩2013年8月15日"。曹先生以平和之心善待读者，爱护青年，这份谦虚恳挚的大家风范，真是让我感佩不已。

小说《没有角的牛》记录了曹文轩最初的文学梦想，正是由此起航，他三十余年矢志耕耘，在众声喧哗的当下文坛，不忘初心、坚守梦想，用心创作、精益求精，培育出儿童文学园地里的一树繁花。记得巴金先生曾经说过："要做一个好作家，首先要做一个真诚的人。"从曹文轩先生对待作品、对待读者的态度中，我已感受到了这种难得的真诚。

二〇一六年四月二十三日夜于入梦来斋

（原载2016年5月30日《文汇读书周报》）

金宇澄和他的《迷夜》

上海作家金宇澄凭借其描写沪上城市生活的长篇小说《繁花》，一举夺得第九届茅盾文学奖、第 11 届华语文学传媒大奖年度小说家奖、第二届施耐庵文学奖等多个重量级文学奖项，与王家卫导演合作的同名电影也正在拍摄中，可谓备受文坛瞩目。此前，金宇澄一直担任《上海文学》杂志的编辑，20 多年里，除专注于杂志编辑工作外，他还出版过随笔集《洗牌年代》，编选过散文集《城市地图》，却从未发表过小说作品，《繁花》的"出手不凡"令人大为赞叹，有的媒体因此将金宇澄称之为"小说界的潜伏者"。其实，金宇澄在上世纪 80 年代就创作过多部短篇小说并接连获奖，还出版了他的第一部小说集——《迷夜》。

笔者在旧书店的一次淘书中，偶然发现了这本《迷夜》，随手一翻，更是为其中收录的小说内容所吸引，随即收归囊中。这本《迷夜》是小 32 开平装本，由上海的百家出版社（现已更名为中西书局）于 1992 年 8 月出版发行，总共印刷了一次，计5000 册。该书系百家出版社"萌芽丛书"第二辑中的一种，书的封面是由周杰卫设计的，选用了一些抽象的彩色线条画，既显出浓浓的文艺气息，又与丛书中的其他各本相协调。书的前后封均有勒口，封面勒口是作者金宇澄的简介，还配了一张作者的黑白

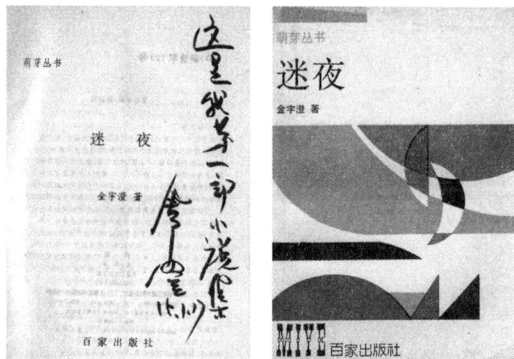

《迷夜》封面及扉页题词书影

照片，封底勒口罗列了萌芽丛书第二辑的全部作品目录。

这部小说集共选了金宇澄的 13 部短篇小说，其中开头两篇就是金宇澄的小说处女作《失去的河流》以及他的第二部作品《方岛》。关注金宇澄的读者都知道，他原名金舒澄，1968 年作为上海知青曾赴黑龙江国营农场插队务农，在东北生活了 8 年，1976 年返回上海后当过工人、文化馆馆员，此时开始创作并发表小说作品。他的处女作《失去的河流》，写的就是一个两岁时便到了北大荒的上海姑娘小雪，一个遗烈的子女，在一次大暴雪中，为了追回逃散的马群，最终将年轻的生命奉献给那片黑土地的感人故事。这部小说结构严谨，语言凝练，高扬了生命的价值和尊严，给人以"自强者必能自立"的深深启迪。这篇小说问世后，即被《小说选刊》和《新华文摘》转载，并获得 1985 年上海《萌芽》小说奖。第二年，金宇澄的小说《方岛》再次斩获这一奖项。也就在这一年，金宇澄进入上海作家协会首届"青创班"学习。

收录在《迷夜》中的还有金宇澄的短篇小说《风中鸟》（获

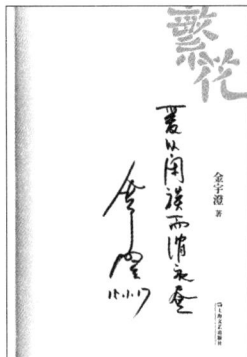

"爱以闲谈而消永昼"
是金宇澄在《繁花》中
着力表现的中国传统

得 1987 年度《上海文学》奖)、《异乡》《苍凉纪念日 》等多部短篇小说，书名《迷夜》即取自其中的一部小说。这些作品长的大约 2 万字，篇幅短的仅有几千字，金宇澄在这些文字中，以他在农场劳动时所接触到的人和事为基础，通过看似平淡无奇的日常生活事件，写出实际上令人惊心动魄的悲剧故事，塑造了一个个背负历史沉重枷锁而又不乏人性光芒的人物形象。

值得一提的是，著名的七月派诗人、曾任上海作协主席的罗洛先生为《迷夜》作序，对其中多篇小说赞赏有加，他在序言中评价道："一个作家如果能真正深入和理解当前的现实生活，他就有可能去艺术地再现任何历史时期的生活和形形色色的人物。"也许，正是受到这些话语的激励，金宇澄一直在深入理解当下的社会生活，故而能在《繁花》中驾轻就熟地表现上海城市生活中早已逝去的点点滴滴。正如罗洛先生在序言的结尾处写道："对于一位既有才华而又不断地进行认真的艺术探索的作家，对于一位既有相当丰富的生活积累而又始终严肃地注视着现实生活的作家，我们有理由可以预期，他将会告诉我们一些新的人物和新的故事。"不得不说，罗洛先生的判断力何其精准，而金宇澄用十年磨一剑的坚守，用他无可争辩的文学实力，没有辜负前辈作家的一番期待。

毋庸置疑，《迷夜》的问世，既是对金宇澄早期文学成就的一次梳理总结，也是对他坚定文学探索之路的有力驱动。这里，还必须提到另外一个人，他就是百家出版社《萌芽丛书》的策划者、《萌芽》杂志前主编曹阳先生，他在《奉献——〈萌芽丛书〉新一辑总序》中用饱含深情的笔触写道："《萌芽》的编辑们忧心忡忡地关注着在文学道路上艰苦跋涉的年轻作家们，念念不忘要帮助他们实现出版第一本书的渴望。许多编辑同志把自己出书的要求置之脑后，却四处奔走呼吁，力争克服种种困难，恢复出版《萌芽丛书》。这里跳动着编辑们的赤子之心：渴望对奉献者们作出自己的奉献。"他文章标题中所说的新一辑《萌芽丛书》，指的是 1990 年年底推出的《萌芽丛书》第一辑，共收入八本新书，包括五本小说集、一本诗集、一本散文集和一本评论集，作者都是历届"萌芽文学奖"的获奖者，所出集子都是他们的第一

作者与金宇澄在长宁区图书馆合影

本书，其中就包括后来写出《夹边沟记事》《定西孤儿院纪事》的著名作家杨显惠，他的第一本书是《这一片大海滩》；还有后来成为新华社知名记者的报告文学作家朱幼棣，他的第一本书是《沉默的高原》，都是由"萌芽丛书"推出的。第　辑丛书出版时，正值新一轮改革开放的热潮处于酝酿之中，这些作品反映了那个时代作家的思考和社会的面貌，是当代文学领域不可或缺的一个重要节点，至今仍然具备一定的可读性。由于是试水之作，这一辑每本书的印数都非常少，大约只有2000册左右，但是推出之后在读者群中的反响超过预期，于是到了第二辑，每本书的印数都增加到了5000册。第二辑中的其他几位作者，比如，后来成为《新民晚报》副总编辑，深耕散文创作的朱大建先生，还有才华横溢却英年早逝的女作家蒋丽萍女士，他们最初的文学梦想，也都是从《萌芽》开始，慢慢长成参天大树的。

　　《繁花》获奖后，金宇澄多次受邀为喜爱他作品的上海市民朋友举办讲座，谈《繁花》的创作和他的文学之旅。借讲座之机，我有幸见到金宇澄先生——一位可亲可敬的上海"爷叔"，他见到我收藏的这本《迷夜》，十分高兴，提笔写下"这是我第一部小说集。金宇澄 15.1.17"。使我收藏的这本小书有了更多的纪念意义和价值，作为读者，我也祝愿他的文学园地繁花似锦、欣欣向荣。

　　　　　　　　　　　二〇一五年八月二十二日于入梦来斋

赵启正:"头脑中留空间,运行自己的思想"

我在浦东生活和工作多年,对这片改革开放的热土怀有深厚的感情。关于浦东的书籍、文献,我陆续读了不少,特别关注浦东开发开放之初,以"八百壮士"为代表的早期建设者们创新创业的感人故事,很自然地就读到了赵启正同志的《浦东奇迹》《浦东逻辑》等书。后来,我又有机会多次聆听赵启正同志的讲座,他的渊博、他的机智、他的幽默,都给我留下了深刻的印象,最难忘的,还是他的签名题词,使我备受鼓舞。

赵启正同志是以资深新闻发言人的身份为国人所熟知的。他从领导岗位上退休后,依旧关心上海和浦东的发展,他的讲座,涉及面很广,无论是纵论国际形势,还是聚焦公共外交,都是旁征博引,娓娓道来,常有真知灼见与听众分享,以"燃灯者"的姿态出现在上海城市现代化发展的历史进程中。

关于浦东,赵启正有很多的思考和感悟。在我十分有限的阅读视野中,对于浦东开发开放要高度重视"软成果",赵启正同志提得最早、力度最大、传播最广。他把那些能用数字描述的成就称为"硬成果",比如 GDP、基础设施、引进外资等等。而所谓"软成果",是指浦东建设者们在经济发展、社会进步、人才培养、跨国合作、转变政府职能等方面形成的正确思路和宝贵经

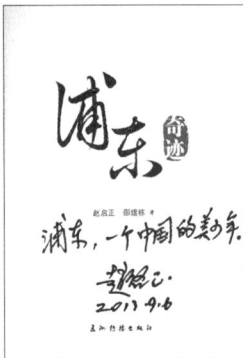

《浦东奇迹》封面及扉页
题词书影

验。这一观点，体现了从大历史的视角考察浦东开发开放的前瞻性。纵观东西方那些伟大的城市，哪一个不是在发达的经济水平背后，拥有独一无二的人文积淀和文化标识？比如，提到巴黎，我们就会想起卢浮宫、埃菲尔铁塔，说起伦敦，我们立刻想到大英博物馆、海德公园。凡此种种，不一而足。"软成果"的呈现形式有很多，书籍是一个重要的门类，在浦东图书馆五楼阅览室，专门辟有一个区域，收藏了与浦东开发开放有关的文献资料，有年鉴地方志，有调研报告集，也有制度汇编，还有散文诗歌，这些图书用文字和图片汇聚了历史、现实、文化、语言的种种资源和能量，凝聚了几代浦东开发建设者的心血和智慧，超越任何虚妄的空话套话，使"软成果"这三个字，以一种无可辩驳的方式存在于历史的长河之中。

"站在地球仪旁思考浦东开发"，这是赵启正同志在浦东工作时经常挂在嘴边的一句话。他以浦东为名片，与多国政要有过深度交往，外国朋友尊称他为"浦东赵"。在赵启正的口述回忆中，我们看到，无论是陆家嘴建筑群的规划设计，还是浦东吸引外资

《浦东逻辑》是兼具政治智慧和文学激情的好书

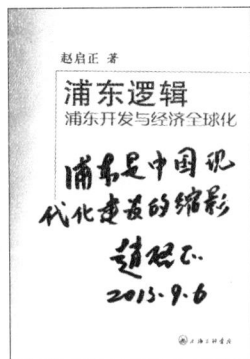

的政策制定，亦或是浦东机场的吞吐容量，都彰显出面向全球的恢弘气度和放眼世界的敏锐眼光。正是得益于"站在地球仪旁的思考"，浦东开发开放从一开始就有了拥抱未来的广度和高度。如今，伴随着自贸区、迪士尼、大飞机等重量级项目的落地，浦东的二次创业同样需要站在地球仪旁踱方步、做判断。

人类历史上很多优秀的政治家常把丰沛的情感寄托于诗词之中。赵启正同志也曾为浦东写过一首诗——《少年浦东》，后来由美国的巴洛克乐团谱曲成为《浦东之歌》。2008年，我来到浦东工作，从《浦东奇迹》中第一次读到了这首诗，立刻被其中的豪迈情怀所感染。诗是这样写的：

你好，浦东。

一个中国的美少年，生长在长江之畔，呼吸着太平洋的清风。

你好，浦东。

一个成长中的少年，融合古今的智慧，面对21世纪的路程。

你好，浦东。

你迸发出全世界的热情，全世界的人们都爱你。

周洋硕士：
头脑中留空间
运行自己的思想。
赵启正
2013.1.19

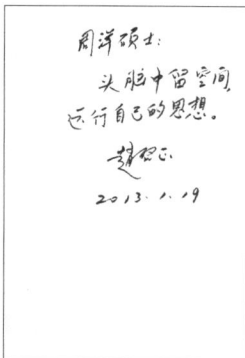

这段题词寄予了前辈的教诲和勉励

　　我很喜欢这首激情澎湃的诗，有时就会想，如果能请赵启正同志在这本书上签名，那该是更加出色的吧。2013年9月，这样的机会终于来临，赵启正同志与吴建民大使在上海音乐学院举办《正见民声——跨越50年的代际交流》新书分享会，我有幸到场聆听，并在互动环节，第一个举手向赵启正提问。那时，全党上下正在开展群众路线教育实践活动，结合人际交流的主题，我的问题产生了："在浦东开发开放之初，您如何了解普通百姓的需求，怎样帮助他们解决实际问题，您在做群众工作时有什么心得可以与我们分享？"赵启正同志略作思考，就以他标志性的"发言人语调"做了回应，他说，浦东开发开放是1990年提出的，北京发生政治风波之后，外国人怀疑中国的改革开放路线是否会因此而中断，在这个时候，我们宣布浦东开放，是一个信号，表明中国的改革开放不会改变。有的外国人认为，这不过是一个政治口号，而不是一个实际行动，有的人将其比作叶卡捷琳娜女皇看到的"波将金村"，意指一个大骗局。但是，我们有非常具体细致的规划，有非常明白的行动表。浦东开发开放之初遇到的困难很多，其中一个就是要让当地的农民理解我们所要建设的贸易中心、金融城究竟是怎样一个愿景。当时修路需要动迁，年轻的农民、年老的农民各有不同的诉求，我们有很多的调研、座谈会，上门做工作，反复宣讲"要想富，先修路"的道理，马路通车当天，当地农民自发地放鞭炮庆贺，这就是我们的工作成果。

活动结束后，我将《浦东奇迹》一书呈上，请赵启正同志题写这首诗以作留念。他接过书，先翻到印有这首诗的那一页，重温了一遍诗句内容，微笑着说："我稍改一下，就写'浦东，一个中国的美少年'吧。"说完，在扉页的空白处写下了这句诗。此时，身旁恰好站着一位上海音乐学院的女生，用她手中的相机，记录下这生动的一刻。

四个月后，我在上海图书馆再一次聆听赵启正同志的讲座。这一次，我带去了《向世界说明中国》一书，请他写一句勉励的话，他愉快地接过笔，询问我是学士还是硕士，我答说是硕士，他写道"周洋硕士：头脑中留空间，运行自己的思想。赵启正 2013.1.19"。事后发现，他把日期写错了，应是 2104 年，不过

赵启正同志找出书中他写的
关于浦东的诗

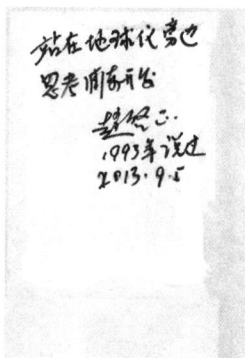

赵启正同志的题词尽显外
交家的睿智和严谨

瑕不掩瑜，这句题词尤为可贵。我的理解是，学而不思则罔，思
而不学则殆，在海量信息裹挟着我们匆匆行走的当下，更加需要
停下脚步静静地思考，"莫听穿林打叶声，何妨吟啸且徐行"，以
"莫听"的姿态应对那些干扰之音，别让无用的垃圾信息填满我
们的头脑，给自己的思考留下一点空间吧，想想人生，想想得
失，想想未来的路。

　　这是一位浦东"老开发"（赵启正语）对青年一代最真挚的
寄语，将伴随我在人生路上走得更远。

二〇一四年八月十六日酷暑中于沪上入梦来斋

（原载 2017 年 5 月 15 日《浦东时报》）

梁衡："苦吟"之中有一种大快乐

中唐时期的大诗人贾岛，专注于锤词炼句，常常为构思佳句反复"推敲"，达到"为伊消得人憔悴"的境地，被称为苦吟诗人，在唐代灿若星河的诗人群体中独树一帜。他的名句"二句三年得，一吟双泪流。知音如不赏，归卧故山秋。"今天读来依旧感人至深。"苦吟"一派的文脉绵延不绝，在现代文坛，有著名诗人、翻译家卞之琳先生继其衣钵，而在当代文坛，以"苦吟"名世者，则首推散文家梁衡先生。

我最早阅读梁衡的散文作品，是从他的名篇《觅渡，觅渡，渡何处？》开始的。我读大学时常去旧书店淘书，无意中得到一本好书，王剑冰主编的《百年百篇经典散文》，从1901年至2000年的一百年中，精选出一百篇散文佳作，每个作家限选一篇，大名鼎鼎的周氏兄弟亦是如此，选取了鲁迅的《纪念刘和珍君》，选知堂的一篇则是《故乡的野菜》，梁衡的散文也有入选，便是《觅渡，觅渡，渡何处？》，写的是中共早期领导人瞿秋白。

在动荡的年代走完短暂的一生，在曲曲折折的探索中彰显出人性的光彩，这样的人物往往不好把握，瞿秋白即是如此。我曾读过丁景唐、陈铁健、王铁仙等先生的研究专著，对瞿秋白的生平略有了解。梁衡这篇散文不是写他的英雄事迹，而是写他的

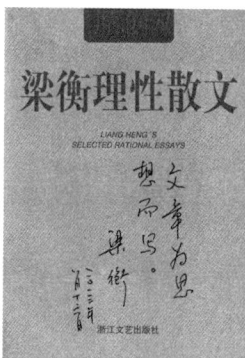

"文章为思想而写"让梁衡的散文具备思辨的魅力

人格、他的思想、他的内心，这篇 4000 多字的长文我读了多遍，越读越有味道，后来干脆读出声来，读到动情处，眼眶中不知不觉已噙满了泪水。值得一提的是，《百年百篇经典散文》中关于瞿秋白的散文选了两篇，另外一篇是李辉先生的《秋白茫茫——关于这个人的絮语》，他的同名散文集当年可是获得首届鲁迅文学奖的。这两篇散文如双峰并峙，各显其美，我很庆幸自己在大学期间就能读到这样高水准的文章，思想水平和鉴赏能力在无形之中提升了不止一个量级。

经由《觅渡，觅渡，渡何处？》，我找到了阅读梁衡的门径，陆续精读了他的《晋祠》《把栏杆拍遍》《这思考的窑洞》《大无大有周恩来》等名作。知道他曾任国家新闻出版署副署长、《人民日报》副总编辑等要职，已有多篇文章入选中小学语文教材，笔触所及包括山水游记、历史人物、新闻理论等多个领域，他在散文创作上提倡写大事、抒大情、言大理。季羡林先生曾评价道："梁衡是一位肯动脑很刻苦，又满怀忧国之情的人。他无论谈历史谈现实最后都离不开对国家对民族的忧心。更为难得的是他

莫雄不畏少年美，
春华待赏有秋实童。
梁衡
二〇一三年
八月十六日

《一个大党和一只小船》
编选了梁衡最重要的政治
美文

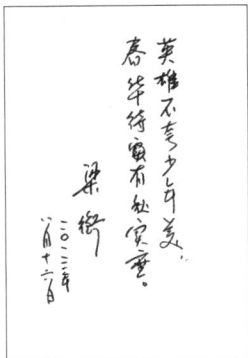

总能将这种政治抱负化为美好的文学意境。在并世散文家中，能追求肯追求这种意境的人，除梁衡外尚无第二人。"

以我的阅读体会，用"苦吟"评价梁衡的创作风格是恰切的，但他的"苦吟"之中其实包含着一种大快乐。一是乐在自我价值的实现。他以手中笔抒心中情，写历史人物，写山川游记，写家国往事，在当代文学史上留下浓墨重彩的一笔。二是乐在个人信仰的表达。他是共产党员、国家公职人员，所写的红色散文抒发了一种探索真理、追求理想的情怀，归根结底是一种对信仰的坚守。三是乐在历史使命的完成。他曾执掌主流媒体多年，对意识形态的阐发与弘扬负有职责和使命，他的写作之路很好地完成了这一历史使命。

2013 年 8 月 16 日下午，中国人民大学出版社邀请梁衡先生来到上海书展现场，发布其新书《文风四谈》。我看到活动预告后就非常期待，在书房里攀上爬下，找出了自己多年来陆续收藏的梁衡著作，希望能当面汇报这些年来读藏先生著作的心得，也想碰碰运气，看是否有机会，请他在书上写几个字。

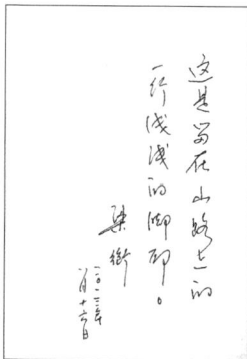

写作伴随着梁衡的人生旅途

　　活动当天，梁衡先生在出版社人员的陪同下早早地来到书展现场。他中等身材，衣着简朴，既有官员的庄重，又有学者的风度，还透着一种西北汉子特有的正直和淳朴。他很认真地准备了 PPT 讲稿，以"谈谈官场的文风"为题作了一场简短的微型讲座，运用大量的实际案例和数据，阐明了实干兴邦应该从转变文风、会风开始。他在书中提炼出的很多观点，对仗工整，兼具思想美和形式美，不难看出作为一个"苦吟"者背后的苦心孤诣。

　　我本以为会有很多书迷朋友将参加梁衡先生的签售，结果却出乎意料。现场仅有几位中学生模样的读者，拿着梁先生的散文选，还有一位远道而来的老人家，算是忠实的读者，带来了自己制作的贴有梁衡文章的剪报本。类似的吊诡现象在我已不算陌生，某影视明星为其八卦情史搞签售，众多粉丝头顶烈日排起了一字长蛇阵，某学者皓首穷经撰写的学术著作却乏人问津；某畅销书作家的平庸之作常引来众人抢购，而纯文学作家的心血之作却购者寥寥。我将其理解为阅读的分化，一些人奉为圭臬的好书，在另一些人眼中则弃之如敝履。读的书不同，精神气质就会不同，话语体系、思维方式、价值观也会大相径庭，因此往往是鸡同鸭讲，无法交流。从某种意义上说，这是社会的分层分化在阅读领域的一种投射，很难说这究竟是一种进步，还是一种危机。

梁衡先生对待读者特别是青年读者的态度，是真诚的、友善的。他看到我捧着厚厚一摞书，显露出欣喜的神色，拿出一支钢笔，颇为认真地为我题词。在百花文艺出版社《梁衡散文》一书扉页，他写下"我爱文学是因为我爱生活。梁衡 二〇一三年八月十六日"。在浙江文艺出版社《梁衡理性散文》扉页题跋"文章为思想而写。梁衡 二〇一三年八月十六日"。这两本书编选精当，印制精美，是步入梁衡散文殿堂非常好的选本。

我还带去了几本梁衡先生的政论文集。他在《一个大党和一只小船——梁衡政治散文选》书前衬页题了两句诗"英雄不夸少年美，春华待有秋实垂。梁衡 二〇一三年八月十六日"。这是他的人生态度，也是他的创作心语。在《走近政治》一书扉页写的是"政治是方向，是火车头。梁衡 2013.8.16"。新华出版社《倾

2013年上海书展与梁衡合影

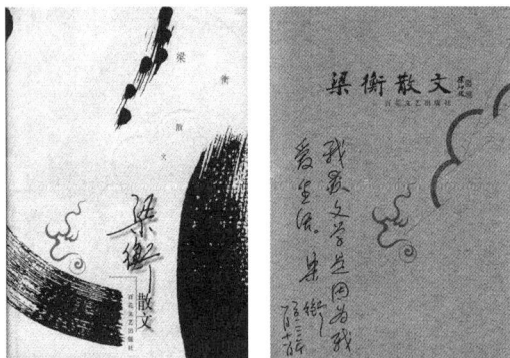

《梁衡散文》封面及扉页题词书影

听梁衡——在新闻、文学与政治之间》收录的多为梁衡的早期文章，他在扉页题词"这是留在山路上的一行浅浅的脚印。梁衡二〇一三年八月十六日"。

梁衡的"苦吟"中有大快乐，与其说是一种精神状态，不如说是一种对国家、民族强烈的责任感使然。正如 2500 年前，孔子就曾有言："其为人也，发愤忘食，乐以忘忧，不知老之将至云尔。"发愤而忘食，常人看来是"苦"，也是"忧"，但在儒家的真君子那里，实为一种大快乐也。

二〇一三年九月七日于沪上入梦来斋

周瑞金:"皇甫平"中的"带头羊"

　　我们党长期以来的一个工作传统,就是既重视"枪杆子",也重视"笔杆子"。毛泽东同志就是这方面的典范,他一边指挥打仗,一边妙笔著文章,《星星之火,可以燎原》《论持久战》《敦促杜聿明等投降书》等名文,在中国革命的每一个关键时刻都发挥了无可替代的重要作用。

　　进入和平年代以后,党的这一工作方法仍然非常管用。在中国改革开放的历史进程中,迄今为止有两次大的历史转折是以文章开路,首先从解放思想上取得突破。第一次是1978年5月11日,《光明日报》发表特约评论员文章《实践是检验真理的唯一标准》,引发关于真理标准问题的大讨论,正式开启改革开放的历史大幕。第二次是在1991年2月15日,农历羊年正月初一,《解放日报》头版发表署名"皇甫平"的评论文章《做改革开放的"带头羊"》,随后又连发三篇文章,旗帜鲜明地提倡深化改革、扩大开放,为邓小平同志1992年南巡讲话做了舆论准备,成为新一轮改革开放的重要推手。

　　我在读大学时就认真拜读过"皇甫平"的这四篇文章,总体而言,感到作者站位高、格局大、立意深,代表了民众的心声,发出了时代的强音。结合当时的时代背景,这些文章体现了邓小

《做清醒的新闻工作者》
封面及扉页题词书影

平同志1991年年初在上海过春节时的讲话精神，既有实事求是的理论底气，也有破旧立新的政治勇气，绝对是政论文章的上乘之作。后来，我又进一步了解到，"皇甫平"三个字是集体创作时用的笔名，意指"奉人民之命，辅助邓小平改革"。该团队共有三名成员，分别是时任《解放日报》党委书记兼副总编辑的周瑞金，《解放日报》评论员凌河以及当时在上海市委政策研究室工作的施芝鸿。这四篇文章都是由周瑞金拍板决策并直接参与撰写的，因此，说他是"皇甫平"中的"带头羊"，可谓名副其实。

"皇甫平"系列文章成就了周瑞金有胆有识的报人形象。他于1993年调至《人民日报》担任副总编辑，这期间他分管的部门有多篇作品获得全国新闻奖。2000年，周老正式退休，但他关于社会历史的思考并未划上休止符，提笔运思反而更加畅达，时有政论文章在《炎黄春秋》《同舟共济》等刊物上发表，并应邀在多所大学讲授新闻理论课程。我在购读周老多部著作后，一直渴望有机会收藏他的签名书，可惜周老很少出席公众活动，因此一直无缘亲炙其教诲。

"宁做痛苦的清醒者，不做无忧的梦中人。"蕴含着勃发的生命力

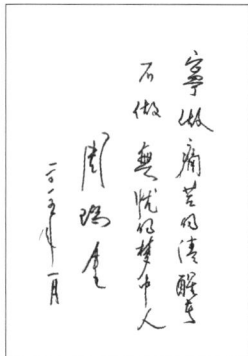

　　2015年元旦刚过，复旦大学哲学系举办了一场高端论坛，邀请周瑞金先生到会并发表演讲，主题为"生命价值与善待人生"。我有幸收到这次论坛的邀请函，心情激动不已，期待已久的机会就这样悄悄来临。那天，能容纳好几百人的会场座无虚席，过了一会，只见周老在工作人员的陪伴下走了进来，他身着一件深蓝色运动装，戴着一副金边眼镜，头发梳得一丝不乱，精神十分健朗。周老已过古稀之年，他的人生阅历和社会经验十分丰富，演讲中，他始终面带微笑，文史典故信手拈来，箴言警句娓娓道出，有很多观点都让我深受启发，比如，"生命充实愉悦有意义，是我们应追求的价值""创造性的工作，最能体现人生的意义""人的智慧是学识、水平、能力的综合"。讲座间隙，我环顾四周，全场听众屏息静听，只能听到做笔记的沙沙声。

　　我随身带去周老的两本著作，一本是上海人民出版社2004年出版的《做清醒的新闻工作者——周瑞金新闻作品选》，收录通讯报道、政论时评、散文、论文等共计53篇。另一本是文汇出版社2003年6月出版的《宁做痛苦的清醒者》，为该社"文汇

原创丛书"之一种，分为"人物散记""时评政论""皇甫平风云"等篇章，是作者的一本散文随笔合集。从这两本书中所收文章，大致能看出周老的思想轨迹和创作历程，这其中，包含着心系苍生的忧患意识，见贤思齐的人生态度，对新闻事业的无限热爱，以及纵横开阖的老辣文笔。这两本书均购自我读研时期的校园书店，那时我特别钦佩中文系的一位朋友，隔三差五就有时评文章见诸报端，于是师法乎上，找来新闻界前辈周瑞金先生的文集系统学习，反反复复读了好几遍，确实对自己的写作很有帮助，特别是他的"铁肩担道义，妙手著文章"，他的"为天地立心，为民众立言"，对于我，有培本固元的意义。

讲座结束后，我主动走上前去，向周老表达敬意。他是平易近人的，即便是对我这样的晚辈，也是谦恭有礼的姿态，非常友善地与我交谈，没有一点"大手笔"的架子。我递上《做清醒的新闻工作者——周瑞金新闻作品选》，他在书的扉页写下"是非审之于己，得失安之于数。周瑞金 二〇一五年一月"。这让我想起曾在一本书中读到过的周老的回忆文字："十多年前我游览长沙

亲聆周瑞金先生教诲是我的荣幸

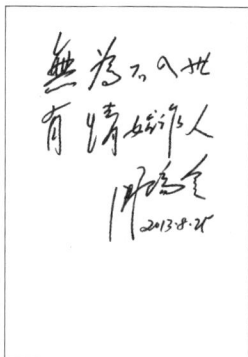

《皇甫平改革箴言录》倾注了周瑞金对国家和民族的深厚感情

岳麓书院时，非常欣赏乾隆时岳麓书院的山长旷敏本写的一副楹联：'是非审之于己，毁誉听之于人，得失安之于数，陟岳麓峰头，朗月清风，太极悠然可会；君亲恩何以酬，民物命何以立，圣贤道何以传，登赫曦台上，衡云湘水，斯文定有攸归。'上联的头三句我一直默记在心，奉为人生格言。"

我又呈上《宁做痛苦的清醒者》，他翻到书前空白页，写下"宁做痛苦的清醒者，不做无忧的梦中人。周瑞金 二〇一五年一月"。他的毛笔题词气韵生动，风神潇洒，于顾盼多姿之间，显示出深厚的学养。周老将签好的两本书递到我的手上，微笑着说："谢谢你的收藏，你记一下我的电话，欢迎和我交流心得。"这是我之前所不敢奢望的。应该致以深深谢意的人是我，能得到自己平素所尊敬、爱重的前辈名家的手迹，已使我感到莫大的幸福。我连忙掏出纸笔，记下周老的手机号，以备他日再向先生请教。

二〇一五年三月六日惊蛰时节于入梦来斋

郑重：风雨中守护文汇情

　　我常去《文汇报》旗下的"文汇讲堂"听讲座，候场时，主办方会播放一部反映《文汇报》办报历史的视频短片，使我对这份创办于上海孤岛时期的进步报纸心生敬意。后来，又有机会结识了《文汇报》资深报人、高级记者郑重先生，拜读了他的大作《风雨文汇：1938—1947》，更加景仰那一代知识分子的高风。

　　郑重先生原名郑明昭，1935年生于安徽省宿县，1956年毕业于宿城一中，同年考入复旦大学新闻系。1961年毕业分配进入文汇报社工作，从一名年轻的新闻工作者成长为高级记者、作家，1989年工人出版社出版的《当代名记者与代表作》中就收录了他的作品。郑重先生写了大量的考古通讯、科普报告文学，据说，他是我国新闻界第一个进入原子弹火箭发射场的记者，在地处戈壁滩的航天城生活了两年，写出了脍炙人口的新闻作品。我买到的《寻找中国金字塔》（上海书店出版社1994年版）一书，就是这类文章的合集。他还写过林风眠、唐云、谢稚柳、应野平等人的传记年谱，可惜我还没有读过，不过，我买到了他写的《收藏大家》一书，煌煌一巨册，他在书中钩沉旧事，评说人物，谈论古今，总是使我开眼界、受启迪，深深地叹服。然而，我最看重的，还是上面提到的《风雨文汇：1938—1947》，毕竟，《文

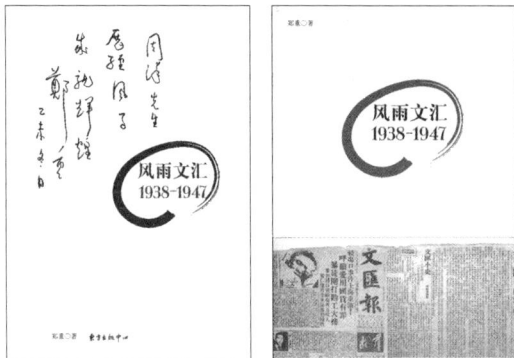

《风雨文汇1938–1947》
封面及扉页题词书影

汇报》是他工作、奋斗了一辈子的地方，个中情感，自不待言。

《风雨文汇：1938——1947》由东方出版中心 2008 年 1 月出版，是为纪念《文汇报》创刊七十周年而作。全书共分两个部分，分别是"抗日烽火中飞出的火凤凰（1938 年 1 月—1939 年 5 月）"和"在反饥饿、反内战、要和平、争民主的浪潮中（1945 年 8 月—1947 年 5 月）"。郑重先生用饱蘸情感的笔墨，写出了《文汇报》历尽坎坷、百折不回、浴火重生、风云激荡的办报史。郑重先生作为一个老资格的文汇人，由他主笔撰写这份报纸的沧桑历史，真是再合适不过了。书中各章节既前后连贯，又独立成章，文笔晓畅，史料翔实，图文并茂，生动传神。我特别喜欢阅读书中《周作人落水前后》《黄裳，从重庆到南京》《再说周作人》《柯灵与〈读者的话〉》等篇什，把它们当作文情并茂的回忆文章来读，从一个独特的视角考察那些文化老人的人生浮沉。在最后一篇《文汇精神》中，郑重开宗明义地把文汇精神归纳为：站在民间立场、不受任何干扰、独立自主办报。这种精神的孕育、培养、发扬，离不开严宝礼、徐铸成、马季良、陈虞孙、黄裳、柯

《寻找中国金字塔》凝聚了一位知名报人的多年心血

灵等老一辈文汇人的身体力行、言传身教，也离不开几代文汇人的薪火相传、继往开来。当我将这本书面呈郑重先生请他题签时，先生显得特别高兴，为我写下"周洋先生，历经风雨，成就辉煌 郑重 乙未冬日。"

看到有人时常动不动就把"情"字挂在嘴边，我总觉得有滥情的嫌疑，特别是一些娱乐节目中真真假假、似是而非的恶搞，更是亵渎了对真情实感的尊崇，我是不认同的。我和郑重先生虽然只有简短的交流互动，但是从他的言谈、文字和行事风范中，我已经清楚明白地意识到，他所守护的这份文汇情，是有迹可循、有所依托的一种文化传统，其中一个重要的源头，就是从老一辈文汇报人那里承传下来的文汇精神、文汇文脉、文汇风骨。郑重先生时常提到的一位对他影响很大的老先生，是曾任文汇报高级记者，著名藏书家、散文家黄裳先生。

据郑重先生回忆，黄裳先生身上有着老一辈文汇报人的优秀品格。一是靠才华和学问立足。郑重进入文汇报工作时，黄裳已从资料室到了文艺部的编辑岗位，当时已被打成右派，属于靠边站的时期，但是他有学识、有才气，报社领导仍旧非常器重他。1962 年，正值曹雪芹逝世 200 周年纪念，《文汇报》驻京记者刘群写了长篇通讯《京华何处大观园》，总编辑陈虞孙要求文艺部刊发此文，为增加分量，他亲自拟了一个大标题"大观园遗址有迹可寻——"，却想不出一个恰切的下联，于是拿到夜班编辑部征对下联，现场无人对得理想，最后由黄裳出马，对出一联"——曹雪芹卒年何妨一辩"，对仗工整到位，令人击节叫好，不得不佩服黄裳有本事。

二是做得了大事，也干得来小活。作为记者，黄裳能去一些别人去不了的地方，能采访到别人采访不到的新闻和人物，他的《关于鲁迅先生的遗书》《老虎桥边看"知堂"》等名篇就是明证。作为藏书家和散文家，黄裳读了一些别人没读过的书，写出了别人写不出的好文章，这在《来燕榭读书记》《来燕榭书跋》中都能找到答案。但同时，他在"文革"时期也曾穿着工人服，滚动运输数百公斤重的卷筒纸，操弄自如，显示出上佳的身体素质。

三是心胸豁达，决不向命运低头。郑重最喜欢黄裳《来燕榭

作者与郑重先生合影

043

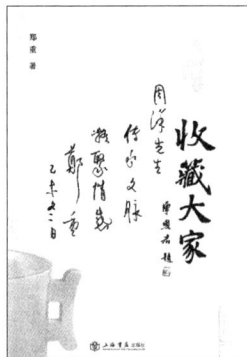

"传承文脉，凝聚情感"是郑重写作收藏故事的初衷

书跋》中的文字，认为这些题跋最能体现出作者的感情、思路和心态。比如，黄裳在干校参加劳动改造时，本已是常人难以忍受之境况，他却依旧保持着儒雅、轻松的心情，在题跋中记下自己到海滨小住几日，读了什么书云云，完全是宠辱不惊，怡然自乐的心境，没有一丝一毫意志消沉的样子，不愧为深得"周氏兄弟"真传的读书人。

郑重先生也是爱书之人，他的书房"百里溪堂"曾有藏书数万册，可当他得知，家乡安徽宿县的一些农村孩子尚无书可读，于是，在 2009 年，毅然将一万多册藏书捐赠给家乡的学校。这绝非临时起意，也不为博取名声，而恰是人生格局和境界使然，他爱书，但更关心人间冷暖，他善为文，却时刻不忘责任担当。这，或许就是"文汇情"的一种体现吧。

二〇一六年元旦于入梦来斋

杨天石由诗入史的一本书

以蒋介石研究独步学林的杨天石先生，在我辈心目中，是一个富有传奇色彩的人物。我在读他的书时，脑海中常会浮现出一幅画面：斯坦福大学胡佛研究所档案馆，一幢古老幽僻的西式建筑，终日冷冷清清，一位身材颀长且清瘦的老者，用档案馆提供的纸和笔，对照着蒋介石日记缩微胶卷影印件，一字一句认真地抄录着，中午时分，他匆匆吃了一碗泡面，埋头继续抄写，直到闭馆。这情景现在想来，多少有点让人心酸。后来，我更多地阅读了杨先生的著作，知道这不过是他传奇人生的一个片段罢了，而他，一位以历史研究名满天下的大学者，同时也是一位才华横溢的诗人。

我有幸收藏到一本 50 多年前的旧书，正是这本书，见证了杨天石先生由诗入史的写作之路。

大约十年前的一天，我骑车外出办事，途中偶然看见路边有一家旧书店，于是停车，走进店里碰碰运气。这家书店的空间很小，除了卖书，还兼卖一些古玩、字画、旧家具之类的物件。我在书架前仔仔细细地寻觅着，突然，看到一本发黄变脆的旧书，左侧开本，繁体竖排，封面是淡绿色的纹饰图案，十分古雅，书名是《近代诗选》，版权页显示是人民文学出版社 1963 年出版，

《近代诗选》封面及扉页题词书影

著者一栏标明"北京大学中文系文学专门化一九五五级《近代诗选》小组选注"。我约略一翻，很快意识到这是一部非常难得的好书，收录了自晚清以降包括龚自珍、林则徐、魏源、梁启超、康有为、陈三立、柳亚子等50位文化名人的诗作数百首，并配以详尽的注释，可读可赏亦可作为资料备查。

书前有一篇长达41页、2万多字的"前言"，详细交代了该书的编选意图和经过，其中写道：

我们整个工作是在师生合作下进行的，老师有季镇淮教授，青年教师李绍广先生也参加了部分工作；学生主要有孙静、杨天石、孙钦善、陈丹晨、陈铁民、刘彦成、李坦然，此外还有一些同学参加了一定的工作。

这里提到的"杨天石"，就是从事近代史研究的著名学者杨天石先生吗？我预感这其中必有渊源，当即买下了这本书，留待日后详加考证。但我从来没有奢望过，能够拜会杨天石先生，当面向他请教关于这本书的来龙去脉，然而，这样的机会竟真的来到了。

《南社》是杨天石在艰难岁月中写成的第一本书

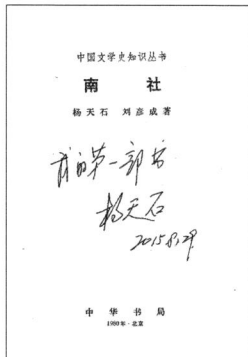

2015 年 8 月的一个周末，我在长宁区图书馆的朋友王兄问我，想不想见杨天石先生，我说想，他就告诉我杨天石先生当天下午会有一场讲座，让我到十楼的贵宾休息室去找他。就这样，我如愿见到了仰慕已久的杨天石先生。先生身材颀长，慈眉善目，那风神是儒雅的、随和的、容易亲近的，他热情地和我寒暄，看到我带来了这本陈年旧书——《近代诗选》，仿佛见到了阔别已久的故人，难掩欣喜的神色。他翻到书的扉页，提笔写下"我在北大参与编写 杨天石 2015.8.29"。随后，与我聊起了读诗写诗的那些往事，在他的讲述中，一个诗人杨天石的形象渐渐变得清晰起来。

杨天石先生钟情于诗可谓其来有自。他 1936 年出生于江苏东台，孩提时就喜欢诵读中国古诗，并尝试写作新诗。1952 年，16 岁的杨天石参加无锡市高中统考，他在语文科目中应着试题写了一首长诗作为答案，藉此获得高分，这无疑给了他莫大的鼓励。高二时，他读到了戈宝权翻译的《普希金文集》《莱蒙托夫诗选》等书，越发迷上了诗和文学，并和同学一起组织了鲁迅文

研究黄遵宪延续了编写《近代诗选》时的历史关怀

学小组。童年时期的喜好常常会影响人的一生，杨天石后来回忆道："正是对诗的爱好，使我放弃了想当工程师、数学家的理想，决定学文，当文学家、当诗人。"

1955 年，杨天石考入北京大学中文系，距离他的文学梦想更近了一步。这期间，他给北大诗社投寄新诗作品，如饥似渴地阅读《诗经》《楚辞》、汉代乐府等古代诗歌经典，后来又转而研究唐代诗歌，精读了从旧书摊上淘来的多部唐人诗集，期待着"找寻唐诗发展、繁荣，成为中国古典文学高峰的原因"。

据先生回忆，1958 年后，他的全部身心都投入到选注这部《近代诗选》中。这个课题的领头人是季镇淮先生，时任北大中文系副教授，他出身西南联大，受业于闻一多先生，有着深厚的学养，当初就是他，亲自把杨天石从上海招入北大。我们可以想见，二十岁刚出头的杨天石在未名湖畔，追随自己的恩师，与同窗挚友们一起，在诗歌王国里完成了一次精神上的壮游。

草蛇灰线，伏脉千里。杨天石先生后来逐步走上中国近代史研究的学术道路，可以说正是从这部《近代诗选》开始，萌生了最初的思想火花。上世纪 70 年代末 80 年代初，"文革"甫一结束，杨天石就以惊人的速度接连推出多部著作，1979 年出版的《黄遵宪》（上海人民出版社"中国近代史丛书"之一种），研究对象正是《近代诗选》中所收入的一位清末大诗人，1980 年出版的《南社》（中华书局"中国文学史知识丛书"之一种），正是与此前有过合作的北大同学刘彦成联袂撰写，而柳亚子、陈去病、高旭、周实、宁调元、苏曼殊、马俊武等南社早期发起人和重要成员，恰恰是他在编注《近代诗选》时集中精力研究的诗人。南社作为一个革命文化团体，在中国近代史上的特殊地位早已为世人所知晓，"文有南社，武有黄埔"，堪称一时盛誉。由此可见，杨天石先生的治学之路，是由近代诗人转到南社文人，再到民国史专题，最后聚焦于蒋介石研究，而这部《近代诗选》，便是杨天石由诗入史过渡期中极为重要的一本书。

杨天石先生的史学著作论证严谨，体大思精，先生的旧体诗创作直抒胸臆，大气磅礴，他的文章之所以动人，只缘其中有自己的主见深心，风骨俱存。杨先生的书房名曰"书满为患斋"，

杨天石先生为作者题签

《找寻真实的蒋介石》封面及扉页题词书影

这位名满天下的史学大家，在一个群书环抱的氛围中治史和写诗，自得其乐。我观先生气象，大有老骥伏枥、志在千里之雄心，不禁想起他晚年创作的一首诗："老去思闲未肯闲，勤钩史迹笔波翻。天公假我三十载，笑看沉沙大海蓝。"这其中的诗人情怀，史家抱负，又有几人能解呢？

二〇一五年九月二十六日写讫

（原载 2017 年 6 月 12 日《藏书报》）

周克希：好译者一定是爱书人

今年 3 月 30 日，《文汇报》副刊《笔会》刊登了周克希先生的长文《翻译是力行》，这是一位年逾古稀的著名翻译家多年深思、体悟的智慧心语，可谓清新雅致，字字珠玑。特别是读到文中的一句话："爱书之人不一定做翻译，但是，好译者一定是爱书之人。一个人，只有把读书当成一种习惯、一种生活方式、一种享受，才有可能把翻译当成一种习惯、一种生活方式、一种享受。"一语中的，深得我心，脑海中又浮现出大约三年前在上海教育会堂，听周先生讲座，收获先生签名著作的难忘往事。

那场讲座是复兴论坛"复兴的起点"系列讲座之第二讲，被安排在礼拜天的下午举行，题目是"文采来自透彻的理解——我心目中的翻译"。讲座当天，教育会堂四楼讲演厅内座无虚席，听众大抵都是外国文学的爱好者。此前，华东师范大学出版社独具慧眼，精心策划出版了周克希译文集，包括《追寻逝去的时光》《小王子》《基督山伯爵》《包法利夫人》等多部法语文学经典名著。周先生的译文以准确传神的特点广受读者好评，大家都想一睹先生的风采，聆听他关于翻译的真知灼见。

周克希初中时就博览群书，尤其爱读翻译小说，傅雷翻译的《约翰·克利斯朵夫》和王科一的译作《傲慢与偏见》对他影

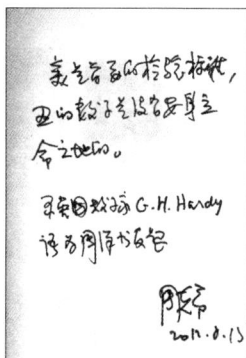

《几何》（第一卷）封面及题词书影

响最大，使他在少年时代就播下了向往翻译文学的种子。高考时遵从母愿，他报考了复旦大学数学系。1964 年，华东师大数学系为了加强比较薄弱的几何专业，从复旦大学五年制的微分几何专门化毕业生中挑选他来校任教。十年动乱结束后，他作为公派优秀青年教师去法国进修，这期间深入接触了法国文化，并在那样一种自由、宽松的环境下，做出了改行从事翻译工作的决定。他说："翻译是我的第二次人生。少时埋下的种子，早晚会发芽。凭着兴趣和热爱，总能做成一件事。"1992 年，在学了 5 年数学且任教 28 年之后，周克希调往译文出版社，开始他新的生命旅程。

作家三毛说得好："读过的书，哪怕不记得了，它还是存在的，在谈吐中，在气质里，在胸襟的无涯，在精神的深远。"周克希由微分几何向文学翻译华丽转身，在他的翻译风格中，我们可以隐约看出数学思维对他潜移默化的影响。比如，他在讲座中多次提到的"平衡"，就是数学世界里寻常可见的概念，由于法语与中文在语法和使用习惯上的差异，在翻译法国文学时，既要保留法语长句的韵味，又要使中国人能够轻松地阅读，这就需要

周克希的翻译之路正是"在自信和存疑中前行"

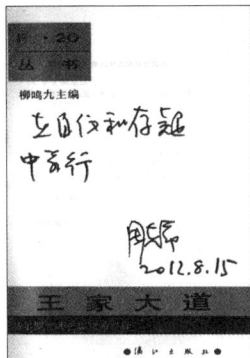

译者把握形似和神似之间的平衡。周克希借用杨绛先生发明的一个词——"翻译度",认为,过于自由、天马行空又或是过于拘泥的逐字翻译,都不是一个恰如其分的"翻译度"。

再比如,数学语言的准确严谨之美,可以反衬文学语言的含蓄蕴藉之美,也给周克希探索翻译语言带来启发。正如看过了工笔花鸟,会有助于欣赏写意山水,有比较才有鉴别。他在讲座中饱含深情地说道:"欧几里得的《几何原本》,从引入中学教材的译文中,我们领略到一种简洁、准确的文采,更一般地说,数学语言,常会让我为它们的美而心折。我常举的例子,是极限的定义。极限,这么一个看似谁都明白的概念,困扰过一代又一代的数学家。最后,法国数学家柯西(Cauchy)终于给出了严格的极限定义,为数学大厦奠定了坚实的基础,那短短两行数学语言,在我眼里几乎是人类语言美的极致。"

无巧不成书,多年前一个偶然的机会,我在旧书摊上买到了周克希先生在数学领域的一部译著:《群的作用,仿射与影射空间》。该书为科学出版社"现代数学译丛"之《几何》第一卷,作者是法国数学家 M. 贝尔热，1987 年 7 月一版一印，仅 4100 册。对于如此精深的几何知识，我完全是个门外汉，好在版权页有一段"内容简介"，从中可知，此书是 M. 贝尔热为大学生撰写的一套教学参考书，主要是为高等院校数学系师生和有关的数学工作者提供参考。全书共分五卷，第一卷卷首还有作者为中译本写的序，开篇即写道："《几何》一书译成中文出版，使我感到很荣幸。首先，我要感谢我的朋友周克希在翻译过程中不惮其烦所作的出色工作。"落款是"1985 年 6 月 25 日于上海"。看来，周克希先生凭借自己的翻译才华，至迟在上世纪 80 年代，就已经为中法两国在科学研究领域的友好合作做出了贡献。不过，先生显然不满足于此，他从科学跨界到人文，从黎曼几何到普鲁斯特，这才有了令我们耳目一新的众多法语名著的周氏译文。

就在那场讲座开始前，我经由复旦大学徐兄介绍，得以在贵宾休息室与周克希先生见面。周先生温文尔雅，友好和善，说话轻声细语，谦让有加，正是可亲可敬的一位老教授。他看到我带去的都是一些陈年旧著，十分感慨，连说保存得这么好，不容易

周克希先生为本书作者题签

《译边草》是一本关于文学翻译的好书

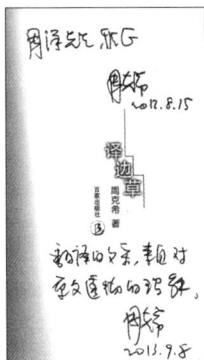

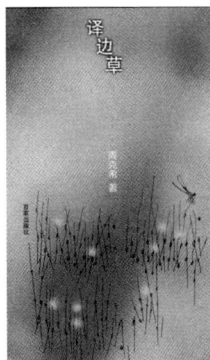

不容易。我请他签名题词以作留念，先生慨然应允。在这本《群的作用，仿射与影射空间》书前空白页，他题了长长的一段话"美是首要的检验标准，丑的数学是没有安身立命之地的。录英国数学家 G.H.Hardy 语为周洋书友题 周克希 2013.9.8"。他说这是他特别欣赏的一句话，文学作品的翻译当然要讲究文采，但文采不等于清词丽句，不是越华丽就越有文采，只有先做到准确，像数学中的美那样，经由准确，升华产生美。

周克希先生说他特别喜欢淡的一路的文字，古代的归有光、张岱，当代的汪曾祺、杨绛，都是他情有独钟的作家。只此一点，我就认定周先生是个真正的爱书人、读书人。当然，他更是一个好译者，熟悉他的读者都知道，他坚持慢工出细活，提倡全身心投入，他的心里有着对文字和读者的敬畏感，他说有一个词叫做"念兹在兹"，心心念念想着某件事，自然就会有所长进。我们对待自己的工作、事业、爱好，又何尝不应当如此呢？

二〇一六年六月二十五日于入梦来斋

美士为彦，热忱似火

——香港作家潘耀明其人其文

据史料记载，1927 年，鲁迅应邀到香港演讲，有本地学者将香港文坛称为"荒漠之区"，鲁迅当即表示不可以这么说，这样说太颓唐了，"就算是沙漠也不要紧，沙漠也是可以改变的。"时过境迁，如今再有人称香港为"文化沙漠"，那只能反映出他的孤陋寡闻，因为我们早已熟悉了金庸、刘以鬯、饶宗颐、李欧梵、董桥、也斯、黄灿然等名家及其作品。不可否认，正是这些文化人的存在，为香港这座高度商业化的城市增添了无穷诗意，著名作家、出版家潘耀明先生就是他们中间的一位。

潘耀明是以他的笔名"彦火"在香港文坛占据一席之地的。我最初知道他的名字，是因为读到了出版于上世纪 80 年代的两部书：《当代中国作家风貌》及其续编。那是思想解放的春风刚刚吹遍神州大地的时刻，很多老一辈作家在经历了大大小小的政治运动之后，几乎已被人们所淡忘，他们有的已经"摘帽"，有的还未走出被"横扫"的阴影，有的甚至已在反复的"揭发""交代""批斗"中成为惊弓之鸟，很少有人会想到要去写一写他们的近况。更何况，在那个乍暖还寒的时候，一般人也没有机会直接走近这些文化人。幸好有了潘耀明，彼时，他不过 30 岁出头，是香港《正午报》的编辑，在前辈报人曹聚仁先生的指点下，有

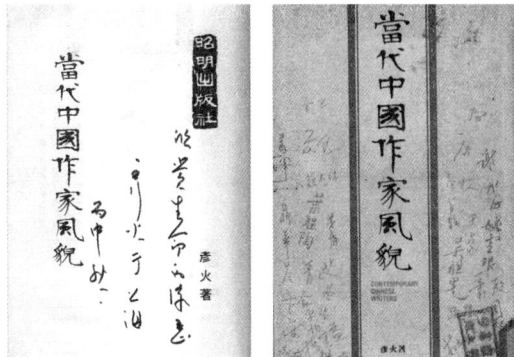

港版《当代中国作家风貌》封面及扉页题词书影

了这样的使命意识并将其付诸行动，留驻得 30 多位新老作家的风仪音徽，济楚一堂，为我们留下了一份珍贵的历史记忆。

文坛名家开始成为访谈对象，文化老人的回忆录被当做历史史料而受到重视，好像都是近年来才出现的热闹现象。那些饱经沧桑的人生，就是一座座丰厚的历史宝藏，读者渴望从他们的人生经验中汲取成长的养分，这就是名家访谈类文章永恒的价值所在。然而，习惯了轻点鼠标即拥有海量信息的我们，已很难想象耀明先生在 1970 年代末写下这些篇章时所付出的艰辛。那时别说电脑，就连复印机也不普遍，为了搜集整理资料，唯一的办法就是通过阅读摘抄、做札记、剪报和跑图书馆，一点一滴地做积累，燕子衔泥般聚少成多。据说，他家客厅的三面墙都做成了通顶的大柜子，从上到下有许多抽屉，不同作家的资料就放在这些抽屉里，外面贴上作家的名字作为标签，像极了中药铺里存放不同药材的一格格抽屉，让来访者叹为观止。

正是凭借这样的全心投入，在他的笔下，除了我们所熟知的茅盾、巴金、曹禺、冰心、叶圣陶、俞平伯、丁玲、沈从文、艾

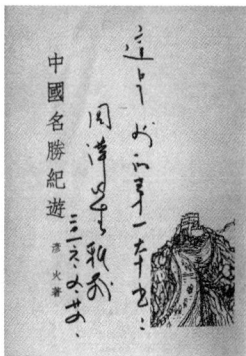

《中国名胜纪游》是潘耀明的第一部书

青、臧克家，还有钱锺书、卞之琳、吴祖光、萧乾、王辛笛、柯灵，甚至包括当时刚刚崭露头角的舒婷、张抗抗、戴厚英等青年作家，每一篇都写得情趣盎然，文采飞扬。在阅读这些文字时，我就有一个疑问，年轻的潘耀明有着怎样的人格魅力，能够与这些文坛泰斗、学界鸿儒相谈甚欢。后来从王安忆的一篇文章中找到了答案："读彦火的散文，你读到了一副好人的心肠。他特别写到的是他见到、听到和读到的人和事，你会发现他总是感受到别人的好处，倘若是一个有过交臂的人，他便感受到了别人的情义，有些涌泉相报的意思。"精诚所至，金石为开，潘耀明正是用他的真诚和热情赢得了那些文化名家的尊重和信任。

才华横溢的作家大多有几副笔墨出入无碍，多种文体交相辉映，彼此滋养。这说来简单，其实需要丰厚的学养、宽广的视野以及雄健的笔力作为支撑。潘耀明就是这样，他不光在名家访谈和作品评论中独树一帜，还写得一手漂亮的游记散文。他的第一本书就是港青出版社 1974 年 4 月出版的《中国名胜纪游》。在这本 107 页的小书中，北京天安门、八达岭长城、上海外滩、杭州

"文学创作需要超人的意志"是
潘耀明的写作心得

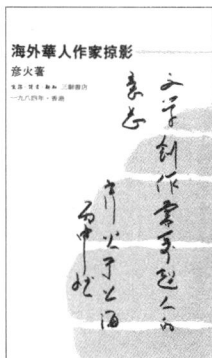

西湖、南京中山陵等名胜古迹，都化作富有诗意的文字，从书本
走进读者的心灵。此后，他又陆续出版了《大地驰笔》《醉人的
旅程》《爱荷华心影》《那一程山水》等多部游记作品集，文笔清
新灵动，精炼耐读，逐渐形成了情思绵长、意蕴深远的个人风
格。从他的游记散文中，我读到了自由洒脱的逍遥境界，读到了
超乎世俗的点滴禅意，更读到了一颗爱国爱港的拳拳赤子心。他
的《我们自泰山来》《黄山散记》《庐山组曲》，字里行间洋溢着
对祖国山河的崇敬、仰慕和热爱，《寻找失落了的香港文化景点》
《美的香江夜》，则写出了港岛之美的优雅和浪漫。他对自然的赞
美，对社会的观察，对故土的怀念，对师友的感恩，都体现在这
些如诗如画的篇章中。

2016 年国庆前夕，潘耀明以香港作家联会执行主席的身份，
率领香港作家访问团来沪进行交流。受上海作家协会主席王安忆
女士的邀请，耀明先生在巴金故居憩园讲坛以"接过巴金讲真话
的薪火"为题，讲述他对《随想录》的理解，追忆他采访巴老的
往事。耀明先生生于福建南安，10 岁时随养父母来到香港，因此

他说一口地道的粤语，为了和内地听众有更好的交流，他刻意放慢了语速，让自己的吐字更加清晰。

当年，巴金先生的《随想录》最初就是在香港三联书店获得出版，潘耀明那时正在该社任职，《真话集》就是由他担任责任编辑，因此，说他是《随想录》的催生人当不为过。讲座持续近两个小时，耀明先生讲得投入，大家听得专注，特别是他现场展示的巴金先生书札，让我们惊羡之余得以窥见大师的风范。讲座结束后，众多热情的读者围拢上来，与他交流心得，请他签名留念，他始终面带微笑，十分谦逊地表达着善意。看到我拿出他多部港版著作的老版本，颇感意外，把他最喜欢的一句福楼拜的名言题赠给我作为纪念——"从事文学创作的人，一定要有超人的意志。有了意志，才有办法克服困难。"从这句题词中，我感受到了他的性情，他的执著，他的坚韧，更感受到了他的热忱。

这几年，香港社会颇不宁静，各种杂音不绝于耳，各方势力粉墨登场，各类闹剧层出不穷，让璀璨的"东方之珠"蒙上了阴

与潘耀明先生在季风书园合影

060

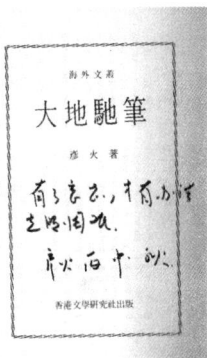

《大地驰笔》中最好看的篇章是"神州驰笔"

影。真想劝劝那些哗众取宠的年轻港人，读一读潘耀明先生的文章，读他的名家访谈，感受割不断的其实是文脉，读他的山水游记，增添一份作为炎黄子孙的自豪和荣耀，读他的人生经历，把那些苦难和困厄转化成力争上游的有益养分。

我知道，耀明先生对未来是充满信心的，他说："环顾这个污浊社会，人性沉沦，精神萎靡，但我相信，这只是暂时的。我想起歌德的一句话：'西沉的永是这同一个太阳，用肉眼来看，它像是落下去了，而实际上它永远不落。'人类的人格精神之花是永远不会凋谢的。"

二〇一六年国庆于安徽芜湖银湖南路寓所

（原载 2017 年第 3 期《点滴》）

心无旁骛的学术"挖井人"

——台湾学者黄进兴印象

做学问提倡的是专心致志，持之以恒，最忌半途而废，浅尝辄止。以寻宝找矿的心态对待学问者，最是急功近利，却往往一无所得，古今中外皆然。而那些耐得住寂寞，坐得住冷板凳的学者，就像一个孜孜不倦的"挖井人"，矢志不渝地开掘知识的深井，其器局与志趣，常令我们深深钦佩。黄进兴先生，就是这样一位心无旁骛的学术"挖井人"。

黄进兴，1950 年生于台湾。台湾大学历史系学士，台湾大学历史研究所硕士，美国哈佛大学历史学博士。曾任台湾清华大学历史研究所兼职教授、台湾大学历史系兼职教授。现任台湾"中研院"院士、历史语言研究所特聘研究员兼所长，专治中国近世思想史、宗教文化史、史学理论等领域。著有《优入圣域：权力、信仰与正当性》《历史主义与历史理论》《圣贤与圣徒》《皇帝、儒生与孔庙》《哈佛琐记》等。

我与黄进兴先生见面，是一次偶然的机缘。2014 年"五一"假期的最后一天，我来到复旦大学旁边的鹿鸣书店买书，正在书架间浏览挑选，瞥见身旁一位先生，戴一顶棒球帽，非常专注地在书架上找书。我因为常读思想史方面的论著，曾在互联网上看到过黄进兴先生的照片，所以一下子就把他认了出来。黄先生十

皇帝、儒生与孔庙是黄进兴
最专注的课题

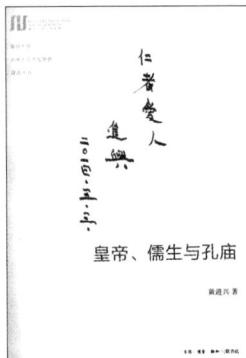

分随和，热情地与我攀谈起来。这才知道，他的新书《从理学到伦理学：清末民初道德意识的转化》刚由中华书局出版，应出版社和复旦大学的邀请，先生专程来上海讲学，并为新书做宣传推广，当天下午就将在鹿鸣书店举办一场新书分享会。我立即改变行程，留在书店，静候他的演讲。

黄进兴先生挖的第一口学术"深井"就是孔庙研究。他在演讲时也不忘自我调侃："我一辈子都在研究孔庙，和孔庙脱离不了关系，以至于在各地讲学都被要求讲孔庙。"我们80后这一代人，由于时代的变迁，对孔庙或许是陌生的，我因为常去文庙旧书市场淘书的缘故，隐约知道文庙即是上海的孔庙之所在。其实，孔庙又称"至圣庙"，祭祀的是孔子及其夫人亓宫氏和七十二贤人，自从汉代被确立为官庙后，一系列与之相关的各类制度便不断确立和完善，使孔庙逐渐成为儒家文化的象征。对孔庙的研究，有助于我们深入了解中国传统文化，特别是儒家文化所隐含的复杂历史面相。

黄先生潜心研究孔庙数十载，阅读了大量的中英文学术文

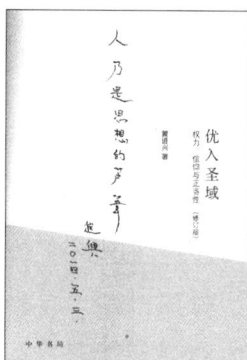

"人乃是思想的芦苇"取自帕斯卡尔的名言

献，实地考察了多处孔庙旧址，主要成果浓缩为两本沉甸甸的学术著作：《圣贤与圣徒》和《优入圣域：权力、信仰与正当性》。这两部书在台湾和大陆均有其中文版本，我购藏这两部书源于一位读书很多的书友的推荐，初读一过，《圣贤与圣徒》是全面分析孔庙祭祀制度及其相关问题的著作，《优入圣域：权力、信仰与正当性》则是系统梳理孔庙发展历程的一部论文合集。两本书都可看出作者广泛搜集了大量的历史史料，综合运用了考证法、比较法、类比法等史学研究方法，史论结合，有理有据，资料丰富，注释翔实，是出类拔萃的原创性学术著作。

作为享誉海内外的大学者，黄先生对自己的学术师承十分看重。他经常会提到自己的两位授业恩师：史华慈（Benjamin I. Schwartz）教授和余英时教授。熟悉思想史研究的朋友都知道，这两位声名显赫的大学者，能受教于其一，已是人生大幸，何况黄进兴能先后在两位名家点拨下治学，真乃天作之缘。黄先生自述云，史华慈教授教会他如何以批判的眼光，处理中国思想史的问题，并将他从西学游骑无归的状态，拉回到中学，为他终生的治学之道校准了航向。而余英时教授，则教他如何打牢中学根底，将其从"概念取向"的迷途，导正到正确的研究轨道。从这些回忆中，可以感受到，黄先生对于那些教导、启发、帮助过自己的师长前辈，怀有一种铭记于心的感恩之情。犹记得新书分享会的听众互动环节，有人在提问时称林毓生先生和黄先生是同辈学者，黄先生闻听此言立即予以纠正，称林是他的老师，虽然两人都曾师承问学于史华慈，但前辈就是前辈。

活动当天，鹿鸣书店提前准备了一些黄进兴先生的著作，为收藏签名书的读者带来了福音。我当然不会错过这个难得的机会，对书店里能买到的"黄著"倾囊以购。鹿鸣书店掌柜顾振涛也是个友善的爱书人，对爱书青年的想法存有同理心。因此，我顺利收获了黄先生的签名著作。北京三联书店 2014 年出版的《皇帝、儒生和孔庙》是黄先生的代表作，他在扉页题词曰"仁者爱人 進興 二零一四·五·三"，字为楷体，刚劲工整。北京大学出版社 2005 年出版的《圣贤与圣徒》是先生以孔庙文化为基础研究古代宗教的学术力作，他在扉页题的也是《论语》中的

作者与黄进兴先生在复旦
鹿鸣书店

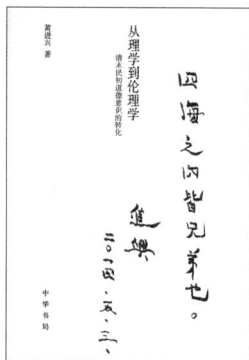

《从理学到伦理学》封面
及扉页题词书影

一句话"吾日三省吾身 黄进兴 二〇一四.五.三"。上一本用的是毛笔，这一本换成了钢笔，笔画清晰无连带，一板一眼，中规中矩，让人联想到先生治学之严谨，可谓书如其人。中华书局修订再版的《优入圣域：权力、信仰与正当性》是先生的成名作，先生告知，出版社曾制作少量毛边本投放市场，看来先生也是毛边一党啊，他在扉页题词"言之无文，行而不远 进兴二〇一四.五.三"。在新出版的《从理学到伦理学：清末民初道德意识的转化》一书扉页，他题签"四海之内皆兄弟也 进兴二〇一四.五.三"。黄先生一丝不苟地为现场的读者签名留念，大家都对这位远道而来的台湾学者充满敬意。

延续新书的研究脉络，黄进兴先生又在耕耘新的学术领地，那就是从理学到伦理学，探索世纪交替之际中国道德意识的转化。以黄先生的学养和功力，这将是又一口泉香而水洌的学术深井。成果如何，我们翘首以待。

二〇一四年五月十日于入梦来斋

止庵鲜为人知的一本诗集

止庵先生曾说："我这个人没有什么别的特长，也就读书值得当作一件事情来说说。"这当然是他的谦词。其实，他首先是以文章名世的作家，有《惜别》《比竹小品》等公认的散文佳作。他还是独立研究的学者，著有《神拳考》《史实与神话：庚子事变百年祭》。此外，也是一位眼光独到的编者，嘉惠学林的有《周作人晚期散文选》《废名文集》《书简三叠》等好书。苏州王稼句甚至赞誉他为文体家，在我看来，凭他一手漂亮的文章，也当得起这样的称号。不过，止庵先生初入文坛时的身份是诗人，出版过一本鲜为人知的诗集——《如逝如歌》。

这部诗集是止庵出版的第一本书，也是迄今为止，他唯一的一部诗集。我有幸收藏到这本诗集，得感谢这个资讯发达的互联网时代。北京的一位书友，网名叫做"别问"，在京城书友中间颇有名气，他的书影拍得很好看，又常有一些特别的渠道能弄到市面上较为稀见的好书，于是我成为他那里的常客。2010年的一天，他不知用了什么神通，拿到一批此前未见销售的止庵早期作品《如逝如歌》，开始在网上售卖，数量大约在百本左右。每一册的扉页上都有止庵用钢笔题写的一句诗，同时签名钤印编号。我一看，立刻意识到这是一本非常难得的好书，具有一定的版本

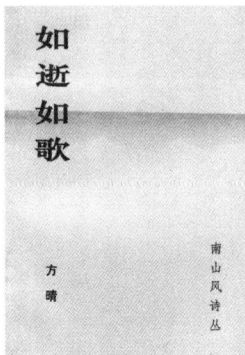

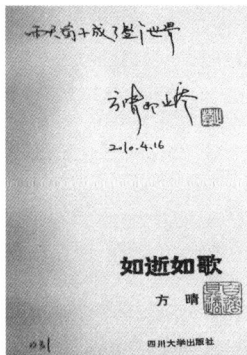

《如逝如歌》封面及扉页
题词书影

价值和文献价值，价格在当时可是不便宜，怎奈我爱书心切，毫不犹豫就买了下来。

《如逝如歌》，窄32开本，共121页，精致小巧，盈手可握，封面清新淡雅，十分耐看。诗集出版时，用的还是止庵早期的笔名"方晴"，四川大学出版社1993年12月1版1印，仅发行1000册，是该社"南山风诗丛"之一种。书中诗作分为四个篇章，分别为"骊歌""月札""日札""挽歌"。我收藏的这本编号为31，止庵在扉页上的钢笔题诗为"雨天窗子成了整个世界"，这是他的诗作《骊歌》中的一句，我很是喜欢。因为止庵先生的文字颇得知堂神韵，这句诗中就有着知堂老人那种恬淡、忧郁的况味，笔姿也仿佛与雨天、窗子的词义相应，有一种恬静、散淡的意味，甚可赏。细细咀嚼这句诗，总会令我想起《苦雨》《雨天的书》《雨的感想》《风雨谈》等知堂佳作。

止庵先生的读诗写诗是有着家学渊源的，他的父亲就是著名的诗人沙鸥（原名王世达），新中国成立后的第一本诗歌刊物《大众诗歌》，就是他参与主编的。沙鸥老先生的诗歌我读得不多，印象中寒舍书斋藏有《沙鸥诗选》和《沙鸥谈诗》两本书，都是由止庵编订的，前者印量非常少，后者是蓝色封面很厚的一册，均出版于上世纪 90 年代中期。沙鸥开始诗歌创作时，正是抗日战争的胶着阶段，他的诗作多反映底层人民的苦难生活，或可看作是一种呼号和战斗，其中有一些诗还是用四川方言写就，朴实感人，带有鲜明的个人艺术风格。

止庵在一次接受采访时曾说，自己最初的写作就是从学习和模仿父亲写诗开始的，他说："我的诗差不多每一首都要经过他逐字逐句的修改，改完，他还专门给我讲解为什么要怎样修改。"在他的随笔集《插花地册子》中有一篇长文《师友之间》，深情回忆自己的阅读和写作之路，将父亲沙鸥当作第一位启蒙恩师，并将父亲的影响总结为三个方面：对艺术底线的恪守，细微体会的读书方法，反复修改的创作习惯。我从中读到的，不仅有可资借鉴的学习门径，还有一幅父爱如山、父慈子孝的温馨画面。文中即有关于这本诗集的一段文字："他（指沙鸥）病势已深的时候，还就《如逝如歌》和我谈了很久，我清楚记得他说过'应该

与止庵先生在上海书城合影

苦雨斋识小

失雨抛神茶颇忘
古书左追 兹柳宜

乘石仙别
为同泽书之送

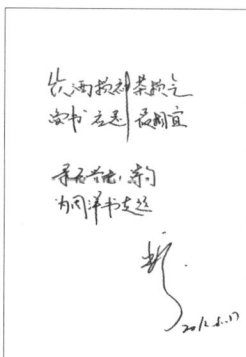

止庵关于周作人的研究最让
我服膺

为读者理解你的意象导航'之类的话。"父子之间在文学创作上亦师亦友、如切如磋，这在中国现当代文学史上，是不多见的。

后来，我特意做了一番考证。"南山风诗丛"的主编即为沙鸥先生，这套诗丛还收入了沙鸥自己的作品《失恋者》、野谷的《夜渡》、戈阳的《寸心草》、晏明的《一束野蔷薇》等诗集。沙鸥先生一生笔耕不辍，他的最后一首诗《松花江夕照》写于他去世前两天——1994 年 12 月 27 日。这部《失恋者》当视作他诗风成熟时期的代表作，而策划主编"南山风诗丛"，应是老先生在人生最后的岁月对青年诗人的提携与鼓励，个中深意，在那个市场经济大潮开始涌动的年代，真有如一阵和熙的"南山之风"，温暖着年轻诗人的心。

二〇一六年五月二十八日于入梦来斋

（原载 2017 年 4 月 12 日《北京青年报》）

曹正文的第一部推理小说

上海读书界有一位奇人，他在读书、淘书、藏书、写书、编书、捐书等与书相关的几乎所有领域都有不凡的业绩。96岁高龄的学者、作家蒋星煜先生评价为："他对书之迷恋，既是全方位，亦属高强度。任何一方面均达到令人难以置信的情境。"他就是沪上资深报人、《新民晚报》高级编辑曹正文先生。

曹正文，笔名米舒，是上海市首届韬奋新闻奖获得者，他在《新民晚报》创办的"读书乐"专刊，成为深受全国读书人喜爱的名牌副刊。他还是一个自学成才的藏书家，45岁时被评为上海十大藏书家，收藏名家签名本达3000余册。他也是一个勤于写作的爱书人，迄今为止已发表1200万字的作品，皇皇八卷本《米舒文存》就是他文字生涯的结晶。近年来，曹正文把"读万卷书"与"行万里路"结合起来，将他游历五大洲六十多个国家的旅行观感用文字呈现给读者，翻开了人生新的篇章。

收藏曹正文的书，特别是他的签名本，早已成为我藏书中的特别偏好。曹先生勤于笔耕，著述甚丰，曾撰有《珍藏的签名本》和《珍爱的签名本》，将收藏名家签名本的价值和乐趣展现得淋漓尽致，他还写过两本富有创见的文学史论著：《中国侠文化史》和《世界侦探小说史略》，可以看作民间学术研究的成功

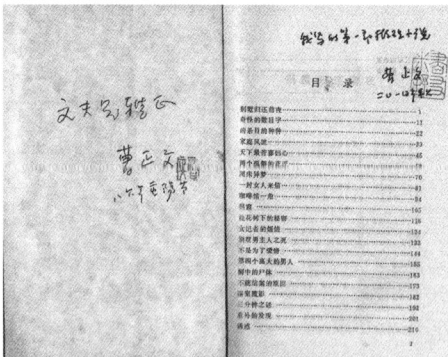

《秋香别墅的阴影》封面及题词书影

范本。其实，曹正文在研究侦探小说、推理小说的同时，还曾亲自上阵，创作过好几部推理小说，这方面的处女作，就是出版于1985年的长篇推理小说《秋香别墅的阴影》。

《秋香别墅的阴影》是一部非常典型的侦探推理小说。写的是秋香别墅的女主人被害，而与此相关联的11个人均可脱离干系，凶手设置了重重假象，使得案情扑朔迷离，刑侦人员几经周折，峰回路转，经过缜密的侦破工作，在几乎山穷水尽之际，终于穿透云遮雾掩的表象，发现了真正的凶手。小说的情节结构虽然头绪繁多，但是疏而不乱，整蔚有序。不论是案情的解析，还是破案过程的推进，都体现出作者的匠心独运，整部作品叙述自然，语言流畅，生活气息浓郁，显示出较强的小说创作功底。此外，作者借助于情节的铺展，表达出对两性关系、青少年成长等社会问题的观照，启发人们对现代社会中人与人关系的深度思考。

关于推理小说的短长，因为我站在数仞的墙外，自然"不得

《珍爱的签名本》写得文采飞扬，信马由缰

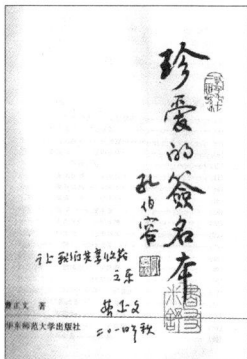

其门而入，不见宗庙之美，百官之富"，不过，就我一点粗疏的阅读体验而言，推理小说难就难在一种假设。它往往需要把主干情节限定在一个既定的框架之中，以避免不期而至的偶然性，由于这种假设的存在，就要求作品除了保证逻辑脉络上的无懈可击外，还要在众多的细节描写、背景设置以及人物刻画等方面，尽可能多地表现出生活的真实性。纵观中外侦探推理小说的成功之作，无一不是在这方面处理得恰到好处，而曹正文的这第一部推理小说，一出手便显示出成熟的运思和老练的笔法，我想，这与他大量阅读、借鉴西方同类型小说是分不开的。

寒斋所藏《秋香别墅的阴影》，是曹正文先生的签名本，而且是复签本，他签赠名家在前，我得书后再次请他签名，这其中也有一段书缘故事值得说道。那一年秋天，我去苏州游玩，乘兴寻访了城内的几家旧书店，记得在山塘街古戏台旁边有一家琴川书店，闹中取静，古意盎然，是我喜欢的淘书氛围。在那里，我挑选了几本苏州民俗方面的散文集，无意中看到这本《秋香别墅的阴影》，书脊上"曹正文"三个字格外醒目，于是取出来随手

"签名也是一种缘分"，
我十分认同

一翻，竟然有作者的签名，写在书前的空白衬页上。蓝色水笔写的是"文夫兄雅正 曹正文 八六年重阳节"，还钤了一方曹正文的朱文印章。我马上意识到，这可能是著名作家陆文夫先生的旧藏。陆先生曾任中国作协副主席、苏州文联副主席，已于2005年魂归道山，在他身后，心爱的藏书就这样流散在苏州的旧书店里，无言地诉说着一种苍凉。不过，这本带有签名的小书曾记录了曹正文和文坛"美食家"之间的交谊，如能归我收藏，岂不是美事一桩？于是，这本书遂成为我在苏州淘书的一个重要收获。

其实，曹正文与陆文夫的交往情谊，早已在曹先生的笔下得到精彩呈现。《珍藏的签名本》中专门有一篇《"小巷深处"的美食家》，写的就是他与陆文夫因书结缘的历历往事。文章写道："1986年我重游故乡，在陆文夫新搬的寓所拜访了他。我们喝着茶，谈起了苏州与江南风情，谈到了小说与读书。高高瘦瘦的陆文夫谈起话来不快不慢，异乎寻常地沉着与平静，这种聊天就像雨天中品味一壶浓郁的茶。"多么温馨的一幅画面，身为苏州人的曹正文，与长期工作、生活在苏州的陆文夫品茶雅聚，同是江南读书人，赠书赏文不可少。陆文夫赠曹正文的是《小说门外谈》签名本，这是他关于小说创作的一本"谈艺录"，曹正文对该书的主要观点大加赞赏，不过，这篇文章却没有提及曹正文回赠陆文夫的书，似有月缺之憾。而我手头这本《秋香别墅的阴影》，其落款的时间，恰好是1986年的重阳节，真是无巧不成书，我是否可以大胆地"推理"一下，曹正文当年持赠的，正是自己创作的这部推理小说。如果我的"推理"成立，那么，两位当代作家间的君子高谊，通过我淘到的这册签名本，连缀成一段完满的书缘佳话。

　　2014上海书展期间，曹正文带着他的新著与申城读者见面。那一天，他身着亮橙色的T恤衫，显得年轻而有活力，众多热情的市民读者捧着他的著作等待签名。轮到我时，我将这本《秋香别墅的阴影》递过去，他看到书前有自己30多年前的笔迹，证实了这是签赠给陆文夫先生的一本书，睹物思人，感慨万千。我请他题词留念，碰巧这本书的扉页设计为黑色，不方便写字，于是，他翻到目录页，在右上方提笔写下"我写的第一部推理小说

作者与曹正文先生2014年
上海书展合影

曹正文主编《我的第一本书》，给了我很多灵感

曹正文 二〇一四年秋"，并钤了一方"书友米舒"字样的朱文印章作为纪念。书展人多，没有时间做更多的交流，我们就匆匆别过。记得当天还有好几位女士献上鲜花并与曹先生合影留念，场面之热闹，让我至今记忆犹新。曹正文先生以"努力追求生活的充实并服务于他人"为自己的人生信条，读者则以真诚的尊敬和爱戴作为回报，相信他的内心一定倍感幸福。

二〇一六年七月十六日于沪上入梦来斋

第一个认真研究鲁迅书帐的人

——由王锡荣《鲁迅学发微》说开去

　　鲁迅先生爱读书，也爱买书，并且有记书帐的习惯。在《鲁迅日记》的每年年末，都附有一份"书帐"，按买书的时间，记下了书名、册数与钱款。这份书帐对于研究鲁迅的阅读史、创作史、思想史无疑是一座巨大的宝藏。但鲁迅书帐内容繁多且不作分类，统计和研究的难度可想而知，需要有如胡适之先生所言的"聪明人"来下一番"笨功夫"，才能使鲁迅书帐这颗明珠绽放光彩。在国内鲁迅研究领域，第一个认真研究鲁迅书帐的人，就是上海鲁迅纪念馆原馆长、中国鲁迅研究会副会长王锡荣先生。

　　俗话说"文无第一，武无第二"。在知识界、学术界，没有十足的把握，对于"第一个""第一次"之类的说法是必须慎言的，因为反对者极易提出反证加以辩驳。这里必须提及王锡荣先生从事鲁迅研究出的第一本书——《鲁迅学发微》。这本361页的学术专著由百家出版社1994年9月出版，汇编了王锡荣先生关于鲁迅研究的40篇文章。该书由著名的鲁迅研究专家朱正先生作序，朱先生在序言中对王锡荣先生研究鲁迅的成果大加赞赏，其中有这样一段话，文字不长，现照录如下：

　　在鲁迅研究方面，锡荣的贡献是独特的。他从注释鲁迅日记后面的书帐入手，查明了许多鲁迅与书的关系问题。谁都知道，

《鲁迅学发微》封面及扉页题词书影

鲁迅之所以成为后来人们所看到的样子，同他读过些什么书，受到过哪些书的影响，关系极大。某一时期他的阅读兴趣在哪方面，常常可以作为了解他这一时期思想倾向的觇标之一。正好，几十年中，鲁迅把他买了什么书和别人送他什么书都记在日记后面的书帐里。许多人都以为这书帐是值得作一番研究的，可是以前好像并没有谁真花大力气去研究它。第一个认真研究了鲁迅书帐的人，大约就是王锡荣。那时他被借调到人民文学出版社参加《鲁迅全集》的注释工作，分担的就是日记中的书帐部分。他以极高的热情和极强的责任心对待这份工作，力图弄清楚书帐中所记每一本书的情况。他广泛查阅了鲁迅博物馆和上海鲁迅纪念馆保存下来的鲁迅藏书，查阅了北京图书馆和其他一些图书馆的许多藏书。鲁迅历年购读的日文书不少，锡荣于是就来学日语。书帐注完，他更扩大了研究的范围。

朱正先生向以治学严谨、精思傅会闻名学林，这篇序言曾以《序〈鲁迅学发微〉》为题发表于《书屋》杂志1996年第1期，后又收进朱正先生《思想的风景》《序和跋》等著作中，可见朱

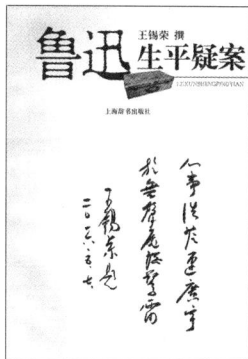

《鲁迅生平疑案》和《周作人生平疑案》都是正本清源的好书

正先生对这篇序言很是看重。

在这篇序言里，谈到"第一个认真研究了鲁迅书帐的人"，他说"大约就是王锡荣"。朱正先生的话有着很明显的倾向性，但同时又为日后小心求证留下了余地，体现出务实审慎的风范。要将这"大约"二字拿掉，做实朱正先生的判断，需要一点考证的功夫。

笔者不揣谫陋，借助手边有限的资料做了一点考证。第一，1981年版《鲁迅全集》以其校勘之精、编纂之全的特点，在鲁迅出版史上具有里程碑意义，王锡荣先生参与了这部大书的注释，且工作对象就是两卷《鲁迅日记》中的书帐部分，可以说在"国家队"接受过训练，在"正规军"里服过役。第二，通过维普中文科技期刊数据库（我国最大的数字期刊数据库）进行搜索，在公开刊物发表的直接研究鲁迅书帐的文章数量并不多，且时间均晚于王锡荣先生的研究成果，在这个领域，他算是下了一着"先手棋"。第三，王锡荣先生1981年调至上海鲁迅纪念馆工作，1987年创办《上海鲁迅研究》专刊，1995年起主持该馆工作，不仅可以充分利用馆藏资源，还能够与北京、绍兴等地的鲁迅博物馆开展合作，这为他研究鲁迅书帐、鲁迅藏书提供了人无我有、得天独厚的便利条件。第四，王锡荣撰写的《鲁迅知识构成的历史与特点》《鲁迅所接受的日本文学及其影响》《一张最低限度的书目——鲁迅读过的马列著作》《鲁迅用的词典》等文章，都可视作鲁迅书帐研究的成果，在学术界颇具影响，足见其研究之"认真"而富有成效。因此，说王锡荣先生不仅是"第一个"，而且是"认真"研究了鲁迅书帐的人，应是实至名归的。

三年前，我在上海文庙书市淘得王锡荣先生的《鲁迅学发微》，从版权页上看，仅印刷了 1000 册。在书前的《自序》中，王锡荣追忆了自己与鲁迅研究结缘的前尘往事。他自言出身于"打铁世家"，初中毕业后分配至上海钢铁五厂当了一名冷车工，工作之余酷爱读书。1976 年 10 月，复旦大学成立了鲁迅著作注释组，王锡荣作为上钢五厂的工人代表被领导安排进入了注释组参与工作。2 个月后，王锡荣即在《文汇报》发表了他的第一篇文章《"它们是空壳"》，批判"四人帮"歪曲、攻击鲁迅，展露

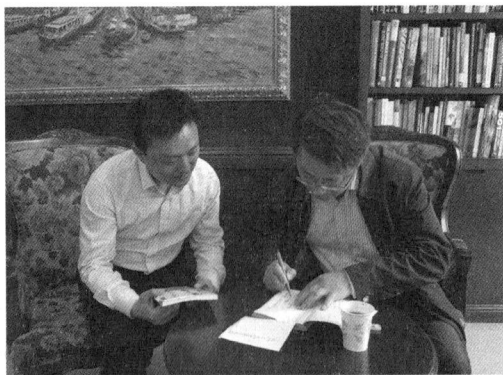

王锡荣先生为作者题签

了他的学术研究潜质。鲁迅研究专家、曾担任上海社科院文学研究所副研究员的包子衍先生，时任人民文学出版社的编辑，慧眼识才，挑选王锡荣担任他的助手，整理编辑《鲁迅日记》，引领王锡荣走进鲁迅研究的大门。

在《鲁迅学发微》一书后，王锡荣延续了他"汉儒朴学流派"（朱正先生语）的研究路径，陆续出版《鲁迅生平疑案》《周作人生平疑案》等专著，我一一拜读，渴望有机会当面向王先生请教。前不久，王锡荣先生在长宁区图书馆举办"鲁迅活到今天会怎样"的专题讲座，我带着一包他的著作赶去聆听。讲座结束后，与他交流阅读鲁迅的感受，相谈甚欢，并请他为我收藏的几本书签名留念。他看到这本出版于22年前的《鲁迅学发微》，感慨地说道："编1981年版《鲁迅全集》时，我是注释组最年轻的同志，到了2005年新版《鲁迅全集》编辑时，我还是最年轻的。研究鲁迅是我的兴趣，能把兴趣与事业相结合，我感到很幸福。"他提笔在书前的空白页写下"这是我研究鲁迅的第一本书。王锡荣二○一六.五.七"。

王锡荣先生2014年从上海鲁迅纪念馆馆长任上退休，目前担任上海交通大学人文学院兼职教授，他对鲁迅研究的兴趣持久而绵长。他说，鲁迅先生的文章值得一读再读，"现在我写文章查找资料，找出来鲁迅先生的原文，还忍不住要再重读一遍，每一遍都有新的体会。"

二○一六年五月二十一日于入梦来斋

史家之笔书写"鲁研"春秋

——关于张梦阳和《中国鲁迅学通史》

　　纵观古今，以一人之力积数年之功成就一本大书的故事，总是带给我们深深的震撼，古时有司马迁之于《史记》，李时珍之于《本草纲目》，近世则有陈寅恪撰《柳如是别传》，钱锺书著《管锥编》。有时我常想，知堂老人身后有福，得钟叔河先生穷一己之力编校《周作人散文全集》，使其文章得以广泛传布，而在中国已成为显学的鲁迅研究领域，有没有这样苦行僧式的人物来为大先生做一点什么呢？及至读到了皇皇三大卷的《中国鲁迅学通史》（广东教育出版社 2001 年初版），立刻记住了作者张梦阳的名字，而我的心情，用周作人《初恋》中的一句话说，"仿佛心里有一块大石头已经放下了。"

　　张梦阳对鲁迅先生的仰止推崇，可谓极至，对鲁迅研究史的关注，则是长久而持续的。他的第一部鲁迅研究专著《鲁迅杂文研究六十年》（浙江文艺出版社 1986 年初版），就是从这一角度切入并展开的，在这本 217 页 15 万字的书中，他把 60 年来关于鲁迅杂文的研究历程分为发轫期、奠基期、充实期、发展期、收获期、迂回期、逆流期、复兴期、新开端 9 个阶段，并逐一加以分析、评述，试图"阐述鲁迅杂文的文体概念、艺术特征、思想内涵等学术观念的起源、发生、发展和前后相续的逻辑必然性，

《中国鲁迅学通史》及《阿Q新论》题词书影

从方法论上总结带有规律性的东西"。在这本书的后记中，张梦阳写到自己在"文革"期间深夜点灯阅读鲁迅，悄悄地撰写关于鲁迅的论文，并因此获得林非、刘再复两位前辈的赏识，将他招进《鲁迅研究》编辑部工作。从那时起，他就开始系统地阅读、梳理鲁迅研究的成果，一点一滴地开始了自己的学术积累。

《中国鲁迅学通史》是一部学术史，这类著述的典范，首推黄宗羲的《明儒学案》，以学案评述留存了明代学人思想探索的印迹，次推梁启超所著《中国近三百年学术史》，以学术流变折射出传统文化的演变趋势。概而言之，学术史研究是以学术思潮的发展过程为考察对象，既要有该领域的学术功底，亦需具备作为史家的基本修养，对写作者的要求可谓高矣。唐代史学家刘知几有言："史有三长：才、学、识，世罕兼之，故史者少。夫有学无才，犹愚贾操金，不能殖货；有才无学，犹巧匠无楩楠斧斤，弗能成室。"说的是撰史者应具备三种修养：史才，可视作史料掌握与治史方法；史学，涉及专业素养与知识面；史识，说的是

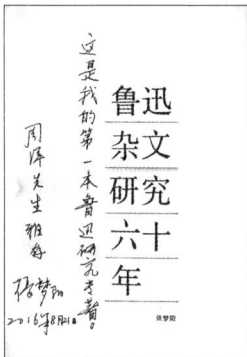

《鲁迅杂文研究六十年》是张梦阳的第一部鲁迅研究专著

理论功底和判断力。我非专业研究者，对于《中国鲁迅学通史》的学术价值不敢妄加议论，仅凭着对鲁迅著作的一点兴趣，在读研期间利用暑假，曾将这部120万字的大书通读一过，深觉书中处处闪现着史家之笔的严谨、务实、理性之光。

首先，这部书的体例就值得称道。全书分为三卷，上卷是宏观反思，主要着眼于鲁迅学和鲁迅学史的概念、意义和内涵，从整体着眼描述作为20世纪一种精神文化现象的鲁迅学发展史；下卷是微观透视，对鲁迅小说、杂文、散文等主要作品分专题进行学术梳理，对鲁迅研究中的精神文化现象进行深度反思；另有一卷索引，便于检索查考。这让我想起了历史学家翦伯赞先生的一个观点，即史学家既要会用显微镜，还要会用望远镜，前者用于细察史实，洞察幽微，后者则有助于纵览全局，把握要害。由此观之，这部鲁迅学通史当是双镜偕备，相得益彰。

其次，从史料的搜集和整理来看，张梦阳是文火煨靓汤，慢工出细活。早在1985年，他就用了9年之功，皓首穷经，钩稽爬疏，完成了《鲁迅研究学术论著资料汇编1913—1983》（5大卷又1分册，1000万字）的编订，这样的基础性工作为他沉潜鲁学做了充分的准备。他特别敬重谭其骧先生历时30年主持编纂了8卷本《中国历史地图集》，留下一部经得起时间检验的好书，而这部《中国鲁迅学通史》，则汇聚了梦阳师20年的心血，他也是在锻造一部可以传世的精品啊！

再次，他的史家之笔还体现在该书的撰述风格上。书中评述各派各家学术观点时，语言平实、准确、公允，在表达自己的学术见解时，明白晓畅，笔带机锋。我记忆犹新的是，书中他评价"文革"时期"石一歌"撰写的《鲁迅传》，既指出其违背历史事实，无根据地突出阶级斗争的内容，同时也认为这部书文笔通畅，简洁易读，较少隐晦、臃肿、含混之态，值得后来者借鉴学习。这样的评述，体现出梦阳先生实事求是，对历史负责的精神，以及敢讲真话、坦率真诚的品格，这在气质上都是与鲁迅相通的。

在我平素爱看的《随笔》杂志上，经常可以读到梦阳先生的文章。今年第4期上，就刊登了他的《文人的遭殃与鲁迅的真

作者与张梦阳先生合影

金——鲁迅逝世八十周年有感》，这篇长文以洞若观火的眼光，审视鲁迅研究界的"淘金者"，洋洋洒洒近万字，可谓厚积而薄发，恣肆而深沉。文中，他怀着强烈的忧患意识大声疾呼："倘若通过宣传鲁迅、阅读鲁迅的活动，使中国有十分之一的人喜欢鲁迅，熟悉鲁迅；有一千人通读过《鲁迅全集》，对鲁迅有所研究；再有百位甚至十位系统的而不是零碎的，深入的而不是浮浅的鲁迅研究专家，中国的文化前景就会乐观得多！"他的观点切中肯綮，深谋远虑，我们要寻找属于中华民族的文化自信，就必须从鲁迅思想这座博大精深的宝库中淘取真金。

2016年上海书展期间，张梦阳先生来沪为他的新书《鲁迅全传·苦魂三部曲》做宣传推广活动，我有幸在友谊会堂展厅内与他相见。梦阳先生淳朴随和，谦虚友善，言谈间，他对鲁迅作品、鲁迅研究、鲁迅精神的拳拳深情溢于言表，让人钦佩。由于日程紧凑，我们未及深谈，互相交换了联系方式，即匆匆道别。

之后没过多久，就收到他发来的电邮，内容是他的一些随笔文章，包括即将发表于《光明日报》的一首纪念鲁迅的长诗。其中有这样几句："一个人需要有不断自省的大脑，/ 一个民族，整个人类，/ 也要有自我反思的精神良医，/ 诊断出精神的征候，惩前毖后。/ 你说出的话，往往刺耳，/ 却是治病的良方，/ 对民族和人类的挚爱炽燃心头。"我深信，只有把毕生精力都贡献给鲁迅研究的学者，才能写出这样滚烫的诗句。而我，作为他的忠实读者、忘年交，可以先睹为快，实乃人生美事。

二〇一六年十月二十九日晚于入梦来斋

让我获益匪浅的"武学秘籍"

——读胡洪侠《1978—2008 私人阅读史》断想

我非习武之人，怎么会看起了"武学秘籍"？我要说的其实是《1978—2008 私人阅读史》(深圳报业集团出版社 2009 年初版)这本书。我故意不用"名家书单"这个吸引眼球的词汇，况且这本书也不是书单，它更多的是当代知识分子的读书感悟，书单是溶在感悟之中的。当然也不用"读书指南"这个词，因为书中接受访谈的 34 位知识界大咖几乎都是个性化阅读的代言人，没有一个整齐划一的"南"可以指向。思来想去，只有"武学秘籍"最贴切，各门各派各名家，各领风骚三十年，更何况，这本书是由"大侠"(胡洪侠)主编的，不叫"武学秘籍"又叫什么？

爱书人或多或少都有一种书单情结，总想知道别人都在读什么书，特别是那些我们素来所景仰的名家名宿，他们的眼光和见识决定了其书单的品位，往往成为一个时期的阅读风向标。不过，这类书的调门最难把握，一旦跑偏，极易变成居高临下，装腔作势，煞有介事，不堪卒读。而这本《1978—2008 私人阅读史》最大的特点，也是其难能可贵之处，就在于一个"真"字，真实而不做作，真诚而不虚伪，真知不掺水分。正如胡洪侠在书的后记中所说："述说私人阅读史最容不得做伪，因为太容易露出

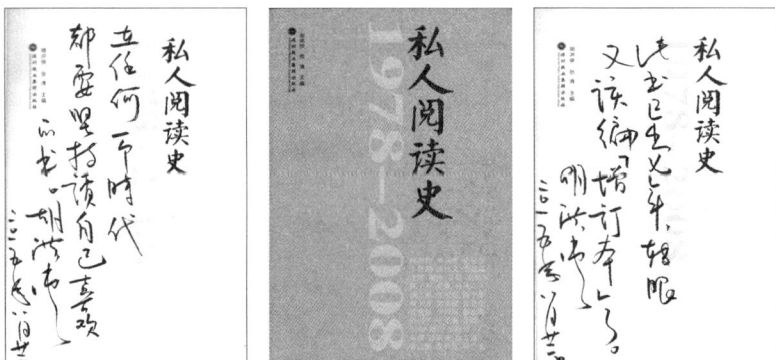

《1978-2008私人阅读史》封面及题词书影

破绽，可是你们（指书中受访的名家），以你们的真诚说出了阅读的真相，让我们这些阅读你们'阅读史'的人，多了几分会心的快乐，也更多一层体会出阅读的智慧与价值。"可以说，书中每一篇关于读书的访谈，都是对三十年阅读历程的回望与反思，有的与个人经历紧密相关，有的则道出了当下读书人的集体无意识，有振聋发聩，醍醐灌顶之效。

我印象最深的是两个人。其一是华东师范大学历史系教授许纪霖先生，他长期从事20世纪中国思想史和知识分子研究，以公共知识分子的姿态针对当下社会现实问题发言，在青年群体中享有很高的声望。他在这本书中第15位出场，题目是《30年来的阅读不断分化》，文章最后写道："在今天这样的知识爆炸时代，书读得太多就没法消化。被各种'野马'践踏以后，最后连方向感都没有了。还有一些年轻人喜欢狂购书，说实话，我觉得自己早年买的书之中百分之五十是不用读的，百分之八十的书是不用买的，浏览一下就可以了。而真正值得收藏的好书，是需要

《书情书色》是最有"大侠"风范的书话集

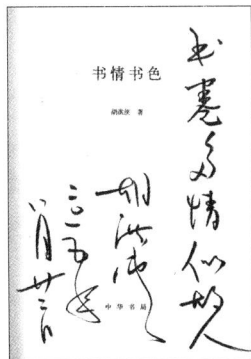

反复回味的经典，应该说这样的书是很少的。"说实话，包括我在内的一些年轻人，的确可以归入"屯书一族"的行列，每遇电商打折促销，人家买衣服买包买化妆品，我们则必会大量买书，主要是一些文史哲方面的书籍，说真的，有的书买回家，简单一翻后，一放就是几个月，甚至好几年，也没有工夫细细品读，最后是束之高阁，不了了之，素镖灰丝，时蒙卷轴。正应了一句民谚："离山十里，柴在家里；离山一里，柴在山里。"豆瓣上甚至专门成立了一个小组，就叫"买书如山倒，读书如抽丝"。而许纪霖的这番话，对于我们这些"买多看少"的人，无异于当头棒喝。读书应有选择，买书当有节制，书是生活中的享受，而不能成为一种负担。生活里可以没有买书这件事，但买书却离不开生活。有了许纪霖先生的谆谆告诫，我买书之豪举已然收敛很多。

另一位印象深刻的人是吴晓波。他是著名的财经作家，通过研究中国企业发展史，来考察改革开放三十年的时代变迁，我非常喜欢他的著作《激荡三十年》《大败局》，无论文字还是视角。他在书中的访谈题目是《书单决定了我们的过去，同时也指向未来》，其中说到自己真正意义上阅读的第一本书就是《三国演义》，这本他在 10 岁时读过的书，影响了他一生的文字风格。这让我立刻有了如遇知音的感觉。在我读小学时，每当父亲出差回家，我就会迫不及待地等着他打开行李箱，拿出从外地买到的《三国演义》连环画零本，陆陆续续竟凑成了一整套，印象中，他总是坐在纱门前面，借着门外透进来的光，给我一本一本读过去，那就是我最初的阅读记忆。除此之外，吴晓波的阅读史给我最大的教益就是，他在读了诸如《鲁迅全集》《毛泽东选集》《史记》《资治通鉴》等很多部经典之后，就开始围绕自己的写作计划去读书，每隔几年还会再把这些经典拿出来重温一遍。他说："一个人到了 35 岁以后，朋友越来越少，看来看去还是老面孔，不大敢轻易相信别人，了解的兴趣也减少了。阅读也是这样，看来看去其实还是这些书。在你的书单上不会出现新书。"他的话，带给我深深的思索和启迪。

同是天涯爱书人，签名题词传真情

"人生流离，书是故乡"—
语道尽爱书人的心曲

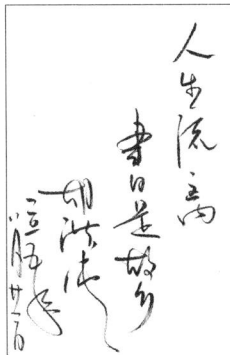

　　爱屋及乌，我对《1978—2008 私人阅读史》的喜爱，让我在访书淘书的过程中时时留心此书的不同版本。这部书一版一印共 3000 册，都是编号发行的，我陆续买到其中的两本，分别是 1639 号和 2486 号。据说，此书初版本还制作了 200 本平装毛边本，不过已是千金难买。但我并不遗憾，我的两册初版本均得到了编者胡洪侠先生的亲笔题词签名，其中一本写道"在任何时代，都要坚持读自己喜欢的书"。就像是老朋友的贴己话，甚是暖心。另一本上写的是"此书已出七年，转眼又该编'增订本'了"。看来，《私人阅读史》的升级版又在大侠的计划之中了，作为忠实读者，我期待着。

二〇一五年九月五日晚于入梦来斋

从社会思潮看当代中国

——读马立诚《当代中国八种社会思潮》

英国哲学家柯林伍德有一句名言："一切历史都是思想史。"因了他的这句话，读大学期间，我就对思想史方面的著作很着迷，工作后，兴趣不减当年，陆续购藏了国内外一些关于思想史方面的书。壬辰龙年春节前后，社会科学文献出版社的"博源文库"推出了一部好书——《当代中国八种社会思潮》。我第一时间买到了这本书，并有幸得到作者马立诚先生的签名和题词，成就一段难忘的书缘。

马立诚先生是当代著名政论家，曾担任《中国青年报》评论部副主任、人民日报评论部主任编辑、凤凰卫视评论员，其著作《交锋：当代中国三次思想解放实录》《交锋三十年：改革开放四次大争论亲历记》《呼喊：当今中国的五种声音》，出版后都曾引起热议，一时洛阳纸贵。马立诚先生还创作过长篇历史小说《天启七年》，出过短篇小说集《绿色的深渊》，不过这些文艺作品的影响力，远不及他关于当代中国思潮的评论文章，在这些文章中体现出他写作的鲜明特点——思考深刻，观点犀利，评论尖锐，通俗易懂。

在其新作《当代中国八种社会思潮》中，马立诚先生评介了八种在当下中国颇具分量的社会思潮，分别是中国特色社会主

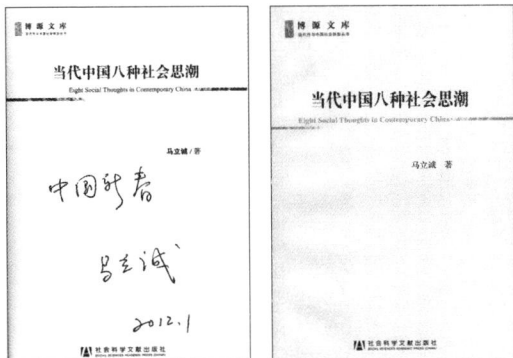

《当代中国八种社会思潮》
封面及扉页题词书影

义、老左派、新左派、民主社会主义、自由主义、民族主义、民粹主义和新儒家。为了使读者更好地认识和判断，马立诚先生不吝笔墨，对每一种社会思潮的思想渊源、代表人物、主要观点，都做了客观详尽的阐述，在谈到知识界的若干次思想论争时，笔触生动，不带褒贬，可读性强。书中还单列一个章节，编选了杨继绳、雷颐、高全喜等学者从不同角度对当代社会思潮的评论文章，启人心智，引人深思。

值得一提的是，我买这部书时，有幸参与了马立诚先生在网上与读者的交流活动。马先生简单介绍了这部书的创作过程，并愿意接受读者的提问。那段时间，知识界关于"顶层设计"的讨论方兴未艾，人们普遍认为，中国的改革需要"顶层设计"，但对于何谓"顶层设计"，如何进行设计，学者们的观点莫衷一是。我认为，"顶层设计"借用了西方政治学中的概念，在中国需要做具体分析，如果是指在尊重群众创新、总结群众实践经验的基础上，领导机关把群众分散的、无系统的经验加以综合，提出完整的、科学的改革方案，那才是有价值的"顶层设计"。

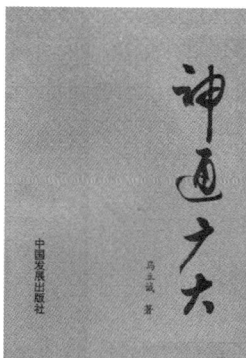

马立诚的小说《绿色的深渊》和杂文集《神通广大》封面书影

就这一问题，我还想听听马立诚先生的意见。于是，我向马先生提问："顶层设计"的内涵和外延究竟是什么？哪一种社会思潮将会主导中国"顶层设计"的话语权？

当天活动中，网友们的提问十分踊跃，网站将搜集到的40个问题提交马先生，他即兴回答了其中的12个，我的提问就是其中之一。马先生说，"顶层设计"这个词，最早出现在2010年十七届五中全会出台的"十二五"规划纲要中，现在被越来越多的引用。顾名思义，"顶层设计"就是最上层的设计，具有宏观指导性，它应该是一种系统性、框架性的大思路，是一种总体构想，包括了目标、顺序和方法。过去常常提到的"摸着石头过河"，是指在缺乏经验的时候，边走边看，而"顶层设计"则强调事前的设计和指导。

他进而举了一个例子，比如说，我国的金融改革问题。利率和汇率的市场化，人民币币值的评估和放开，小银行私有化，这些究竟怎样搞？需要一个通盘的设计，一个考虑周全的方案。不能头疼医头，脚疼医脚，所以"顶层设计"是具有重大意义的。

但是"顶层设计"究竟能不能设计好又是另外一个问题,这里有三个因素。一是究竟依据什么样的原则、法则进行"顶层设计"。比如,是依靠计划经济的思路,还是依靠市场经济的思路来进行设计呢?二是"顶层设计"会不会受到利益集团的干扰和牵制。三是"顶层设计"是不是与中层、下层实现了良好的互动。

他说,现在社会上人们对这三点有很大的疑虑,问题在于,哪一种社会思潮将会主导"顶层设计"的话语权?平心而论,这一思考是有道理的。

马先生的解答让我茅塞顿开,不得不佩服他对言论尺度的把握是何等的精确,选例措辞又是何等的贴切。作为对优质提问的奖励,我购买的《当代中国八种社会思潮》得到了马先生的亲笔签名和特别题词。从网上即时发布的照片看到,他面带微笑,用钢笔非常认真地写下"中国新春。马立诚 2012.1"。巧借即将到来的传统节日春节,传递出对祖国的未来充满信心。

二〇一四年十一月一日夜于入梦来斋

(原载 2014 年 12 月总第 310 期《青年社交》)

第二辑

问 学 师 友

只为传递人性的温暖
——陈思和先生印象

在我的书房里，有四位先生的著作是专门用书架上的一格单独存放的，其中现代作家是两位"周先生"：鲁迅和周作人，一门兄弟两文豪；当代文坛则是两位"陈先生"：复旦大学中文系陈思和教授和华东师大中文系陈子善教授，他们都是各自研究领域里著述等身的重量级学者，也都是爱书写书教书的育人者，更重要的，他们都有着一颗关爱青年的师者仁心。这篇小文，谈谈我所认识的陈思和先生。

陈思和先生是国内学界公认的现当代文学研究的领军人物，曾担任复旦大学中文系主任长达 11 年之久，是中文学科首位教育部"长江学者"特聘教授。2012 年，他作为莫言特别邀请的客人，陪同莫言赴瑞典斯德哥尔摩，参加诺贝尔文学奖颁奖盛典。2014 年，葛剑雄教授卸任复旦大学图书馆馆长一职，环顾当今复旦学人，论学识、视野、资历、声望，陈思和先生都是新馆长的不二人选，遂在众望所归中走马上任。

说来惭愧，我走进陈思和先生的文字世界，并不是通过阅读他的那些极富创见的学术著作，而是缘于胡洪侠主编的《1978—2008 私人阅读史》。这本书收录了 34 位当今国内一流知识分子的私人阅读书单，反映了一代读书人的精神图谱，其中开卷第一

中国当代文学史教程

主　编：陈思和
编写人员（按姓氏笔画排列）：
　　王光东　刘志荣　李　平
　　何　清　宋明炜　宋炳辉
　　陈思和

此书迄今已印刷
30多次，同泽小友
购得一版一印的版
本译为难得。陈思和
2006.3

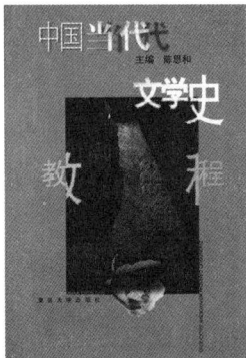

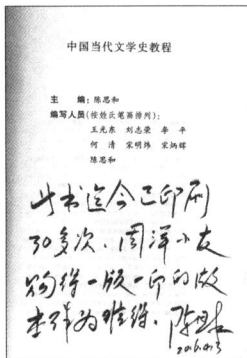

《中国当代文学史教程》封
面及题词书影

篇就是陈思和的书单，就像一个调音器，为整本书定下了总的基调：诚恳，耐读，有真学问。从这份书单中，我第一次知道了贾植芳的《狱里狱外》、张中晓的《无梦楼随笔》等好书，第一次厘清了李泽厚的《美的历程》、钱锺书的《管锥编》、巴金的《随想录》、朦胧诗等阅读热潮的坐标意义，也由此知道了陈思和的读书取舍，他几乎不读20世纪90年代以后的流行书，因文学评论工作所需的除外。这篇文章后来以《我的私人阅读》为题，发表于上海巴金文学研究会主办的《点滴》杂志2008年创刊号上，我得承认，正是有了陈思和等前辈师长的指引，我的阅读之舟才开始驶入正确的航道。

熟悉高等教育的朋友都知道，编教材最见功力却少名利，作为基础性工程，往往要投入很多精力，短期内还看不到明显成效，远不如在前沿领域揽下几个课题来得光鲜实惠。如此看来，陈思和先生实在是有着非凡的洞察力和行动力，他不仅打出了"重写文学史"的学术旗帜，而且身体力行，让一部经典教材——《中国当代文学史教程》横空出世，以令人耳目一新的学

建一座森林，
让城市里的人
有情感的空
气
张思和
2013.6.30

中國新文學
整體觀
大膽探索·激情反思
陳思和 著

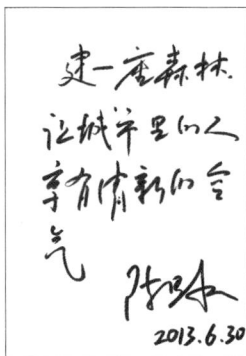

思和师赠我的港版著作，我
会一直珍藏

术气象颠覆了以往文学史教材的刻板风格，荣获全国普通高校教材一等奖，成为当下中国高校最有影响力的教科书之一。作为一本普及性的教育读本，这本书再版印刷的次数之多已无法统计，我本不敢抱有收藏该书一版一印初版本的奢望，却不曾想，在一次闲逛旧书店时偶遇此书，正是 1999 年一版一印 6000 册中的一本。真是"出人意表之外"！

2016 年春，陈思和先生应邀开坛授课，所讲主题正是我所关注的"读书与写作"的内容，我获知后当然要去听的，并随身带去了这本书，请先生签名留念。他见到这本教材的老版本，很是高兴，提起笔就问我："怎么签？"一句话传递出爱书人之间的心灵默契，谦虚有礼的平等姿态也让我受宠若惊，连忙请他酌情题词即可。他略一沉吟，翻到书前印有编委会成员的那一页题词"此书迄今已印刷 30 多次，周洋小友购得一版一印的版本，殊为难得。陈思和 2016.4.13"。

从鲁迅、巴金等名家身上，我们看到，越是有名望的大家，越是接纳青年、亲近青年。这些年，我陆续购读了陈思和先生的

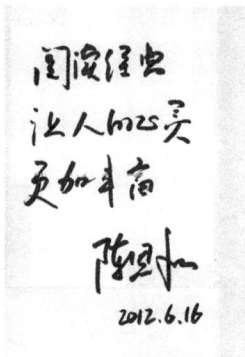

我读经典时，常会想起这句教诲

多部著作，并就书中碰到的问题向他请教。思和先生不仅热情作答，帮我解疑释惑，而且，在知道我收藏了部分他的早年著作后，还特地赠送我市面上难得一见的台版著作，令我喜出望外。为了得到先生的签名书，我曾不揣冒昧地将书寄给他，请先生签名后再寄还给我，这中间还发生过一件值得一记的事。

2012 年夏天，我在旧书网站淘得久觅不获的《羊骚与猴骚》。这是先生的早期著作，1994 年出版，仅印 2000 册，在先生的全部著作中许是印量最少的一种吧，况且我买到的还是他当年赠送给一位朋友的签名书，更加具有特别的意义。我将这本书连同其他几种一起寄到复旦，请先生签名后再寄回，为了自己的一点喜好，也顾不得要给陈先生添麻烦了。

就这样，隔了几天，我收到了先生发来的一封电子邮件：

周洋你好，我已经把书题签后都让顺丰快递送出，大约明天能够到你单位，请查收。我加了两本，一本是贾先生的纪念集，是我自己很看重的一本好书。另是我与一位台湾教授联合编的一本读本（作者注：《中国现代文学读本》陈思和、许俊雅主编，台

《羊骚与猴骚》书前衬页的这段题跋，记录了我与陈思和先生的一段书缘

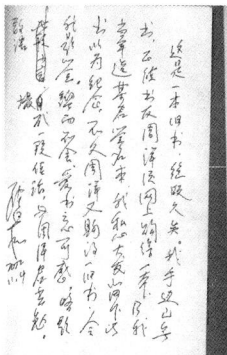

湾二鱼文化 2006 年 9 月出版)，是给台湾读者看的，也一起送给你赏玩。但是你的来书中我拿下了一本，就是《羊骚与猴骚》，这本书出版时间太长，印数不多，我自己已经没有了。看到你从网上购的旧书，那本是我原来送人的，现在被取回格外珍贵，我就冒昧留下了，请送给我好吗？希望你同意。如以后你又买到这本书，我再给你题签，把前因后果一并写出来。2012.9.21

读了这封电邮我有两个没想到，一是该书原归先生所有，此番完璧归赵当在情理之中，没想到先生却十分恳切地与我商量，着实让我感到惶恐和羞愧。二是没想到先生又赠我几本好书，而且都是很难买到的稀见版本，先生自己应该也不多吧，这份宽厚待人之心令我感佩。

我想，先生说了，等我再度买到此书将一并给我题签，这一来一往，自是一段书缘在其中，好书配上机缘才是书缘，这全凭爱书人自己去把握了。于是，我发动几位要好的书友一起帮助寻找《羊骚与猴骚》，功夫不负有心人，还真被我又买到了一本，而且品相触手如新！事不宜迟，我立即将书寄给先生，盼着他的

天枢泰岱而皮大荸木
而探长年矣. 寥使儿代人
额音绩铁肯. 仁爱定仁心
何如先生在 权引示遗方

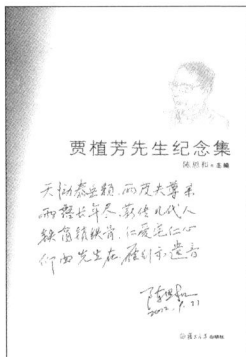

为贾植芳先生而作的这首
诗，最见人文情怀

题签。

几天后，我如愿收到了先生寄回的《羊骚与猴骚》，他在书前空白衬页上写了一段长长的题跋，兹照录如下：

这是一本旧书，绝版久矣。我手边已无书，正巧书友周洋从网上购得一本，乃我当年送某君签名本，我私心大发，留下此书以为纪念。不久周洋又购得一旧书，令我题签。锲而不舍，爱书之心可感。略题数语，撮成一段佳话，与周洋君共勉。

陈思和

2012.11.4

自此，我的书房里又多了一册先生的题签著作，闲暇时每一次捧读，忆及其中承载的悠悠往事，总能带给我温暖和力量。

在与陈思和先生的交往中，我能强烈地感受到，他是一个有着宽广胸襟和淑世情怀的人，具有自觉的文化担当精神，实实在在地践行着知识分子的责任和使命。他的价值观和人生理想，深受巴金先生、贾植芳先生等老一辈学者作家的影响，对生活、对文学、对学问都有着发自内心的炽热的爱。巴金先生一生的理想是"生命的开花"，贾植芳先生毕生的追求就是"把人字写端正"，他们在物质生活方面没有过多的奢求，但是在精神层面，始终保存着一份坚定的信念，一种高贵的品格。思和师曾经在悼念贾植芳先生的文章中，动情地写下这样的文字："坦荡，这是我从先生身上最强烈地感受到的一种品质。我们今天常常劝人走好一生的路，用'清清白白做人'来勉励自己或者别人，但我觉得，做个坦坦荡荡的人，比做个清清白白的人，更加坚强和不容易。清清白白，可以从消极的立场上去拒绝和抵制这个社会上的污浊；而坦坦荡荡的人是无所畏惧的人，他就是一脚踏进了污泥浊水，他还是能够坦坦荡荡，哪怕他坐在监狱里，受千百人的唾骂、侮辱、迫害，他仍然是个仰俯无愧的人。"

我理解，陈思和先生所看重的，就是对巴金先生、贾植芳先生那一代知识分子精神和风骨的传承。他所在意的，永远是人格的健全，思想的启蒙，道德的完善。而他所做的，就是要把人性的温暖传递给青年一代。正如冯友兰先生所言："人类几千年积累下来的智慧，真是如山如海，像一团真火。这团真火要靠无穷无

作者与陈思和先生合影

105

尽的燃料继续添上去，才能继续传下来，我感觉到，历来的哲学家、诗人、文学家、学术家都是用他们的生命作为燃料以传这团真火。"

走笔至此，我不禁想起陈思和先生赠送给我的，他"很看重的一本好书"——《贾植芳先生纪念集》。这是一部沉甸甸的大书，倾注了他大量的情感和心血在其中！在书的扉页，他用钢笔题写了一首五言律诗，这首诗既是对恩师贾植芳先生的怀思，亦可视作他的一番心曲，用在这篇小文的结束，真是再合适不过了。

天恸泰岳颓，两度失尊亲。

雨露长年尽，薪传几代人。

铁窗锁铁骨，仁爱宅仁心。

仰面先生在，雁行示遗音。

二〇一六年劳动节于沪上入梦来斋

附记：此文完稿后，某日展读陈思和先生著《鱼焦了斋诗稿初编》（漓江出版社 2013 年 1 月版），书中收录了上述这首诗，题目是《悼念恩师贾公植芳先生》，但部分诗句稍有不同，诗云：天悲泰岳颓，两度失尊亲。雨露长年尽，薪传几代人。冰霜存铁骨，春暖宅仁心。仰面先生在，雁行遗大音。落款时间为"二零零八年四月二十四日"。两相比较，为我题写在扉页的当为"修订版"，诗味更浓也更圆熟一些，对陈思和先生所作旧体诗感兴趣的朋友可以对此做些探究。

二〇一六年七月十日补记

上善若水真名士，提携晚进显风流

——陈子善先生印象

　　曾在一本书中读到过这样的话："人的一生有两种老师：一是在学校的传道授业解惑者，一是走上社会后人生道路的指点者、关心者。"陈子善先生于我，就是这后一种老师。

　　陈子善先生1948年出生于上海，现执教于华东师范大学中文系，早年曾参与1981年版《鲁迅全集》的注释工作，是现代文学研究专业的教授、博士生导师，更是享誉海内外的张爱玲研究专家。他主编的现代作家文集、评论集、研究资料集不下百余种之多，其中周作人、郁达夫、叶灵凤等新文学巨匠的文集更是成为公认的经典。先生的书话文章严谨精练重考证，有浓郁的书卷气，而无酸腐的八股腔，是爱书人的"私房菜"，《遗落的明珠》《发现的愉悦》《看张及其他》《沉香谭屑》《钩沉新月》《春风沉醉》《不日记》《素描》……每一次新作问世，都会引起不小的反响，在读书界可谓大名鼎鼎。

　　子善先生为人潇洒，性格热忱，与众多耆宿大贤、海外学者结为君子之交，在文化圈内广有人脉，且乐于提携后辈，很多人都曾得到他的悉心指点和无私帮助。生活中的陈子善诙谐幽默，视青年人为朋友，乐于尝试新生事物。他爱刷微博，拥有众多的青年粉丝，是不折不扣的意见领袖。他爱猫，家里有三只可爱的

《捞针集——陈子善书话》
封面及扉页签名书影

猫咪，深受网友们的喜爱，他的微信朋友圈每天必有一句"猫宁"问候，配上一张风情万种的猫咪靓照，看后让人不禁莞尔。自从有了微信群中拍卖旧书的新玩法后，子善先生又成了第一批尝鲜者，他眼光独到，出手凌厉，却又极重情义，有礼有节，让人隔着屏幕就能感受到他爱书的"凶猛"和谦谦君子之风。

我非文学研究圈中人，与先生的交往，完全是因为爱读他编著的书、爱听他的讲课。回想起来，2012年夏天，我曾有幸给他当了一回临时"助教"，或可看做我与陈子善先生的订交之始。那是8月初的上海，正值盛夏酷暑之中，应沪上教育机构"国学新知"的邀请，子善先生来到位于威海路上的静安书友汇，分两次主讲"张爱玲作品之原始风貌"。为了这两场讲座，他精心准备了四十多张扫描书影，对应着张爱玲作品初版本封面、版权页、插图、手稿以及信札，很多都是难得一见的珍稀史料。他引述法国学者热奈特的观点，将这些称之为"张著"的"副文本"，其中蕴藏着关于作者创作、作品出版以及名家交往的丰富信息，大有可研究之处。遗憾的是，这些书影是由陈先生的学生帮助扫描的，他本人操作电脑尚不熟练，而主办方的工作人员又因故迟到了，此时急需有人在陈先生讲课时来为他操控电脑。幸运地是，当天我差不多第一个来到讲座现场，于是自告奋勇地揽下了这个活，根据子善先生的讲课节奏，适时地将书影播放到大屏幕上，圆满完成了指定任务，当了一回临时"助教"。

那两次讲课吸引了很多听众，现场座无虚席，反响出奇的好。子善先生对我的工作似乎很满意，随兴和我聊了一些关于书的话题，并在第一次课后就确定，由我继续担任下一场讲课的"助教"。我带去了好几本他的著作，先生一一题词签名以作留念。其中不乏我珍藏已久的心爱之书，比如《私语张爱玲》，是我读大学时淘旧书所得，他在扉页题词"一个知己就像一面镜子。录张爱玲'私语'为周洋题 编者陈子善 壬辰夏"。《回忆梁实秋》是书友孟兄赠我的一本好书，印量极少，先生在扉页题道"此书无序，应有序，出书后竟未印入，可叹！周洋弟存念 陈子善 壬辰夏"。说的是此书本该有一篇序言却漏印之事，那么序言为何人所写？因何故未印入？看来又是一段值得考证的掌故轶事。后来，一个偶然的机会，我读到了天津书友刘运峰教授撰写

陈子善教授正在讲述1940年8月发表张爱玲《天才梦》的第48期《西风》杂志，我在一旁当"助教"

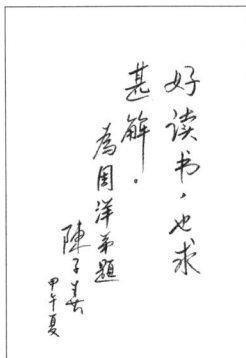

子善师的题词总是很"好玩",也很有味道

的《再请陈子善教授签名》一文,提到了因责任编辑大意,未将子善先生序文印入之事,从而解开了我的疑问。我最看重的还是《猫啊,猫》,这是一本关于猫的散文合集,通过子善先生的搜罗编纂,一册在手即可将猫之美文一网打尽,怎能不叫人珍爱。子善先生既爱猫又爱书,自然对这本"猫之书"另眼相待,他在书前衬页题写了这样一段话"如果你能与猫亲密共处,也许你就懂得了爱,懂得了理解,懂得了尊重,懂得了同情,懂得了宽容。为周洋书友题 陈子善 壬辰夏日"。这段话我越读越喜欢,子善先生多年爱猫养猫,从中悟出的,既是人与人之间的相处之道,也是人与自己的相处之道啊。

这之后,我和子善先生慢慢熟稔起来,听他讲座的次数也渐渐增多,知道他在现代文学研究之外,对版画、藏书票、西方古典音乐等领域皆有涉猎。2013 年秋,我受邀参加黄永玉先生作品朗读会,在外滩源壹号与陈子善先生再度会面。第一篇章朗诵黄永玉先生的诗作,我是第九位登台朗诵者,而他被安排在第二位出场,和著名的表演艺术家曹雷老师朗诵的是同一首诗——《风

如果你将与猫亲密共处，也许你我懂得了爱，懂得了理解，懂得了尊重，懂得了同情，懂得了宽容。

为周军书友题

陈子善
壬辰夏日

爱猫与爱书亦可兼得其乐

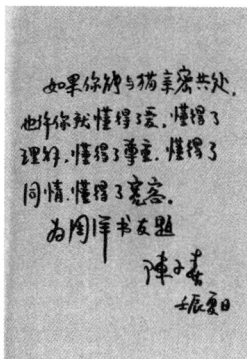

车，和我的瞌睡》。这是黄永玉先生创作于 1947 年的一首诗，也是迄今为止能找到的他最早的文学作品。子善先生在同年 10 月 13 日《文汇报·笔会》的专栏"不日记"中考证了这首诗的发表经过，读过这篇文章的人，就会知道曹雷老师朗诵的，是 1947 年 9 月上海《诗创造》丛刊第 3 期《骷髅舞》上的版本，而子善先生朗诵的，则是 1947 年 8 月 23 日发表于《益世报·文学周刊》上的版本，前后两个版本在字句上有很多不同之处，后发表的版本更为紧凑、精练，子善先生用他的考证专长，大胆地推想：由于《益世报·文学周刊》是黄永玉表叔沈从文先生主编的，或许诗稿投寄后，沈从文对黄永玉的诗作进行了修改润色。正因为有了子善先生的这一番考证，使我们在享受诗文之美的同时，还了解到关于这首诗在创作和发表过程中不为人知的掌故。

子善先生与我父亲的年龄相当，他对青年后辈的扶掖帮助，我是有着切身体会的。2014 年，我在基层工作时组织编写了一本小书《最是书香能致远》，为了给这部书增添更多的文化气息，我想到了请陈子善先生题写书名。众所周知，书名就好比画龙点

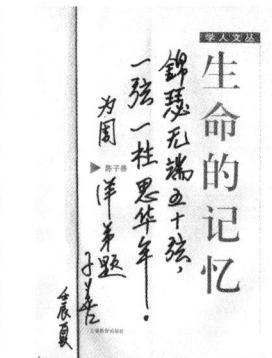

李义山的诗适足以表达一种
关于生命的记忆

睛之"睛",是一本书给人留下的第一印象,非同小可,一般由业内德高望重的前辈师长来担当。请陈子善先生题签,我心里还是颇有把握的。一则缘于他热心于阅读推广事业,常在公开演讲中为提倡全民阅读鼓与呼,对青年读书人更是关爱有加,有求必应。二则自认为先生对我的印象还不错,在几次交往相熟后,他总是半开玩笑地称我为"街道干部",并热情地把我介绍给与他同行的朋友。印象中,子善先生也问起过我所在街道的群众文化生活,这样的机会我总是很珍惜,绘声绘色地向他描述一番。不过,先生来浦东的次数似乎不多,有一回他到浦东图书馆参加《傅雷家书全编》首发式座谈会,发现我没去,事后关切地问起缘由,知我公务在身不得空闲,便很有些替我惋惜的样子。

那一年国庆假期,我在上海图书馆见到了陈子善先生,向他介绍了思学青年读书会的会员构成、运作模式、主题活动,以及《最是书香能致远》一书的主要内容和编纂情况。他颇有兴趣,称赞我们致力于青年读书是一件好事情。当我提出为书稿题签的请求时,他非常爽快地就答应了,提笔写下"最是书香能致

边缘织小，以微知著，其中
自有"发现的愉悦"

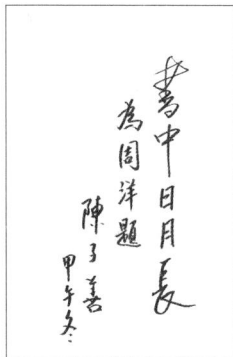

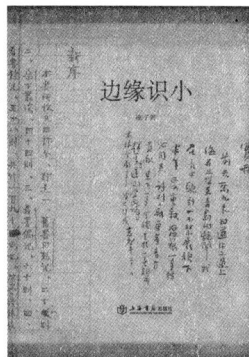

远，腹有诗书气自华"两句诗，作为对我们的鞭策和勉励。子善先生的字潇洒飘逸，有名士风范，先生对普通读者的平等相待让我心生敬意。我想，青年人愿意读书总是有希望的，读书会就是一颗小小的种子，当它发芽、成长之时，离不开各位师长的关心帮助。建设书香社会不会成为一句空话，因为有前辈的指引和传承，青年们就会有向上的动力，永远朝着知识的高峰攀登。

　　近年来，子善先生在多家报纸上同时开设专栏，接连出版的新书拥有稳定的读者群，他的微博粉丝也已接近百万之众，社会声望日隆。但子善先生的书生本色不改，爱书人的初心不变，他依旧沉浸在买书读书的快乐天地中，并把写作看成是爱书藏书的一种延伸、一种境界。虽然他曾谦虚地表示，那不过是表达了"个人的私意我见"（周作人语），但我以为，他在那些"钩沉新月"的考证和"沉醉春风"的文字中，已经耕耘出一方"自己的园地"，读者徜徉其中所体验到的，不仅仅是"发现的愉悦"，更是一种拂落心尘、寻归本真的"雅集"。

　　　　　　　　　　二〇一六年国庆节改定于入梦来斋

拥有的何止学问与情怀
——访曹锦清先生

初识曹锦清先生的大名缘于他的代表作《黄河边的中国》，书友的强烈推荐激起了我对这本书的好奇心，迫不及待地觅了来读，近 800 页的大书一周之内就读完了，深感震撼！这之后，我在旧书店淘书时，凡曹锦清先生的著作必先收归囊中而后快。同时，一个大胆的想法在我脑中产生，我期待着有一天能去曹锦清先生的书房当面向他请教。

事有凑巧，我有一位同事曾在华东理工大学求学，通过他得以和曹锦清先生取得联系。当两个年轻人提出登门拜访的请求时，先生很爽快地就答应了。一如他在学生心目中的形象——坦诚随和，平易近人。

怀着崇敬的心情，我们如约而至，敲开了曹锦清先生家的大门。普普通通的三居室，家具陈设也都有些年头了，先生没有任何客套，平和地把我们让进了书房，只见两壁的书橱顶天立地，如同置身书的海洋，这里才是房屋主人真正的"娜嬛福地"啊。

虽是初次见面，但我们作为曹锦清先生的读者和学生，早已走进他的精神世界，因此并不感到局促和陌生。话题当然还是从《黄河边的中国》说起。先生是一个非常健谈的人，而且记忆力

《黄河边的中国》封面及扉页签名书影

特别好，聊起深入中原腹地的大致经过，谈起田野调查的难忘经历，都是如数家珍。上世纪80年代，思想解放，国门打开，大量的西方人文译著进入中国，知识界在读书求知中开始了对国家和个人命运的反思，有人在"黄色文明"与"蓝色文明"的比较中失去信心，有人在市场经济的大潮之下慨叹人文精神的失落，有人在对封建社会政治结构的分析中感到迷惘，中国的真面孔在哪里？中国人的真精神在哪里？带着这样的问题，曹锦清先生走出书斋，返回实证，返回国情，直接阅读中国社会生活这本大书，着眼于中国"是什么"，而非在西方价值体系里中国"应该是什么"。那些年，他走进广阔的农村，与农民同吃同住，从解剖一只麻雀入手，获得了理解中国社会的第一手资料，他把自己的所看、所听、所谈、所思、所虑结集成《黄河边的中国》一书，让我们感受到一个学者渊博的知识、深刻的思想，还有一份真挚的家国情怀。

曹锦清先生的书架上，整排整套的《毛泽东文集》《毛泽东选集》很是醒目，在他的书桌上，摊开放着一本新近出版的《毛

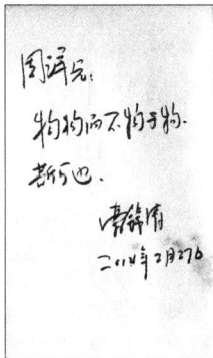

《现代西方人生哲学》记录了
曹锦清先生最初的学术探索

泽东年谱》，可见先生对于阅读和研究毛泽东颇有兴趣。我平素喜读中共党史，对领袖人物的传记亦有所涉猎，想起这些年，关于毛泽东研究的书籍可谓是多如过江之鲫，然其质量却是良莠不齐，我抓住这个当面请益的机会，向曹先生提问，请他谈谈看法。先生略加思索就一针见血地指出，毛泽东是绕不开的历史人物，若论对中国国情和中国革命内在规律的判断，无人能出其右，他深知国民党蒋介石无力赢得民众，因此在国共两党的较量中必定败北，他有必胜的信念和成就事业的方法，由此奠定的领袖地位坚不可撼。曹先生告诉我们，毛泽东的哲学思想、辩证法思想、《矛盾论》《实践论》等名篇尤其值得精读，感兴趣的文章做好标记，汇编起来重点读，再挑出有启发的篇目逐字逐句精研细读。授人以鱼不如授人以渔，在和先生的交谈中，这种诲人不倦、奖掖后学的精神让我们深受感动。

置身于书海之中，话题自然离不开读书。我们提到爱读历史书，请先生推荐，他说，近代史可读郭廷以的《中国近代史纲》，这部书偏重实证，观点比较客观公允。在征得同意后，我们饶有兴味地"逛"起了曹先生的书架，发现既有凯恩斯的《就业、利息和货币通论》，也有哈耶克的《通往奴役之路》，还有弗朗西斯·福山的《历史的终结及最后之人》，这些书的观点大相径庭，应该怎么阅读？他说，读观点相左的书，主要是看其论述的方法。妙哉斯言！言简意赅，却有醍醐灌顶之效。

我对曹锦清先生说："曹老师，带来了几本您的著作，想请您签名留念。"他说："好啊，拿来我签。"

先生在《中国七问》的扉页上题道："在中华民族崛起的前夜，自觉承担文化复兴的重任。"他拿起 1995 出版的《当代浙北乡村的社会文化变迁》说："你还有这本书呀，这本书很难找了。"我说："这本书第一版第一次印刷只印了 2000 册，我这本还是复旦大学张乐天教授（该书合著者）的签名本呢。"先生又拿起 2000 年 9 月上海文艺老版的《黄河边的中国》说道："这部书上海文艺最近出了修订版，是上下册。"我说："这本书是华东师大钱谷融先生的藏书，老先生因为家中装修，书没地方放，分送给友人一部分，我有幸得到了这一本，也是第一次印刷的初版

在曹锦清先生书房合影

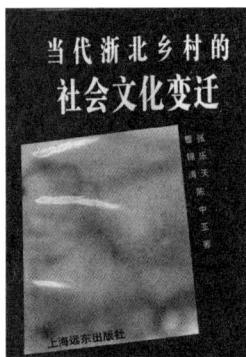

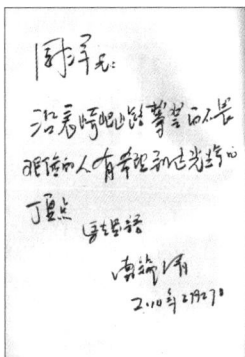

曹锦清先生为我题了一段
马克思的名言

本呢。"

1988 年 3 月学林出版社出版的《现代西方人生哲学》，是曹锦清先生的第一部著作，他在这部书中对尼采、萨特、海德格尔、陀思妥耶夫斯基等西方哲学家关于人的哲学思想做了介绍和评述，是该社人文丛书的第 3 本。我说："这本书是我读大学时找了十几家旧书店才买到的。"曹先生点点头："这本书也不好找了。"

与先生聊天，听先生讲座，请先生签名留念，就是在阅读一部精彩的大书，书中有学问，有情怀，有育人，有信仰，还有毫无保留的爱。真想再去他的书房，看他点燃一支烟，坐在洒满阳光的座椅上，谈学术，谈读书，谈学界人与事，谈他自己的故事。

二〇一四年国庆初稿于入梦来斋

二〇一六年春节改定

（原载 2016 年 4 月 13 日《人民日报》海外版）

法兰西文化的种子在这里播撒
——访马振骋先生

喜爱读书的朋友，都知道上海有一个思南读书会。每逢周六，申城的爱书人便汇集于此，邂逅一本好书或聆听名家讲座。今年2月，思南读书会举办两周年庆典并评选年度读者，82岁高龄的翻译家马振骋先生从市委宣传部领导手中接过奖牌，被评为"年度荣誉读者"。笔者和其他五位读者也有幸忝列其中，大家对马先生获奖表示祝贺，并希望能有机会参观他的书房，马先生听闻此言，非常热情地邀请我们去他家做客。

马振骋先生家位于沪上一幢闹中取静的高层公寓内，从他的书房窗口望出去，浦江风景尽收眼底，令人心旷神怡。先生书房里的藏书以法国文化类居多，既有雨果、福楼拜、莫泊桑等作家的经典名著，也有波德莱尔、兰波等现代派诗人的诗集，还有法国的政治哲学、古典音乐等方面的书籍，装满了4个大书架，分列在书房的四壁。其中有一格，专门摆放了先生自己的译著，《人的大地》《小王子》《镜子中的洛可可》《蒙田随笔全集》……摆得满满当当，光是蒙田作品就有全译本、选译本等多个版本，让我们大开眼界，赞不绝口。马先生的工作台紧靠着窗户，一本厚厚的法文原著，一叠普通的方格稿纸，几部分门别类的法语辞典，若干不同颜色的水笔，陪伴着先生走过寒来暑往的漫漫翻

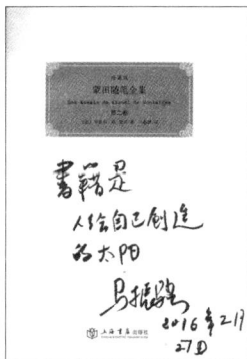

《蒙田随笔全集》封面及
扉页题词书影

译之路。拉上窗帘，打开台灯，书房的氛围静谧而安详，资深翻
译家马振骋先生就是在这里，将法兰西文化的种子播撒到中文
世界。

一部《小王子》，让我们领略到法国文学纯美动人的艺术境
界，也让其作者圣埃克苏佩里为更多的中国读者所知晓。其实，
早在 1981 年，马振骋先生参与翻译的第一部法语作品，就是圣
埃克苏佩里的小说集《夜航》。这是一本 32 开、251 页的小书，
由外国文学出版社出版，内容包括《夜航》和《人的大地》这两
部多次获奖的中篇小说。其中《人的大地》是由马振骋先生独立
翻译完成的，书中还有他写的关于作者的介绍，这可能是第一篇
向国内读者介绍圣埃克苏佩里这位法国作家的文字。1999 年，外
国文学出版社又以《人的大地》为书名结集出版了马振骋先生翻
译的圣埃克苏佩里的 4 部小说，分别是《小王子》《夜航》《人的
大地》和《空军飞行员》，是该社"20 世纪外国文学丛书"第二
辑中非常重要的一部书，后来又由上海人民出版社推出新的版
本，一直长销不衰。值得一提的是，《小王子》一书虽曾有过 20

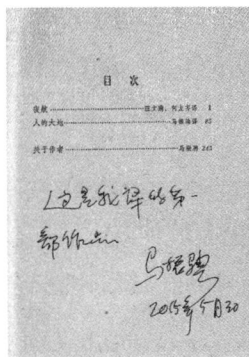

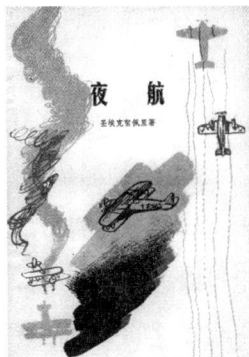

《夜航》书中有马振骋先生
翻译的第一部作品

多个不同的译本，但在众多法国文学爱好者的眼中，最早的马振
骋先生的译本却是最权威的。

先生的书架上整齐地摆放着好几座奖杯，造型独特，格外引
人注目。在这些荣誉中，分量最重的当属 2009 年首届傅雷翻译
出版奖。由法国驻华使馆资助设立的这个奖项，专门用于奖励中
国年度翻译出版的最优秀的法语图书，首届文学类获奖作品就是
由马振骋先生翻译的煌煌三大卷《蒙田随笔全集》，颁奖嘉宾是
2008 年诺贝尔文学奖得主、法国著名作家勒克莱齐奥。蒙田是
法国文艺复兴时期伟大的人文主义思想家，他的随笔有很多是用
距今 400 多年前的法语古典笔法写成的，马振骋先生参照的原文
是法国伽利玛出版社 1962 年出版的《蒙田全集》，好处是不经过
英文译本的中介，直接从法文翻译到中文，可以精确呈现蒙田思
想的精髓。难点在于，每篇随笔文字几乎都掺杂着古法语而且全
文不分段落，文中还频频会出现其他方言和冷僻字，"看得人头
皮发麻，翻译起来每一句话都让人头疼"，马先生如是说。就是
在这样一个浩大繁复的工程面前，马先生迎难而上，以其深厚的

中法文素养、丰富的翻译经验和老到的译笔，独自完成了《蒙田随笔全集》3大卷共107章全部80万字的翻译工作。记得钱锺书先生曾说过，翻译让原作得以"投胎转世"，躯壳虽然"换了一个"，但精神姿致"依然故我"。妙哉斯言！正是因为有马振骋先生这样博学、睿智、有恒心的译者，才让蒙田的生命在中文世界里得以再生和延续，并且焕发出新的神采。

在这间处处散发着法兰西文化魅力的小书房里，马振骋先生和我们聊蒙田、谈翻译、话人生、品读书，还不时地递上精致可口的饼干和糖果等小点心。几十年如一日与书相伴的人生阅历赋予了马先生风趣幽默的话语风格，他常常寓庄于谐地说出一些意味深长而又富含哲理的话。记得当时我们正为打扰了他的休息而深感抱歉，马先生却调侃道："勿要紧。有一句法国谚语你们听说过吗——疯子碰头越多越开心！"逗得我们忍俊不禁，一下子拉近了和他的距离，谈笑间快乐的氛围洋溢在书房内外。我抓住机会，将事先准备好的《蒙田随笔全集》递了上去，请先生签名留念，先生一看，还是限量发行的精装毛边本，非常高兴地说道：

在马振骋先生书房合影

我们对自身的了解，
来自大地，更多于
来自全部的书。因为
大地给我们不刊。

马振骋
2005年5月30日

《人的大地》是20世纪外
国文学丛书中非常受欢迎
的一本书

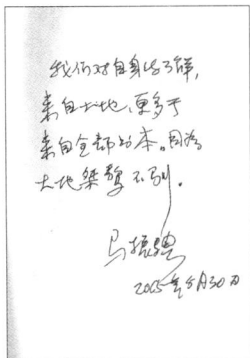

"我们都是爱书人，我送你一句蒙田的话吧。"于是提笔写下"书籍是人给自己创造的太阳。马振骋 2016 年 2 月 27 日"。

走出马振骋先生的家，已是华灯初上，繁华的都市跳动着快节奏的脉搏，而我的心还依旧徜徉在法语文化的世界里，久久沉醉。

二〇一六年三月二十六日夜于入梦来斋

（原载 2016 年 6 月 1 日《人民日报》海外版）

一位安贫乐道的民间学人
——访程巢父先生

    读了几本关于思想史方面的书，使我关注到一个群体——民间学人，他们身处象牙塔之外，不为名利所羁绊，所从事的研究没有课题经费的支撑，完全出于个人兴趣，这样的境界更让我由衷钦佩。谢泳先生曾在《民间有高人》一文中对两位醉心学术的老人赞赏有加，其中一位便是程巢父先生。

    程先生 1934 年生于湖北汉口，现定居上海，原为京剧编剧，后从事文艺评论，介入新诗研究。近年来在陈寅恪和胡适研究两个领域频频发表有分量有见识的文章，以其深厚的文史学养和注重实证的治学方法令人刮目相看。我曾购读程先生的著作《思想时代》（北京大学出版社 2013 年 7 月 1 版 1 印），该书收录了他关于陈寅恪、胡适的研究文章 29 篇，每一篇都有强烈的问题意识，旁征博引，文辞典雅，皆为隽永可读的好文章。

    读其文而得以见其人，方知书缘常常连着人缘。我与程巢父先生最初的相见，是在上海召开的周有光先生 112 岁寿诞座谈会上。参加这次座谈会的 20 多位学者中，年纪最长者，就是以研究胡适、陈寅恪名世的程巢父先生。他谦称自己的发言只是为周有光先生的观点增加一些注解，并即兴说了民国时期张元济、王云五两先生遭遇绑架后复获解救的掌故，博得满堂会心一笑。他

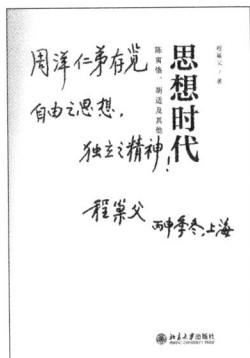

北大版《思想时代》封面及扉页题词书影

又将一份自印的文章《抗战胜利后知识分子的舆论幅度》分发给现场的听众，文中还用红笔订正了两处笔讹，严谨的风范让人感佩。座谈会后，我有幸与程先生攀谈起来，他记下了我的电话号码，问了我一些基本的情况。大约一星期后，我就接到了他的电话，说是有一本《思想时代》的附录要赠送给我，于是我们约定，周末晚间由我登门求教。

程巢父先生的家位于虹口区曲阳路上的一个老式住宅小区内，我按照先生在电话中详加指点的路线图，很快就找到了他的家。先生依旧是一身素朴的装扮，面容清癯，身形单薄，行动也有些迟缓，毕竟已是耄耋之龄的老者，唯有那如炬的目光透过厚厚的镜片，显得坚毅而有精神。先生告诉我，这间房子是几年前就租下的，目前他一个人生活在这里。我环顾这一室一厅，目之所及几乎没有一件像样的家具陈设。但是，我从先生自信而坚毅的话语中，分明感受到一种怡然自得之乐，因为，这里的每一个房间甚至过道里，都放置了书架，连阳台也被改装成一个简易书房，满满当当都是他的藏书，一台老旧的手提电脑，一部简陋的

用洋仁弟存览
读书养性
程巢父
西村录

附录

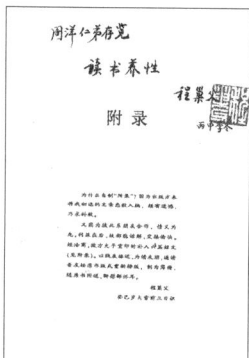

华夏出版社《思想时代》
初版本及《〈思想时代〉附
录》书影

打印机，助力他撰写文章，传播思想。古今名士的书房皆有斋名，程先生为自己这间屋子取名"不降斋"，他的博客上还有一段"告白"云："寒斋以不降命名，即'不降其志，不辱其身'之谓也。尝自拟一联：立言不说半句假，文章耻学阿世姿。本人以真姓名，发表负责任的文字，不对任何人和事作匿名的批评。"可见这"不降"之中暗藏风骨。

打开一扇书柜的门，程巢父先生取出一本薄薄的小册子递到我的手上，这就是他要赠送给我的《〈思想时代〉附录》。先生告诉我，《思想时代》是他的第一本著作，最早由华夏出版社于2004年5月印行第一版，书前还有钟叔河先生撰写的序言《为陈寅恪、胡适说话》。是书出版九年后，其思想魅力和学术价值不减，北京大学出版社主动找到先生，要求再版重印，增加了若干新作和多幅图片，使该书更添神采。惜乎出版社因种种缘由，未将程先生初选的文章悉数收入，先生遂自印百余本《附录》赠送给志趣相投的书友。自印本《附录》的封面沿用了北大版的封面图案，正文部分共42页，收录了《唐家的胡适遗墨》《一部精密的史学工具书》《贯酸斋不是斋名》等 7 篇文章，是阅读《思想时代》一书的有益补充。我请先生在扉页题跋以作留念，他在《思想时代》书前题写了陈寅恪的名言"自由之思想，独立之精神"，在《附录》书前写的是"读书养性"四个字，还特意翻查了黄历，郑重地写下"丙申季冬"作为落款，并钤上了他的印章，还特地关照我，"季冬"就是农历十二月的意思，这是我知道的，司马迁《报任安书》中就有"今少卿抱不测之罪，涉旬月，迫季冬，仆又薄从上雍，恐卒然不可为讳。"的句子。细微之处尽可看出先生对晚辈后学的尊重。

造访读书人的家，最大的乐趣莫过于参观他的书房。许是在我之前的来访者都对先生的藏书表现出极大的兴趣，先生不仅同意我参观他的书架，还告诉我如需拍照尽可随意。有了先生的应允，我如同进了伊甸园，睁大双眼逐个书架贪婪地看过去，一是想看看先生的读书重点和方向，二是想看看有没有自己未曾收藏的好书，三是对照先生的藏书，检讨反思自己的买书得失。

程先生的藏书以文学和历史为最多。文学类书籍偏重中国古典文学，其中尤以古典诗词、古代散文的各种选本和名家文集最是丰富。外国文学似乎仅有寥寥数本脍炙人口的名著，现当代文学亦是如此。先生的书桌上，摊开放着一本繁体竖排的《周礼正义》（［清］孙诒让撰，中华书局"十三经清人注疏"之一种，2013 年新版），是他正在研读的书，书桌边还有一册《名家精译古文观止》，也是中华书局的新印本。先生告诉我，年轻时打好古文基础，最好的办法就是全文背诵《古文观止》，这个名家精译的版本是不错的选择。反观自己，家中已有《古文观止》的好几个版本，安徽教育出版社的杨金鼎版《古文观止全译》，中华书局的钟基、李先银、王身钢版《全本全注全译古文观止》，还有中华书局出版的葛兆光、戴燕注释本《古文观止》，看来仍旧没有选对最佳的版本，更为关键的是，自己没有花功夫去背诵，因此实在是枉读了这许多年的书，根本谈不上有古文的根基。

先生以研究胡适、陈寅恪为学术本业，因此，晚清史、民国史方面的藏书最为丰赡，特别是人物年谱蔚为大观，目之所及就有《孙中山年谱长编》《梁启超年谱长编》《蔡元培年谱长编》《郭沫若年谱》《周作人年谱》《沈从文年谱》等若干部。在历史研究中，年谱比之传记的优胜，便不消多说了。当然，历史人物的日记、书信集、回忆录，也是先生藏书中的重要门类，正是这些基础性史料，确保了先生的文章逻辑严密、考论精当。先生还对我说，他研究陈寅恪主要读的是上海古籍出版社的老版本《陈寅恪文集》，该书由很多旧学功底深厚的老先生参与校订，质量上乘有保证，随着这些老先生的仙逝，新版本的编辑力量已是今不如昔，上世纪80年代的旧版也就成为绝响。此外，近年来出

程巢父先生在书房为我题签

版的新书也在先生的阅读视野之中，在他的书架上，王汎森先生的力作《权力的毛细管作用——清代的思想、学术与心态》（北京大学出版社2015年9月修订版）厚厚一册很是醒目，我问先生对此书的评价，他非常认真地回应说："王汎森是余英时先生的弟子，这本书写得很扎实。"

一心耽学、安贫乐道的程巢父先生，不仅有独善其身的高尚情操，更有尽己所能兼济友朋的善心良愿。就在这间简陋的租住屋内，常有在网络世界萍水相逢欲来沪找工作的寒门学子与他共同居住，他用这种无言的方式默默接济那些家贫志坚的年轻人，或许在他的心中，这才是知识分子应有的担当。

二〇一七年一月二十八日丁酉大年初一完稿

我就是那个"同学6"

——李泽厚先生丽娃河畔谈哲学侧记

2014年5月9日至27日，84岁高龄的著名哲学家、思想家李泽厚先生，应华东师范大学思勉人文高等研究院的邀请，在丽娃河畔以"什么是道德"为题开设伦理学讨论班。华东师大哲学系精锐学者悉数到场，加上慕名而来的哲学爱好者共百余人，与李先生论学问道，成为当年度中国思想界的一件文化盛事，也必将成为李泽厚先生晚年学术活动中的标志性事件。华东师范大学出版社于2015年6月出版了《什么是道德？——李泽厚伦理学讨论班实录》一书，详细记载了这次讨论班的全过程，可谓是嘉惠学林的一桩善举。

那一年，我和华东师范大学思勉人文高等研究院的肖连奇老师取得联系，受邀参与了伦理学讨论班全部5次活动，面对面聆听李先生的哲学讲演。翻开这本书，那一字一句又串起了我的回忆，特别是该书第138页，李泽厚先生在讲课中谈到封建礼教体系，提到了中国古代社会妇女的"三从四德"。他即兴提问："现在我不知道大家知不知道什么叫'三从'，谁来回答？"此时，"同学6"（该书统一用数字指代到场听众）答道："未嫁从父，既嫁从夫，夫死从子。"李泽厚先生回应说："对，完全正确。"随后又对"三从"的内涵和外延作了阐释，讨论班平等、自由的课堂

《什么是道德？——李泽厚伦理学讨论班实录》和《美的历程》初版本封面书影

氛围在这一问一答之间尽显无遗。如果可以给这本书加个注解，我想说，这个"同学6"就是我，这次答问也是我在伦理学讨论班中的唯一一次发言，因此记忆犹新。

伦理学讨论班是在华东师大中北校区理科大楼 A 座 508 会议室举行的，能容纳五六十人的会议室坐得满满当当，校方临时在 1 楼另辟出一间大教室同步播放视频，才勉强满足了李泽厚先生众多拥趸的热情。上课时，我就坐在李泽厚先生正对面略偏右手边的座位上，得以近距离感受先生的大师风范。前两次上课，李先生穿着藏青色西装，头发花白，目光如炬，由他的夫人陪同左右，后几次上课他换了一身红色的夹克衫，还戴了一顶灰色的棒球帽，多了一份随意和洒脱。

李先生说，这次来华师大授课有两个"冒险"：一是身体欠佳，前两天还因感冒打了点滴，二是虽曾在美国教过书，但不到十年，在国内也没有正式上过课，担心讲得不好。这实在是先生的谦辞，在他的主导下，伦理学讨论班一改"我讲你听"的传统模式，代之以讨论、反诘、辩论、启发等全新的课堂理念。往往

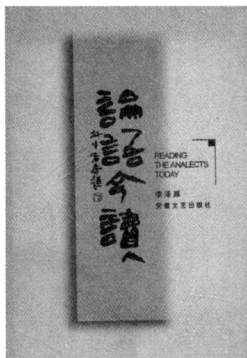

我最爱看的两本"李著"

是李泽厚先生确定一个主题，大家自由发言讨论，他抓住有价值的观点，循循善诱地将讨论引向深处，有时甚至故意激起不同立场之间的思想交锋。一番唇枪舌剑之后，李先生扮演了古希腊哲学中苏格拉底的角色，运用精神的"助产术"，帮助我们逐步建立起关于真理和价值的认识。

　　为了筹办李泽厚先生伦理学研讨班，华东师范大学哲学系可谓是做了精心的准备，首先就体现在该校哲学领域最具影响力的教授全程参与学术研讨，将冯契先生的学脉传承体现得淋漓尽致。第一次授课，是由华东师范大学哲学系主任郁振华教授担纲主持，他深情回忆了1985年的秋天，李泽厚先生第一次来华东师大讲学，自己还是华东师大哲学专业的本科生，有幸参加李泽厚先生的学术报告会，由于听众之多超乎所料，不得不连续调换三次会场，他为了占到一个座位而"一路狂奔"，这场景时隔30年依然记忆犹新。第二次授课，是由长江学者杨国荣教授主持，杨教授在中国哲学领域学养深厚，尤擅王阳明研究，哲学界素有"北陈南杨"之称，"北陈"即清华大学国学院院长陈来教授，"南杨"就是杨国荣教授，我以为，李泽厚先生在本次伦理学研讨班上的重量级问题都是抛给杨教授的，英雄相惜之情自不待言。第三次授课，华东师大干脆请来了远在首都北京的"外援"陈嘉映教授，陈教授是研究海德格尔的当代著名哲学家，他的著作向以思想深邃而闻名，这次听课我感到他的语言风格特别诙谐幽默，李泽厚先生多次"出招"，他都以风趣的话语见招拆招，听者无不会心一笑。第四次授课，原定由华东师大党委书记童世骏教授主持，他因公务在身未能出席，但最后一次公开课时，由他亲率杨国荣、陈嘉映、郁振华四位教授齐登场，围绕哲学是什么等话题，展开思想交锋。我观当日盛况，不禁想起《射雕英雄传》中全真七子以天罡北斗阵与黄药师比武的场景，如此高水准的学术研讨、思想碰撞，沪上能得几回闻？

耄耋之龄的李泽厚先生丽娃河畔论哲学，对于爱好哲学的知识分子来说，确实是千载难逢的学习良机。研究文学理论的刘绪源来了，研究毛泽东思想的萧延中来了，研究语言学的胡范铸也

在丽娃河畔，追随大师的脚步

李泽厚先生的哲学王国体大思精。

来了，就连久未在大陆学术界露面的学者商戈令也出现了，真是群贤毕至，少长咸集。

值得一提的是，李泽厚先生也是个爱书人。我记得他曾说过："你要是不读书，慢慢就和书远离了，可你一旦读起来，读出兴趣了，你想读的书就越来越多，头脑里的问题也越来越多。"不是资深"书迷"，能说出这番有见地的话吗？在这次伦理学讨论班的课间休息时间，我将自己珍藏多年的《批判哲学的批判》和《美的历程》初版本带去现场，请李泽厚先生签名留作纪念。不过，对我来说更大的纪念，则是思想的激荡，精神的净化，还有大学问家的魅力熏陶。我真的还想再当一回丽娃河畔的"同学6"，聆听李泽厚先生谈论哲学，激荡思想，感悟人生。

二〇一五年七月五日

（原载 2017 年 1 月 2 日《藏书报》）

你的梧桐也是我的回忆
——我所参加的黄永玉先生作品朗读会

黄永玉这个名字在中国文坛注定会成为一个传奇。他以画名世，却心系文学创作，数十年间笔耕不辍，早年诗集《曾经有过那种时候》《花衣吹笛人》已显露出不俗的才情，散文随笔集《太阳下的风景》《沿着塞纳河到翡冷翠》更是能够进入文学史的佳作。步入耄耋之年后，他的文字功夫臻达妙境，长篇小说《无愁河的浪荡汉子》甫一问世即获得如潮好评。

2013 年是黄永玉先生九十诞辰，继"我的文学行当——黄永玉作品展"在上海图书馆隆重举办后，10 月 27 日下午，由上海市作家协会、收获杂志社、巴金故居联合主办的"黄永玉作品朗读会"在外滩源壹号举行。黄永玉先生亲临现场，曹可凡担纲主持，宋思衡钢琴伴奏，著名作家王安忆、赵丽宏、孙甘露来了，老艺术家焦晃、曹雷、童自荣来了，知名学者陈子善来了，香港导演杨凡、何冀平也来了，就连久未在影视圈露面的著名电影演员龚雪也出现在活动现场……真是群贤毕至，蓬荜生辉。笔者有幸受邀参会，并在朗读会的第一篇章第九位出场，朗读先生的诗作——《我的梧桐》。

担任黄永玉作品展总策划的李辉先生曾说："提起黄永玉，集邮的人会想到他设计的猴票，喝酒的人会想到他包装设计的酒

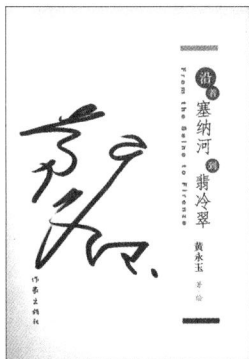

《沿着塞纳河到翡冷翠》封面及扉页签名书影

鬼酒，画画的人会想到他画的猫头鹰、荷花，甚至木刻《阿诗玛》……唯独忘了，在他的生命中还有文学。"黄永玉先生自己则说："文学在我的生活里面是排在第一的，第二是雕塑，第三是木刻，第四才是绘画。文学让我得到了很多的自由。"这不仅是黄永玉先生的心灵独白，更是他用毕生心血在实践着的人生信条。读先生的诗歌、散文、小说，都能深切感受到他这句话中所饱含的真情真意。

由著名表演艺术家曹雷老师朗读的诗歌《风车，和我的瞌睡》拉开了整场朗读会的序幕，这是目前已发现的黄永玉先生早期公开发表的诗歌中最有名的作品。还有他那首广为人知的长诗《老婆呀，不要哭》，在活动中由两位大学生朗读，这首诗情感真挚，节奏富于变化，感伤却不悲观，可以看出他在面对苦难时所秉持的坚毅、自信与乐观。

我朗读的这首《我的梧桐》，是先生回到阔别已久的故乡时的所思所感。先生 1924 年出生于湖南常德，祖籍湘西凤凰，那里的民风向来彪悍，走出了很多富有"闯"和"创"精神的名

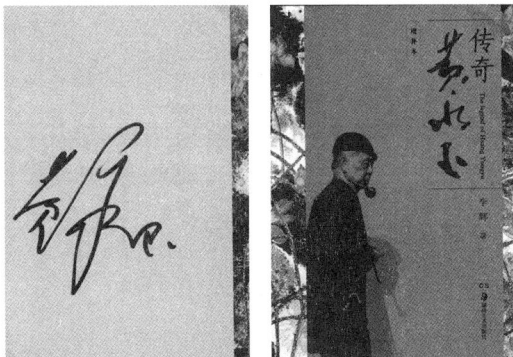

李辉写的《传奇黄永玉》
带我走近黄永玉的人生

家。比如，他的表叔沈从文先生，其家族中出了好几位戎马倥偬的将军，沈从文却弃武从文，终成一代文学大师。黄先生追忆湘西童年生活的长篇小说《无愁河的浪荡汉子》，第一部《朱雀城》就写了80万字，可见故乡生活对他的影响之深。在这首诗中，作者寄乡愁于亲手栽种的梧桐树，感叹时光易逝，物是人非，抒发了对故乡的无限眷恋。

朗读会的第二个篇章精选了黄永玉先生的散文佳作。几乎与发表诗歌同时，黄永玉开始了散文创作。进入上世纪80年代，他的散文成就更是迈上新的高峰。长篇散文《太阳下的风景》，写了他的表叔沈从文，勾勒出大时代里一个小人物的坎坷运命，顽强的生命力之中含蕴着浪漫、柔情、忧郁与悲怆，香港大导演杨凡声情并茂的朗读让此文焕发神采。此外，先生笔下那些记人忆事的篇章也都是脍炙人口的美文，经由焦晃、梁波罗等艺术家朗诵后，更添一份历史的苍凉与厚重。

小说是晚年黄永玉文学创作上的新天地，也是本次朗读会的压轴篇章。长篇小说《无愁河的浪荡汉子》，上世纪40年代就已动笔，历经动荡岁月，几次停顿，至作者 80 多岁时得以续写。该书既是一部浓墨重彩的历史生活长卷，也是一幅多民族文化交融的边城风俗图画，目前黄永玉先生仍在续写未完的篇章。王安忆、孙甘露、陈丹燕富于激情的朗读让这部小说更添神韵。

黄永玉先生最后登台，他手捧鲜花，向所有与会者致意："深深地，深深地，认识这友谊的分量。"

考虑到黄老年事已高，朗读会没有安排专门的签名环节。与会嘉宾都自觉遵守主办方的规定，只在单独与黄老寒暄问候时相机索要签名以作留念。我随身带了两本书，黄老的《从塞纳河到翡冷翠》和李辉的《传奇黄永玉》。当黄永玉先生热情地邀请我们一起合影时，出现了一个难得的机会空档，我先给先生鞠了个躬，接着就把书递给了他，他微笑着接过书和笔，就像画画一样，刷刷两下，就签上了自己的名字，我接过来一看，笔走龙蛇，恣意挥洒，典型的黄氏签名风格，真是倍感幸运。

"在薄暮抚摸我的梧桐，高高树梢洒满夕阳。和你长久的，遥远的分别。我的衰老跟不上你的成熟。你是我栽的梧桐，就在

参加黄永玉先生作品朗读会的朋友们合影留念

138

老家的墙边……"朗读会在热烈而活跃的气氛中圆满结束，这些诗句却已镌刻在我的脑海里，现在每每读起这首诗，我就会想起为我签名并与我合影留念的和蔼的黄永玉先生——一个可爱、可亲、可敬的老头儿。

二〇一三年十一月十六日于沪上入梦来斋

（原载 2014 年 1 月 28 日《艺术家报》）

以开放的胸襟接纳来自基层的创作
——我所认识的吴建中馆长

　　书籍是人类思想的载体，是文化传承的媒介。一本书的生命，在于被人们阅读、运用和传播。在我编撰了《最是书香能致远》一书后，我希望这本小书不仅能够到达社区青年的手中，还可以进入公共图书馆，方便更多的市民朋友借阅，从而更好地与我们开展交流合作，帮助我们改进工作。

　　真是冥冥之中如有神助，2015年2月1日，一个非常难得的机会出现了，上海图书馆的吴建中馆长应邀来到海上博雅讲坛，主讲"知识是流动的——出版界和图书馆界的新课题"。我不仅全程聆听了他的演讲，还得到了与吴馆长单独交流的机会，表达了向上海图书馆赠书的意愿。吴馆长欣然接纳，使这本小书正式入藏上海图书馆。

　　吴建中馆长是享有国际声誉的图书馆学家，他1978年从华东师范大学外语系日语专业毕业后留校任教，后攻读华东师大图书馆学硕士。1985年任上海图书馆副馆长，并远赴英国威尔士大学学习图书馆学与情报学，1992年获威尔士大学哲学博士学位。2002年起担任上海图书馆馆长和上海科技情报研究所所长。2005年被聘为上海世博会主题演绎顾问。多年的研究和实践，使他成为图书馆领域的资深专家，对图书馆的历史、现状和未来都有独

知识是流动的

建

2015.2.1

尊敬的周洋书记：
承蒙惠赠《最是书香能致远——花木街道团工委服务青年学习成长系列活动巡礼》图书壹种壹册，悉数收讫，不胜感谢！

您的慷慨赠予，充实了上海图书馆的馆藏，丰富了读者的知识宝库。
特发此证，以资鼓励。

上海图书馆
2015年2月2日

吴建中馆长题词和上海图书
馆的捐赠证书

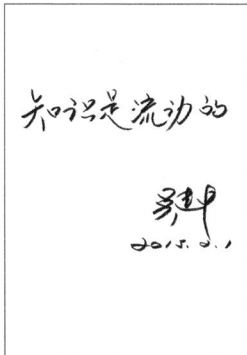

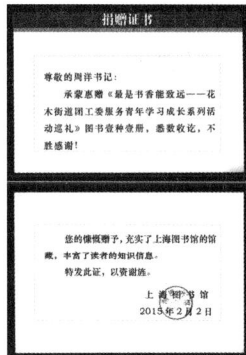

到的见解和认识，有《21世纪图书馆新论》《战略思考：图书馆发展十大热门话题》《国际图书馆建筑大观》《图书馆的价值——吴建中学术演讲录》等多部专著刊行。

这些年，随着科学技术的迅猛发展，电子阅读大行其道，颇有颠覆传统阅读的趋势。有人说，这是一个"纸进屏退"的时代，实体书店、书报亭、杂志社等都已经风光不再，而作为纸质书收藏和阅读重要阵地的图书馆，能否异军突起，在新的时代浪潮中找到生存和发展的契机，这是广大读者非常关注的问题。对此，吴建中馆长表现出乐观且自信的态度，他说，图书馆要实现从管理书本到管理知识的转变，未来的图书馆将是一个知识交流的场所，把知识变为公共的资源，使大家都可以在这里交换知识、分享知识。对于读者而言，未来的图书馆将是一个学习的中心，而不仅仅是一间间阅览室。对于城市管理者来说，图书馆将是一个数据中心，将分散的信息资源整合起来，发挥智库的作用。总而言之，图书馆在未来世界将大有可为。

在讲座中，吴馆长自信满满地表示："出版社与图书馆都面临去中介化的挑战，但是，去中介化不应该被看作一种包袱，相反是重整旗鼓的一个机会，只要坚持核心价值，提升核心能力，我们不仅能凝聚作者和读者，而且能在向知识社会转型的进程中扮演更为重要的角色。"他的一番话，展现出一位资深馆长深谋远虑的战略眼光，也让我们对图书馆的未来充满希望。

此前，已有好几家社区图书馆先后收藏了《最是书香能致远》，并给予良好的评价，这使我有勇气在讲座现场将这本书当面呈送吴馆长和上海图书馆，并向他汇报了书的主要内容和编撰情况。他接过书后马上翻了翻主要内容，并明确表示自己会抽时间阅读，而且上海图书馆将编目收藏。他说："书是人类文明的记录，我们要收藏，但收藏还不是最终目的，是要为潜在的使用做准备。"他认为，基层社区的读书活动与公共图书馆事业形成了有益的呼应，自费印制的图书中也有文情俱佳的精品，正规出版的读物中也有滥竽充数的次品，只要选题独特、内容精彩，不违反我国宪法和法律的规定，没有反党反社会主义的倾向，上海图书馆都愿意收藏保存，他还十分细心地问到了收藏函件邮寄地址等

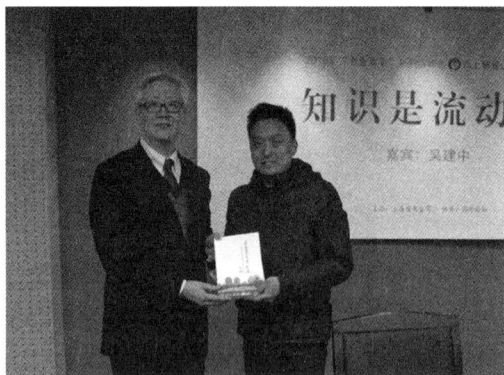

吴建中馆长接受作者赠书

问题。要知道，上海图书馆作为国内外举足轻重的公共图书馆，吴馆长日常事务的繁忙可想而知，但他对来自基层的这本精神成果给予了出乎我意料的重视，他的自信、乐观、包容、谦和，展现出一个国际大都市市立图书馆当家人应有的胸襟和气度。

那天，我向吴馆长汇报了花木街道引领青年读书学习的主要情况，请他为思学青年读书会题词留念，吴馆长提笔写下"知识是开放的"六个大字。他对我说，阅读是很好的生活方式、学习方式，自己专业的东西要读精读透，文艺类的书可以有选择性地读，比如那些很有名气的获奖小说，每年选读两三部，举一反三，获得灵感。有了阅读，再有好的身体、好的心态，就是真正意义上的享受生活了。

吴建中馆长非常看重我们的赠书，回去后就指示图书馆办公室尽快办理相关事宜。只隔了一天，我就收到了寄自上海图书馆的捐赠证书，一周之后，这些书就已完成编目、入库、上架，读者在上海图书馆的综合阅览室和普通外借书库可以凭证借阅。吴馆长领导下的工作团队，其运转之高效、工作之敬业、服务之周到，着实让我感佩！

二〇一五年二月二十一日于入梦来斋

开门纳谏的窗口，学习交流的平台

——我亲历的《文汇报》座谈会

在沪上众多报刊中，我与《文汇报》的缘分可谓不浅。首先，我是这份报纸的忠实读者，几乎每期必看，尤爱"文汇学人""笔会""文汇读书周报"等版面的文章。其次，由该报主办的"文汇讲堂"系列活动，我是积极的参与者，并有幸成为首期核心会员俱乐部成员。再次，我在工作中的一些创新举措还被写入新闻报道在该报刊登，当时很是自豪了一番。但是，我未曾想到，自己竟能受到邀请，在2013年的夏天，走进文新大厦32层的会议室，参加《文汇报》读者座谈会。

这场座谈会是在8月5日晚上8点钟召开的。彼时，正值党的群众路线教育实践活动如火如荼地开展，各级党组织按照"照镜子、正衣冠、洗洗澡、治治病"的总要求，通过各种方式查找自身存在的"四风"问题，认真加以整改，切实改进工作作风。我参加的，就是《文汇报》党委在这次活动中开门听取群众意见的一场座谈会，考虑到各位读者白天都要工作，所以特意安排在晚间进行，由报社党委副书记、纪委书记谢海光同志主持，来自社会各个领域的十多位读者参加。

这场座谈会，对于报社来说，是一个开门纳谏的窗口，可以听到来自报纸受众一方的声音，我看到谢海光书记自始至终都在

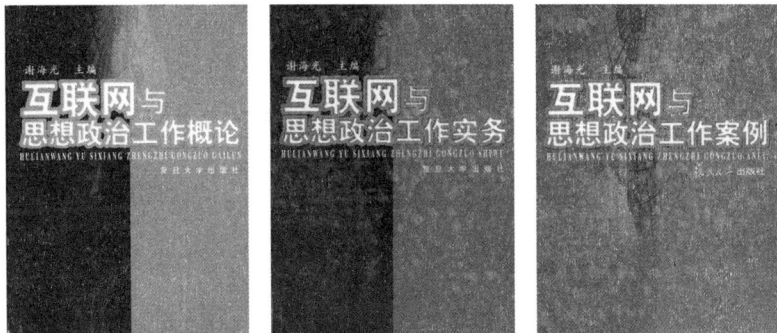

谢海光书记关于互联网思想政治教育的三部著作书影

认真倾听，随时回应，耐心地做笔记。对于我来说，则是一个学习交流的平台，可以和不同行业不同层次的朋友交换意见，学习他们的思维方式和观察问题的视角。古语有云："将欲取之，必先予之"，想在公众交流平台中学到东西，必须要积极主动地分享自己的思考成果。我在座谈会的发言中，主要谈了这些年参加"文汇讲堂"活动的感受，将其概括为"三高两低"。

所谓"三高"，一是文化品位高。文汇讲堂的宗旨是：传播人文关怀，汇聚高端名流，讲得通俗易懂，堂中尽情交流。以我有限的见闻，能登上文汇讲堂演讲席的，皆为某一领域卓有成就的名士，包括政界高层（如李肇星外长）、国际问题专家（如郑永年教授）、建筑学家（如王澍先生）、人文学者（如杜维明先生），甚至海外顶尖学人（如弗朗西斯·福山），讲座活动最看重的莫过于讲者和讲题，如此豪华的阵容，足以令其傲视群雄了。

二是管理水平高。看似稀松平常的一场讲座，在文汇讲堂的组织者手中翻出了花样，形成了品牌，而且不断推陈出新。印象深刻的是每次开讲前，主办方精心制作的一段主讲嘉宾的视频短片，对主讲者的生平简历、求学过程、主要贡献做了精准传神的概括。嘉宾对话环节不仅有"顺着说""接着说"，更有"对着说""逆向问"，常见观点的交锋和犀利的辩驳，真是精彩。听众提问环节限定在一分钟内问一个问题，优秀提问者将获得话剧观摩券等奖品的激励。强调规则意识，注重提问质量。

三是听众参与程度高。多数讲座活动的主办方，止步于单向度的"我讲你听"，倘能更上一层楼，把主讲人的观点、演说、著述与听众的互动、反馈、交流做成一个闭环，实属难能可贵。《文汇讲堂》运用一份专刊，刊载主讲人的主要观点、记者访谈，以及"听众回音壁"，把讲和听的传播链条做得十分扎实。此外，还有专题网站、微信公众号、喜马拉雅微电台等新媒体阵地，打造了一个全方位、多渠道、高品质的讲座生态圈。

再说"两低"。一是参加活动的门槛低。无论是专业人士、在校学生，还是白领职员、普通市民，都可以通过网络报名系统参与活动，近距离感受名家的风采，聆听智者的声音。这种开放共享的姿态并非时时可有、处处能为，有很多自诩为高大上的讲座活动，就常常以便于管理、确保安全等种种理由，将本可以惠泽大众的"家常饭"，办成了少数人专享的"琼林宴"。

二是服务群众的姿态低。举办讲座活动是为了商业推广、招揽生意，还是为了服务群众、传播知识，这从一点一滴的细节就能看出来，无需言说，高下立判。在文汇讲堂，我仅举一例，负责现场摄影的周文强老师，原本与我素昧平生，却主动将他抓拍到的照片发给我作为留念，这在其他很多举办讲座的地方，是不会有也不敢想的事情。

其他与会者的发言给了我很多启发和思考，讲的都是实在话，表达的都是真性情。记得有位先生感慨，群众路线的对立面就是精英路线，以前都是听专家、学者的意见，现在《文汇报》实实在在地听老百姓的意见，这种转变值得点赞。还有一位先生说出心中的期待，在历史转折时期，《光明日报》曾推出《实践是检验真理的唯一标准》，《解放日报》曾推出《做改革开放的"带头羊"》等皇甫平文章，希望《文汇报》也能有引领时代风向的大作为。谢海光书记认真听取每一位发言者的意见，他说，各位读者和听众，以小见大，谈了很多有价值的意见建议，表现出对中国文化的坚持和感情上的认同，体现出一种非常可贵的文化自觉。《文汇报》还有很多需要改进和提高的地方，大家越是宽容我们越是纠结，大家越是体谅我们越是羞愧，我们会把纠结和羞愧转化为动力，会后先把大家的意见好好梳理消化，有计划有步骤地优化整改，努力担当起作为一个报人的责任。谢海光书记曾先后担任上海交通大学党委宣传部部长、市网宣办负责人等要职，在高校思想政治教育、网络思想教育等领域建树颇多。我在

座谈会后，我与谢海光书记
在文新大厦合影留念

147

东华大学工作期间，就曾读过谢书记的代表作"三部曲"：《互联网与思想政治工作概论》《互联网与思想政治工作实务》《互联网与思想政治工作案例》，这套书称得上是探索互联网时代思想政治教育的拓荒之作，书中既有政策建构层面的大胆建言，也有制度设计维度的前瞻思考，更有具体操作范畴的案例剖析，我从中获益良多。谢海光书记领导下的工作团队，好比是挺进互联网舆论阵地纵深处的一个"尖刀班"，面对思想政治工作的红旗在互联网时代还能打多久的现实问题，他们没有捷径，没有退路，只能披荆斩棘，一路向前。他们的工作，是在与日新月异的资讯变革赛跑，是在与纷繁复杂的网络舆情较量，经过一场信息高速公路上的"强行军"，终于"飞夺泸定桥"，把红旗插在了"大渡河"的对岸，为主力部队迅速跟进赢得了宝贵的战机。是书获得国家图书奖提名奖，国家第七届优秀青年读物一等奖，广受读者好评，也奠定了谢海光书记在思想政治工作领域的权威地位。这次近距离交流，更加感受到他平易近人、雷厉风行的个人魅力。

座谈会持续了足足两个半小时，结束时已是万家灯火，夜幕降临。谢海光书记送我们走进电梯，一一握手道别。有这样植根群众的工作方法，有如此坦诚相见的工作作风，有无数一腔正气的民族脊梁，使我对中国未来的道路充满自信。如今，一想到那次激越、蓬勃的晚间交流，一颗进取之心就不敢有丝毫懈怠，惟有加倍努力，读书，学习，工作，实践，才能不负这时代的召唤。

二〇一三年八月二十五日于入梦来斋

芳香四溢的林华下午茶

2014 年 8 月 29 日下午，花木街道思学青年读书会迎来了一位重量级的嘉宾——著名作家林华老师，她为青年朋友带来一场充满温情、启人心智的专题讲座："青年与读书"。思学青年读书会会员、基层团干部、青年社工等 70 余人参与讲座活动。

整场讲座用"林华下午茶"的独特方式开启，恬淡闲适，温馨宜人。林华老师以坦诚、热情的姿态，向读书会的青年朋友们讲述了她的人生经历、读书感悟和创作心得，既有对经典作品的犀利点评，也有对社会热点事件的观察思考，她的话语干净利落，充满自信，平易近人，幽默风趣，现场气氛轻松活泼，掌声与笑声贯穿始终。

在讲座中，林华老师谈到了读书的意义。她说："在这个越来越躁动的世界里，书籍会给你一个精神栖息地。它赋予你的思想远比现实世界赋予你的更深邃、更生动。"关于阅读对人的塑造，她说："一个不读书的人只能活一辈子，一个真正的读书人能活几辈子。女人喜欢被人形容为'优雅'，男人喜欢被人称作'儒雅'。其原因就在于这两个词有一个共同的内涵：书卷气。"

林华老师还谈到了自己的阅读偏好，她就像遇见老朋友一样敞开心扉和大家作交流，完全没有那种故作高深、居高临下的姿

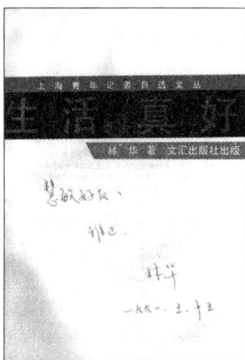

《生活，真好》封面及扉页签名书影

态。一句"我不是一个挑剔的读者，经典、流行；高雅、通俗；时尚、实用，任何一种类型我都可以接受。每一类里都有我非常喜欢的书目。"迅速拉近了她与大家的距离，让我们感到这位颇有名气的女作家有着和普通读者一样的阅读喜好。她坦言自己喜欢读金庸的武侠小说和琼瑶的言情小说，对此还有一番独到的见解，她说："年轻人不应该看琼瑶的书，而中年妇女则应该补上这一课，因为这样的书能够让你被岁月磨得粗糙的情感重新变得细腻起来。"看，这就是上海女人的优雅与可爱。

读书常常与写作相关联，林华老师也不忘用自己的写作经历来激励现场的青年朋友。她把"真正的阅读"总结为一种创造，她说："自己的感想和书中的描述碰撞交流之后会产生一种新的领悟，这是一种令人向往的读书境界。"而写一本有励志作用、具备传播价值、能经得起时间检验的好书，则是林华老师对自己的要求。这些肺腑之言，反映出林华老师由读到写逐步成长为一个名作家的心路历程，也是最能打动年轻人的地方。不出所料，讲座之后很多青年朋友都跟我反馈，林华老师坦率、真诚地分享自己的人生经验，让他们深受鼓舞。

说起与林华老师的相识，委实是一段缘分。那是 2013 年 12 月 14 日，一个星期六的下午，我受长宁区图书馆的邀请，参加由上海故事广播举办的 2013 年度盛典主题活动，曹雷老师、孔明珠老师、林华老师都作为嘉宾出席，并现场朗诵了经典文学作品的选段。林华老师第一位出场，她朗诵的是黎巴嫩文学大师卡里·纪伯伦的作品《论工作》，主持人问她为何选的不是和女性相关的篇章。她说自己出生于 1953 年，和那个年代出生的人一样，她对俄罗斯文学情有独钟，比如高尔基的《海燕》、普希金的《假如生活欺骗了你》等作品。为何会接触到这位黎巴嫩作家的作品呢？缘于前几年她要出一本名为《美妙时光》的书，经历了一段搜索枯肠的烦恼，不经意间读到了纪伯伦的文字，是由冰心先生翻译的，这些典雅、蕴藉且富有诗意的文字让她迅速找到了创作的灵感，从此喜欢上了纪伯伦的书。现在，她经常会在演讲的最后，朗诵这篇《论工作》，每一次朗诵都会感动自己、感动听众。

　　那一天，伴着悠扬的乐曲，林华老师的朗诵非常成功。犹记

作者与林华老师合影留念

得其中有这样的句子："在你劳力不息的时候，你确在爱了生命。从工作里爱了生命，就是通彻了生命最深的秘密。"俗话说"休息是为了更好地工作"，在双休日的图书馆，聆听这样的诗句，无疑为我们继续奔赴工作岗位积蓄了力量。活动结束后，林华老师需要乘地铁去浦东办事，遂与我同行，路上聊起了当天的读书活动、读书与写作等话题，彼此相谈甚欢。她得知我来自安徽，于是提到了一位从安徽来沪务工的女孩，特别爱听她的讲座，定期会互发短信沟通思想，两人就此成了忘年交。既然说到了青年的话题，我不失时机地邀请林老师来浦东花木街道与青年交流，林老师欣然应允，于是就有了这次花木之行。

在花木举办讲座的那一天，上海已连续多日高温酷暑，林华老师是顶着烈日赶到浦东来的。当我见到她的时候，真的是又惊又喜，喜的是林华老师为了这次讲座精心装扮了一番，无论发型还是衣着，都是光彩照人，这体现出她对我们的尊重和礼貌；惊的是林华老师竟然还提着两个大袋子，我连忙接过来，还挺沉的，一看，居然是两袋书，确切地说是6本她的著作《遇见自己》和6套光碟《我喜欢寻觅诗意的生活》，都是由上海科学普及出版社出版的。林华老师要将她的写作成果与我们的青年朋友一同分享，怎能不让我喜出望外？可是现场的70多位朋友都想得到这些书，僧多粥少，难免遗憾，我灵机一动，采取了现场摇号抽奖的方式，最终有6位幸运的听众得到了林华老师的著作，为整场活动画上了一个圆满的句号。

二〇一四年九月六日于浦东花木

爱书人的财富千金不换

——金峰书友小记

我在浦东新区花木街道工作时，曾创办思学青年读书会，先后邀请曹锦清先生、林华老师、陈学明教授等知名作家、学者为青年讲学，将其打造成为当代都市青年以书会友的精神家园。2015 年 1 月 23 日，上海青年藏书家金峰先生做客花木街道青年中心，为思学青年读书会的青年书友们主讲"我的读书与藏书"。上海浦东机场出入境边防检查站团委的 20 多名团员青年代表也来参加本次活动，共同分享一位爱书青年的精神财富。

提起金峰的名字，天南地北的很多爱书人都感到由衷的钦佩。金峰 1972 年生于上海奉贤，自幼喜爱阅读，因一封信与巴金先生结下不解之缘，在得到巴老签名赠送的一本《随想录》之后，他对收藏名家签名本兴趣大增，并有幸得到王元化、贾植芳、草婴、贺绿汀、黄裳等老一辈文化人的鼓励和支持，留下了一段段承传书香的佳话。历经十多年矢志不渝一点一滴的积累，金峰的书房"随想草堂"收藏了 2000 余册名家签名本，2004 年 11 月，他在上海师范大学图书馆举办了个人签名本书展。此后，他的作品《草堂书影》及续集、三集在上海人民出版社陆续出版，广受好评。《东方早报》2012 年 7 月 29 日"海上书房"栏目曾辟专版报道了金峰先生的事迹。

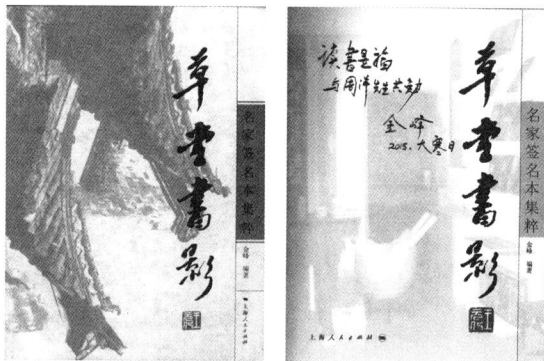

《草堂书影》封面及扉页题词书影

我最初是从书友口中听闻金峰先生的大名。那时有一本香港董桥先生的签名书出现在网上书市，我一时不能判断其真伪，请教于一位资深书友，他看到签名中题有金峰的上款，当即表示出自金峰的藏书必定为真品，这使我形成了对金峰的第一印象：藏书丰富。后来，我辗转通过奉贤区文化部门联系到金峰，他欣然同意来浦东讲课，我们在电话中就敲定了讲课的诸多事宜，他给我的感觉是：一个积极、务实、能干的读书人。

约定的讲课日子到了，金峰从奉贤区南桥镇驱车几十公里赶到花木街道，我们一见如故，相谈甚欢。我向金峰介绍了花木街道团工委服务青年学习成长开展的一系列活动，赠送了新书《最是书香能致远》，他对思学青年读书会的特色品牌大加称赞，一再表示要把我们的经验带回奉贤他所生活的社区，并回赠了他的著作《草堂书影》以及介绍他先进事迹的《海派文化》报纸。聊天中他告诉我，2014 年 4 月，他的家庭获得了由国家新闻出版广电总局颁发的首届全国"书香之家"荣誉称号，在今年 1 月刚刚结束的上海市民文化节市民阅读大会和家庭阅读大赛中，他们家

《草堂书影续集》是由周退密先生在94岁高龄时题签

又荣获"百个优秀市民阅读家庭"称号。这是金峰多年来重视家庭学习氛围营造的硕果，两项荣誉分量很重，可谓实至名归，双喜临门，我向他表示祝贺。

金峰先生对思学青年读书会的邀请十分重视，进行了认真细致的备课，光手写的讲义就有十几页纸。他为我们播放了电视台专门为他制作的专题纪录片，在片中，90多岁高龄的秦怡老师、老一辈共产党人丁景唐同志、著名学者徐中玉先生等文化名人与金峰的交往场景借助录像一一呈现在眼前。

在演讲中，金峰从儿时读过的连环画说起，直到青少年时期阅读中外文学名著，再到今天的签名本收藏，看书、买书、藏书、出书，浓浓的书香在金峰的业余生活中散发出迷人的芬芳。谈到这些年来的青年阅读现状，金峰不无忧虑地表示，很多年轻人宁肯花上好几千元通宵排队抢购苹果手机，也不愿意用几十元钱买一本书给自己的思想补补钙。

针对近期越来越火的名家手稿、信札、签名本拍卖，他的观点具有思辨性。一方面，名家手稿、信札、签名本频频登上

155

拍卖会，且卖出了很好的价钱，反映出人们对承载了文化内涵的收藏品日渐重视和珍爱，可以推动更多的人来研究和保存我们的文化瑰宝。另一方面，真正的文化是无价的，签名本记录了爱书人与书作者的一段情谊，是千金不换的精神财富，其价值在于阅读、利用和传承。金峰说，国内多家拍卖行曾经想出高价收购他拥有的名家签名本，都被他毫不客气地拒绝了，他的心愿，是要办一个能与大家分享读书之乐的民间图书馆，让男女老少、普通市民都来欣赏签名本的魅力，都来体验最纯粹的读书之乐，使这些藏书由个人财富成为公众的财富。

在推动书香文化进社区工作上，我和金峰可以说是殊途同归。我是通过"十大青年书香家庭评选""青少年读书达人梦想秀""思学青年读书会""书香伴着夕阳红公益行动"等活动来培育社区中的全民阅读风尚。金峰老师则是发挥自己家庭的藏书优势，把书房作为睦邻交流和家庭教育的"大客厅"，把自家的文化资源传播给小区居民，营造了浓浓的书香氛围。他说："社区

作者与金峰在品鉴藏书

《草堂书影三集》是由南开大学的来新夏先生题签

就是个大家庭，社区的工作要靠我们居民共同努力来推进，爱科学、讲文明，这是最起码的要求，每个社区的居民都应该努力做好，我作为社区的一分子，有责任和大家一同进步。"

以书会友是我发起思学青年读书会的初衷，金峰的到来就是对我们的支持和赞赏。我拿出寒斋书房珍藏已久的《草堂书影》系列三本书，请他签名留念。金峰对凝聚自己心血的三本著作十分看重，他告诉我为出版这三本书曾经付出了种种艰辛，但现在回头来看一切都是值得的，因为把自己想做的事做成了，还有什么能与此相比呢？

二〇一五年七月二十五日于浦东入梦来斋

（原载 2017 年 5 月 8 日《藏书报》）

书友之交美如酒

纪伯伦曾经说过："除了加深精神交流外，对友谊不要抱其他的目的。"这句话用来形容书友间的交往，恐是再合适不过了。淘书藏书这些年，以书为媒，我结识了一些志趣相投的书友，有的神交已久素未谋面，有的相见恨晚一见如故，有的甫一相识便签名赠书，有的时相切磋书信往还。总而言之，大家所谈所写所关注所在意的，都离不开一个"书"字，细细品之，醇美如酒。

慧眼观海楼乘震

第一次知道楼乘震的名字，是读了他写的《巴金与草婴：捍卫人道主义的战友》，那是一篇饱含真情而又散发思想光芒的好文章。我一连读了三遍，掩卷深思，对两位文坛先辈的精神追求又多了一份理解，也由此记住了作者楼乘震的名字。

2012年秋，著名藏书家、散文家黄裳先生仙逝。由巴金故居和巴金研究会共同主办的《点滴》杂志策划出版了一期纪念黄裳先生特刊，同时刊登了楼乘震和我的文章。随后，在上海古籍书店举办的黄裳先生追思会上，我们见面并相识。这时我才知道，他和我的父辈是同时代人，退休前是《深圳商报》驻上海的记者。

楼乘震写了很多关于沪上文化老人的文章，写得最好的还是关于巴金先生的那些文字。他从 2000 年开始采访巴金，陆续写下了 15 篇有分量的通讯报道，在《深圳商报》陆续刊出，现在均已收入巴金故居主编的《满城多少送花人——新闻记者眼中的巴金》一书。他也曾被邀请登上思南读书会的讲坛，讲述当年采访巴老的那些尘封往事。

数十年的记者生涯铸就了楼乘震敏锐的新闻"嗅觉"和过硬的专业素养。但凡沪上有传播价值和新闻看点的文化活动，他都会第一时间出现在现场，虽然腿脚似乎已不大灵便，但他仍会端着相机变换着角度捕捉精彩的瞬间。我是何其有幸，参加纪念辛笛先生诞辰一百周年诗歌朗诵会和黄永玉先生作品朗读会等活动时，正因为有楼乘震老师在场，通过他娴熟的摄影技术，为我留下了特别满意的相片。

楼老师也是个地地道道的爱书人，我曾多次见他带上自己珍藏多年的书籍请作家签名留念。不过，以他的人生阅历，对读书藏书已经看得非常淡了，他曾将家中闲置的几十箱旧书，分赠给需要的友人，甚至保洁工人，聚之在缘，散亦淡然，这聚散之间

作者陪同楼乘震先生参观
"书之爱——巴金与书"
图片展

《铁骨柔情》是楼乘震先生的心血之作，蒙他赠我毛边本并题词勉励

体现出一位爱书人的超脱心境。我忘不了，楼老师曾语重心长地告诫我："研究方向一定要专一，不能太泛，不能像我们记者那样都是三脚猫，否则很难出成果。"他曾将自己的文字结集印行，取书名为《古楼观海》，是的，他就是这样一位理性睿智的都市文化瞭望者，用一双慧眼观海上潮起潮落。

古道热肠李传新

李传新是读书圈里的前辈书友。他1984年进入新华书店工作，1987年发起成立了全国第一家"爱书者协会"，后又创办读书刊物《书友》，是最早的几份民间读书刊物之一。2003年，在南京召开的全国第一届民间读书年会，他就是参加者之一，此后历届年会，都有他的身影，这资格足以让他傲视群雄。李传新老师是个热心肠，他曾经赠送我一套新颖别致的书香扑克，还为我收藏的一本书题词签名，这份情意让我至今难忘。

那是李传新老师2012年出版的书话文集《拥书闲读》，中国文史出版社出版，这也是我收藏的第一本民间书爱家的个人书话

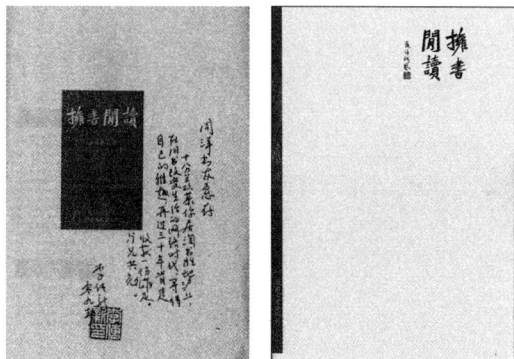

《拥书闲读》封面及扉页题词书影

集。书中既有作者与文化老人交往的悠悠往事，也有冷摊僻市淘寻旧书的甘苦记忆，更有民间读书活动的精彩呈现，特别是书中关于建国后至"文革"前十七年间旧书的28篇书话，颇具史料价值。书中对作家第一本著作的关注和收藏，给我启发很大。

我是在布衣书局的网上论坛订购到此书的毛边本，很快就通过网络联系上了李传新老师，同是天涯爱书人，自然少不了要请他签名留念。李传新老师欣然应允，没过几天就收到了他寄来的签名书，该书封面疏朗淡雅，平实耐看，整个设计不蔓不枝，简约有方，散发着洗尽铅华的美感。在扉页处，他用纯蓝钢笔为我题了一段话"周洋书友惠存，十分羡慕你居淘书胜地沪上，在旧书改变生活的网络时代，寻得自己的雅趣，再过三十年，肯定收获一份满足。与兄共勉。李传新 零九春"。还钤了一方他的印章。这段话我反复读了好几遍，越品越有味道。李老师以谦虚平等的姿态与我交流，盛赞上海优越的文化氛围，而我也深以为然，倍加珍惜。网络时代怎么会是"旧书改变生活"，看似费解，然话锋一转，点明爱书藏书的雅趣是我们的共同追求，这就让人明白

《此生快意书天堂》封面及扉页题词书影

了，网络时代也好，曾经的非网络时代也罢，在爱书人的眼里，可不就是只有书才能改变生活吗？他以自己的人生阅历，鼓励我亦是期许我，坚持不懈三十年定会获得心灵的富足。这番话，学校里的老师不会说，家人同事也不会说，只有像李传新老师这样趣味相投的挚友，才会说出契合我心的话语！

医者书生说梁萧

我与梁萧相识于一个微信书友群。彼时，他的第一部书话随笔集《此生快意书天堂》刚由北京海豚出版社出版。我浏览了该书目录和部分章节，很快就被书中文字所吸引，于是主动与作者添加好友，订购了这本书并请他签名留念。

几天后，这本新书就从千里之外快递而至。窄长的 32 开本，素朴淡雅的封面，都是我喜欢的风格，梁萧在书的扉页钤了三枚印章，足见他的真诚与重视。他的题词也是别具一格，是自创的一首打油诗"八月十五月儿圆，群友因书结善缘。人生读书趁年少，修齐治平学圣贤。周洋书友赏存 梁萧 丙申中秋"。读了这本

162

书，我才知道梁萧的职业是悬壶济世的医生，还担任着社区医院的院长一职，我曾在基层街道工作多年，对院长岗位的繁忙细碎略知一二，他能在忙碌之余笔耕不辍，实在是让人钦佩。

我在通读全书之后，感到梁萧写出了爱书人的四种快乐。其一是品读之乐。将读书视作生命的一部分和生活的常态，从中获得快乐的真谛，正如他在书中所说："阅读的过程会让我们体悟，身在凡尘俗世里行脚，心在书籍天堂里游弋，精神在圣洁的高地上徜徉，灵魂与古今圣贤对话。"其二是考证之乐。由读书增知，进而考辩史实真伪，校勘文字讹误，甚至给名家挑毛病，梁萧书中就以"吾爱吾师，吾更爱真理"的献疑精神指出姜德明、邓云乡、黄成勇等名家书中的错漏之处，读者看得过瘾，作者自得其乐。其三是寻访之乐。读万卷书，行万里路，自古就是文人墨客的情趣所系，爱书人则更希望由阅读一本书而开启一段文化之旅，梁萧在书中就写了他在北京寻访文化名人故居，拜访北大汤一介先生的游学经历，别有一番情趣在其中。其四是分享之乐。现代的读者都爱看书单，尤其是私人书单，这部书独辟蹊径，每一篇文末均开列出与主题相关的十余种著作书目，作为延伸阅读的书单与读者分享，彰显出作者以书会友的古君子之风。

我把这些读后感写成一篇书评，以抒心曲，名曰《爱书人的天堂之乐》，发表在 2016 年 11 月 14 日的《藏书报》上，成为我与梁萧之间友情的见证。

勤读善写罗银胜

罗银胜是一位从事独立研究的学者，也是一位以传记文学见长的作家。他 1984 年毕业于复旦大学中文系，接受过正规的文学鉴赏和写作训练。我和他在读书活动中相识，既仰慕他的勤奋和才情，也从他的指点中获得启发，爱书人的交往，无非就是这样。

罗银胜老师创作的人物传记有十余部之多，既有叱咤风云的新中国外交家乔冠华，也有久负盛名的"中国现代会计之父"潘序伦，甚至还有第六代新锐导演贾樟柯，创作视野非常宽广。他最用心用情的两部传记作品，当属 45 万字的力作《顾准传》（团结出版社，1999 年版）和不断修订完善的《杨绛传》（文化艺术出版社，2005 年初版）。罗银胜在复旦求学时就读到了顾准先生的遗著《希腊城邦制度》，深为作者的才华所折服。他在毕业后进入上海立信会计学院工作，一开始也写了几篇关于会计职业道德和商务秘书的学术论文，后来慢慢知道了顾准和立信的渊源，并有幸结识了顾准先生的胞弟陈敏之先生，在陈先生的指点下，有计划地积累素材，开始了自甘寂寞的创作之路，从此便一发而不可收，传记作品接连出版，也让他找到了人生的坐标和价值。

与罗银胜在上海书城合影

罗银胜先生著作《周扬传》封面及扉页题词书影

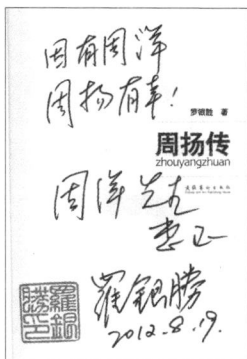

　　罗银胜老师对书的挚爱和痴情让我自愧不如。好几次读书活动中，我都见他带着自己珍藏多年、业已发黄变脆的旧书，来请作者签名留念。有一年上海书展，我在友谊会堂熙来攘往的人群中碰到他，拖着一个足有半个人高的拉杆箱，行色匆匆地往前赶路，我以为他刚下飞机就赶来参加书展，结果他告诉我，那是满满一箱子等待签名的书，让我吃惊不小。还有一次，我们在浦东塘桥的小朱书店偶遇，他正在专心致志地淘旧书，那次我刚好买到了他的新书《周扬传》，50多万字厚重的一册，周扬这个人物太丰富、太复杂，涉及到的历史事件千头万绪，十分敏感，要驾驭这个题材很不容易，罗银胜老师迎难而上的勇气让我钦佩。我展开书页，请他签名留念。他稍稍想了一想，为我写下"因有周洋，周扬有幸！周洋先生惠正 罗银胜 2012.8.19"，作为给我的勉励，让我惊喜之余深感惶恐。

　　来自前辈的期许让我没有理由懈怠，每当我为了写作搜索枯肠之时，就会想起罗银胜老师透过厚厚的镜片，传递过来的充满赞许的目光。

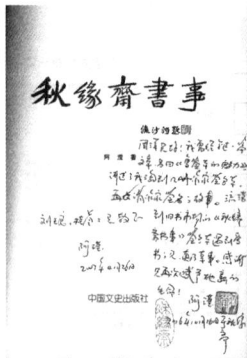

阿滢先生著作《秋缘斋书事》封面及扉页题词书影

坦荡君子说阿滢

阿滢本名郭伟，是颇有名气的藏书家、作家。他所居住的新泰市，不过是山东中部一个百万人口的县级市，文化资源方面谈不上有任何优越之处。然而，阿滢老师凭借敏锐的眼光和过人的意志，将《泰山周刊》《泰山书院》《新泰文史》等刊物办得风生水起，很多文坛名家成为他的撰稿人；他通过主编"琅嬛文库"丛书，结交全国各地的爱书人和写书人，还与时俱进地打造了新媒体平台"秋缘斋"博客和微信公众号，使山东新泰俨然成为读书人心目中的一方精神家园。

我喜欢读阿滢老师的文章，他的文字自然亲切，温和舒展，意味隽永，情趣宛然，一读便知是驾驭文字的高手。记得黄裳先生在《做文章》一文中有言："写文章的人有两种，有的人不记得甚至不懂得什么技巧，他们的作品着重的是内容、思想。他们也不是没有自己的风格、技巧，但这都不是有意经营的。另一种人就不同，念念不忘技巧，他们的作品只是技巧展览，低能的简直就在那里'使枪棒、卖膏药'，连'花拳绣腿'都办不到。"阿滢

166

老师显然是这前一种的写作者，文章看似素朴，实则浑然天成，有一种空灵飘逸的韵外之致在其中。

我曾在旧书店淘得阿滢先生的代表作《秋缘斋书事》，可喜的是，竟然还是作者的签名书，扉页写有"刘琅、桂苓二兄教正 阿滢 2007 年 4 月 26 日"的字样。受赠人是从山东走出的著名学者、作家伉俪，刘琅在中共中央党校从事三农问题和国际战略方面的研究，桂苓则是出版过《吹灭读书灯》《绕不过去的村庄》等著作的女作家。后来，我将寒舍收藏的几本阿滢著作寄往新泰，请他签名留念，其中就包括这本《秋缘斋书事》。说实话，心中有些忐忑，担心他看到自己曾经的题赠本数易其主会有些不悦。

没曾想，不几日就收到了阿滢寄来的邮包。他在《秋缘斋书事》扉页写了一段话："周洋兄好！我曾经写过一篇文章，名曰《复签本的魅力》，讲述了我淘到几册作家签名本，再请作家签名的故事。流落到旧书市场的《秋缘斋书事》签名本遇到爱书的兄，真乃幸事。感谢兄再次赋予她新的生命！阿滢 2016 年 10 月 16 日于秋缘斋"。从这些字句中，我分明感受到一个爱书的君子无比坦荡的胸怀。

二○一七年"五一"假期改定

第三辑

读 藏 忆 念

"80后"爱书人读黄裳

　　2012年9月5日傍晚，我去小区对面理发。此间收到书友徐君发来的一条短信："周兄，黄裳先生去世了，陈子善微博刚发布的消息。"我不禁愕然。前不久的上海书展上欣闻黄裳先生将有《纸上蹁跹》和《猎人日记》两本著作出版，怎么会突然就……我旋即回家打开网页，微博上子善先生只有短短的一句话："我极其沉痛地向微博的朋友们报告，著名散文家、藏书家黄裳先生刚刚离开我们，享年93岁。"一句话勾起万千思绪，让我回忆起这些年来读藏黄裳著作的心路历程。

　　余生也晚，作为上世纪80年代出生的读书人，我读黄裳完全是因为爱书、爱读书话的缘故。在各类散文文章中，唯有那些写淘书、藏书、品书的书话文章最能长久进驻我的内心，引起我心灵深处的共鸣。起先我是在各种书话选本中接触到黄裳先生的文字，深为他恬淡自然、底蕴深厚的书话美文所吸引，于是一发不可收拾，开始一本一本刻意搜寻先生的著作文集，进而将先生的著作版本作为自己藏书中的一个重要的专题珍之爱之，及至在旧书网上结识了各地喜爱"黄著"的书友，才发现与自己有着相同乐趣的人竟有如此之多，大家交流心得，互晒书影，好不自在！更为难得的是，皇天不负有心人，本地一所学校的图书馆

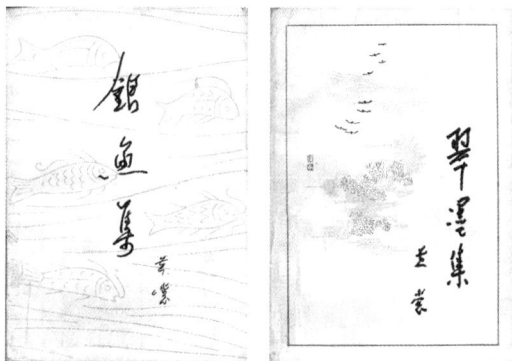

《银鱼集》和《翠墨集》最能读出黄裳先生隽永淡雅的文风

馆藏剔旧，我从中一次性淘得《榆下说书》《翠墨集》《银鱼集》《金陵五记》等多部黄裳先生著作初版本，《过去的足迹》甚至还是印量稀少的精装本！假如冥冥之中真有一位所谓"书神"的话，我宁可相信她是被我喜爱黄裳先生作品的痴情所打动，才赐予我如此激动人心的一等书缘！

在我读书的年代，语文教材里收录的不外是杨朔、峻青、刘白羽等人的文章。后来于课外阅读中读到余秋雨的文化大散文，一时奉为圭臬，直到喜欢上黄裳先生的散文，才算是得以一见散文领域真正的大手笔。在黄裳先生一手经营的"散文王国"（邵燕祥先生语）里，无论是记游山川人物，还是杂感世态万象，不论是书话、题跋、序言，还是谈戏、论剧、评曲，他都能开阔纵横，挥洒自如，似一位技术娴熟的领航员在广袤的蓝天自由驰骋。他以一种真挚深刻、飘逸典雅的风格为笔下文章打上了鲜明的"黄氏烙印"。自成一家、卓尔不群意味着探索创新，而在中华文化五千年积淀之下的求新、求变，每前进一步又何其之难哉？熟谙中国文学史的唐弢先生热切地称赞他"实在是一个文体

172

读《榆下说书》和《榆下杂说》，就像是听黄裳先生在聊天

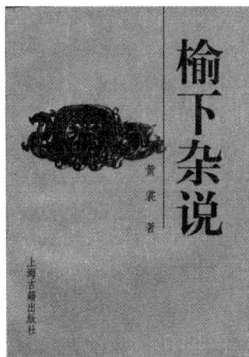

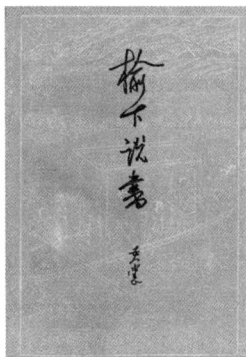

家"，实至名归，先生当得起这样的称号。我想，这一切都与先生博览群书、腹笥充盈的学养分不开，也和他承袭了独立不羁、上下求索的"五四"精神息息相关，正是这些成就了先生数以百万字计的散文佳作，也成就了先生为世人所景仰的名士风范。

好的文章，在叙述历史、传递知识的同时，必定还有对灵魂的烛照，对命运的思索，对人生的感悟。为文即是为人，文章的魅力本质上是作者人格魅力的映射。倘若因为读"文"进而能把一个大写的"人"字写得更加端正，那么在文字技巧、语言组织、谋篇布局等方面的收获反倒在其次了。读黄裳先生的文章，既是在读"文"，更是在读"人"。读先生的文章，总能感受到一种蓬勃跃动的生命激情洋溢在字里行间。且看他的人生阅历，做过记者，当过编辑，喜好藏书，热衷评戏，甚至还曾应征入伍担任美军翻译，据说还开过美军吉普车，是一名英姿勃发的坦克教练！在这些传奇经历的背后，可以想见是怎样一种对生命、对生活的挚爱之情在支撑。更为难能可贵的是，先生还将每一段人生经历都付诸精彩的文字，这就是我们今天能够读到的《锦帆集》《关

郑重先生曾说，读黄裳一定要读他的那些题跋文字

于美国兵》《和平鸽的翅子展开了》《旧戏新谈》等先生早期文集。即便是年届九十高龄，先生仍旧开专栏，出新著，笔耕不辍，还募集善款抗震救灾，这种生命不息、奋斗不止的冲天豪情，这份悲天悯人的家国情怀，难道不值得我们年轻人学习继承吗？

读先生的文章，亦能从中感知他的爱憎，体悟到一个真正的知识分子那高尚的人文情怀。对善本珍籍，先生倾力搜罗，悉心保护，为的是留存民族的文脉，守护文化的瑰宝；对后辈学人和普通读者，先生总是关心爱护，勉力提携。因为在他的心中，时常感念的是"五四"老一辈文化人对他的关爱之情，他深知这种关爱的情深义重，于是又将这份恩泽播洒，培养更多的读书种子，让爱书人的风度与品格绵延传承。而对社会上的种种丑恶现象，先生则用一篇篇针砭时弊的杂文予以鞭挞，丝毫不留情面；面对来自文坛的各种争论，他不搞你好我好的折中调和，而是据理驳辩，嬉笑怒骂皆成文章。先生一生最敬重鲁迅，可以说，从他的文章中，我们不难读出鲁迅式战斗杂文的铮铮铁骨。

读黄裳，使我得见文章妙境；爱黄裳，让我沉醉于文化的熏

陈子善先生编的《爱黄裳》
深为"黄迷"们所爱读

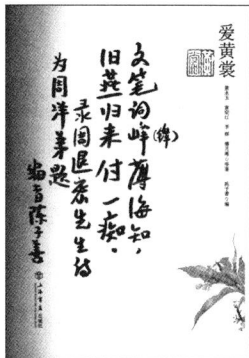

陶。一直到先生逝世前不久，我依然在品味先生的为文为人中享受无穷无尽的乐趣。今年6月8日的《文汇读书周报》上，黄裳先生以一篇饱含深情的《唁辞》，送别他的老友、南开中学的同窗周汝昌先生，君子之高谊令人击节赞叹，没想到这竟是先生的绝笔，两位文化老人将在天国唱和，从此不再孤单。而在今年7月的《书屋》杂志上，又读到书友肖跃华的长文《散文王国——黄裳》，先生奖掖后学的师者仁心与晚辈书友对先生的景仰之情再一次让我着迷、沉醉。

如今，一位款款风流的老人离我们远去了，他曾经说过："纪念一个作家，最好的方式就是去读他的作品。"诚哉斯言！作为一名80后爱书人，读书之路还很漫长，我愿做一个背包客，不知疲倦地在黄裳先生的"散文王国"里畅游，欣赏最美的风景，寻找人生的真趣。

二○一二年九月二十二日夜于入梦来斋

（原载2012年第4期《点滴》，后收入布衣书局《黄裳先生纪念集》）

诗歌让我们在代沟上握手
——我所参加的纪念辛笛先生诞辰一百周年诗歌朗诵会

2012年12月2日，是著名的"九叶派"代表诗人王辛笛先生百年诞辰纪念日。自10月份起，北京、上海等地就陆续举办了纪念辛笛先生百年诞辰的座谈会、图片展等活动，以各种方式表达对辛笛先生的怀念之情。其中，以巴金故居12月1日在上海作协大厅举办的"怀思——纪念辛笛先生诞辰一百周年诗歌朗诵会"最为接地气，邀请了很多热爱诗歌的普通读者读诗抒怀，藉此表达对先生的崇敬之情。我有幸受邀参会，并现场朗诵辛笛先生的诗作——《"代沟"上握手》。

辛笛先生1912年生于天津，祖籍江苏淮安。他16岁即发表作品，1935年毕业于清华大学外文系，曾赴英国爱丁堡大学进修，凭借20余首脍炙人口的"异域篇"诗作崭露头角。回国后，先后在暨南大学、光华大学担任教授，参与主编美国文学丛书，著有诗集《珠贝集》《手掌集》《辛笛诗稿》。除了写诗，辛笛先生还是个不折不扣的爱书人，他一边如饥似渴地读书，一边撰写读书札记和随笔，介绍英美新书、辞典、诗集等。先生曾回忆说："最初九年，我是先去欧洲读书，临末回来，因为避乱改习了做生意，如是我的思想和情感一直在深深的静默里埋藏。抗战胜利，银梦在死叶上复苏，于是在工作的余闲，我重新拾起了文

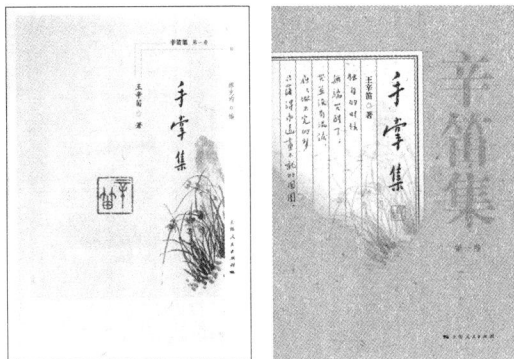

《手掌集》封面及扉页钤印书影

字生涯。"这些文字后来汇编成一册《夜读书记》，在读书界广为流传。上世纪80年代，辛笛先生接连出版多部诗集，探索中国古诗的意境和西方现代诗的表达技巧相融合，引领了时代的风向标，使他成为海内外闻名的大诗人、名教授，担任上海作家协会副主席，当选国际笔会上海中心理事，一时风光无限。1995年，辛笛先生和施蛰存先生、柯灵先生一同获得亚洲华文作家文艺基金会颁发的敬慰纪念奖，可谓实至名归。

整场朗诵会，共分为三个篇章进行，分别对应辛笛先生早期、中期和晚年的30余首诗歌作品。朗诵会上，给我留下深刻印象的，有上海作协副主席、著名作家赵丽宏先生的致辞，用散文化的语言表达了对辛笛先生的敬意。著名表演艺术家曹雷老师朗诵的《蝴蝶、蜜蜂和常青树》，感情细腻而又充沛，音色柔和而又醇厚，真是一种美的享受。辛笛先生的三女儿王圣姗因在美国未能赴会，通过视频用中英文朗读了先生的诗作《风景》。有一位曾在媒体工作的陆岐老师，登台朗诵辛笛的《病中杂咏》，现场展示了几张老照片，深情回忆起曾往辛笛先生府上拜访时的

王圣思老师为我题写
的，正是我所朗诵的辛
笛先生的诗句

情景。我被安排在朗诵会的第三篇章第一组出场，朗诵辛笛先生
1981年写于加拿大多伦多的一首诗《"代沟"上握手》。这首诗开
头即用寥寥数笔营造了一个充满阳光、和谐温馨的氛围，作者和
自己学生的女儿像是祖孙两代人在聊天，谈起青春的梦想，既是
小女孩的憧憬，也是老人的回忆，这样的话题消弭了代际间的隔
阂，使两代人在思想上、情感上"握手"言欢。

　　以92岁高龄辞世的辛笛先生，不仅名满天下，著作等身，
而且拥有一个幸福的家庭。他的夫人徐文绮，系上海博物馆老馆
长、著名文物鉴定家、金石学家、版本学家、目录学家、文献学
家徐森玉先生的千金，抗战时期两人成婚，相濡以沫五十余载，
在文坛传为佳话，他们共育有4个子女，每一位都在各自的领域
卓有成就。参加辛笛先生百年诞辰诗歌朗诵会，在深入品悟先生
诗作之外，最幸运地就是见到了辛笛先生的四女儿王圣思老师。
王老师是华东师范大学中文系教授，受辛笛先生的家风影响，酷
爱读书，勤于笔耕，有《静水流深》《智慧是用水写成的——辛
笛传》《俄国文学与中国》等多部散文集和研究专著刊行。她一

178

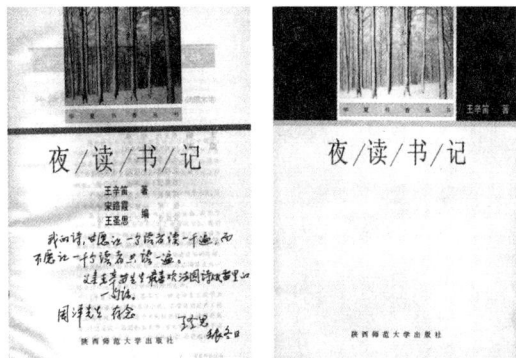

《夜读书记》里的书话文字
亲切随和，蕴含书卷气

走进作协大厅会场，我身边的几位诗友立刻就认出了她，朴素的衣着，慈祥的面容，微笑着和熟悉的朋友们打招呼，言谈间透着一种优雅的书卷气。

参加这次朗诵会，我随身带了辛笛先生的一部作品，也是我特别钟爱的一部书话集——《夜读书记》。是书由陕西师范大学出版社 1998 年出版，系徐雁先生主编的华夏书香丛书之一种，收录了辛笛先生 46 篇关于书的文字。上编"夜读书记"收的是辛笛先生 40 年代同名文集里的文章，先生曾在 1948 年初版后记中写道："这里的文字就写作时间说，前后有十二年。这不能算是很短的光阴，我个人在气质上变化很大，由青春性的易感走入了中年的朴直，因而我今日的文字也许是摆脱了不少自伤幽独的调子，可是不免于枯涩单调之感。"下编"夜读续记"则是先生八九十年代陆续写下的书评、序跋等。该书由传记作家宋路霞和王圣思老师合作编选，书前有宋路霞的代序《辛笛剪影》，书后有王圣思老师的代跋《记忆化作春泥——我的父亲王辛笛》，都是真情流露、感人至深的性情文字。

我向王圣思老师报告了自己这些年阅读辛笛先生作品的心得，她非常高兴，称赞我是辛笛先生年轻的知音。我取出《夜读书记》，请她留题，她凝神思索，在书前扉页题曰"我的诗，甘愿让一个读者读一千遍，而不愿让一千个读者只读一遍。父亲王辛笛先生最喜欢法国诗人瓦雷里的一句话。周洋先生存念 王圣思壬辰冬日"。一言便流泻出无限忆往深情。

　　这次朗诵会的主办方在细微之处思虑周全，给每一位到会的嘉宾准备了由上海人民出版社为纪念辛笛诞辰 100 周年而特别出版的五卷本《辛笛集》。这套书装帧素雅，印刷精美，收入了辛笛一生最主要的新旧体诗歌及读书笔记、散文、随笔等作品，有很多诗文是首次在大陆出版。第一卷《手掌集》的扉页还钤有辛笛先生的印章。我登台朗诵《"代沟"上握手》时，瞥见台下坐着的王圣思老师微笑颔首，似有赞许之意，回到座位后，王老师对我说："这首诗是典型的辛笛先生晚年诗风，中西合璧，朗读时再慢一点会更有味道。"我将收录了这首诗的《手掌二集》递过去，王老师愉快地提笔写下"你谈论起你青春的梦想，我心上

与辛笛先生的女儿王圣思
老师合影留念

180

响起驼铃。录辛笛先生《"代沟"上握手》诗句为周洋书友题 王圣思 壬辰冬日于上海作协"。细观王圣思老师的题词，一笔一画都是工整端庄，不仅清晰易辨，更显俊秀典雅。以王圣思老师的学问和地位，竟能如此认真、严谨地为一个萍水相逢的年轻读者题字，对比那些颐指气使、架子很大、写起字来龙飞凤舞的所谓名家，不能不让我心生敬佩。不由想起胡适先生晚年曾发出的感慨："我总觉得爱乱写草书的人神经不太正常，往往为了一个字，要人费时去思量，去猜想，这就是对别人的不负责任。"看吧，写字之中蕴含着做人的道理，这就是大师的风范。

　　王圣思老师已从华东师范大学教师岗位上退休，多年的园丁生涯赋予她爱护青年、提携后辈的性格，我们虽然只有简短的交流，却令我倍感温暖和鼓励。她对我说："辛笛先生生前始终相信，生活中不能没有诗。"这句话我会永远铭记在心。

　　　　　　　　二〇一二年十二月二十三日夜于入梦来斋

我曾走近那朵白云
——怀念俞吾金教授

　　泰山其颓，哲人其萎。当那些我们平素所特别尊敬、特别仰慕的师长遽归道山，心中的哀婉和感伤总是久久难以平复。2014年10月31日，当代著名哲学家、复旦大学哲学系教授俞吾金先生因病逝世，享年66岁。先生去世后，生前师友多有撰文，表达心中的哀思，复旦哲学系汪行福教授汇编了部分怀念文章，结集成《他化作了天边那朵白云》一书。

　　这个富有诗意的书名深得我心，因为用"白云"的意象来指代俞吾金教授，在我看来十分贴切。俞教授毕生致力于哲学研究，以追求真理为己任，先生之风，山高水长，"白云"象征着他那清洁的精神，无瑕的人格，纯粹的理想。其实，俞教授生前的形象也如一朵白云，涵养水分，滋润桃李，平中见奇，变化万千，自由地飘在思想的蓝天。

　　我仰慕俞吾金教授的学问和才华久矣。大学时，就购得《狮城舌战启示录》，最爱看书中俞吾金教授撰写的那篇《逻辑·理论·价值——生存论本体论视野中的雄辩术》，概念明晰，说理透彻，对辩论之道作了形而上的哲学分析和解读，与书中王沪宁同志撰写的《格物致知，修身辩论——辩才的制造》一文交相辉映，实为不可多得的思辨美文。后来，在研究生导师的推荐下，

《狮城舌战——首届国际大专辩论会纪实与评析》封面及扉页题词书影

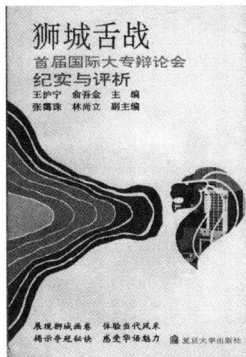

我又陆续精读了俞教授与学界同仁商榷哲学论题的笔战文章，纵横开阖，思想激荡，真是于无声处听惊雷，让人直呼过瘾。虽说在这些论战中，俞吾金可能并非每战皆胜，但他的论文所展现出的那种敢于质疑、善于献疑、精于释疑的知识水平和治学品格，又岂是那些拼凑之作、抄袭之文所能比拟的？读其书更想见其人，却一直无缘侍坐问学，是为心中憾事，不曾想，就在他生命中的最后几个月却弥补了遗憾，我不仅有幸聆听他在文汇讲堂的哲学演讲，而且得到他的亲笔题词勉励，近距离感受他如白云一般的学者风采和大家气象。

那是 2014 年的春天，上海市社联与文汇报社联合主办"哲学与我们的时代"哲学演讲季，共邀请沪上七位哲学家先后开坛论道，吸引了社会各界数以千计的哲学爱好者到场聆听，成为当年度上海滩无可争议的文化盛事。4 月 26 日，演讲季第五场，由俞吾金主讲《历史主义与当代意识》。鉴于俞吾金教授在学术界的地位和影响力，我对这第五讲充满了期待。早早地来到了活动现场，静静地等待俞吾金教授的亮相。

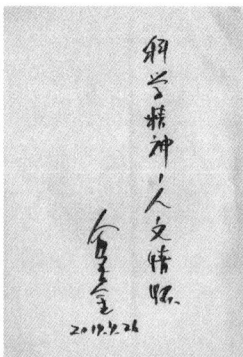

科学精神、人文情怀，正是俞吾金教授所秉持的学术操守

记得那天，俞吾金教授穿了一套深色的西装，健步走上讲台向大家问好。他身材魁梧，面色红润，自信的微笑常挂嘴角，显得神采奕奕，仿佛身体内部蕴蓄着无限的创作力。一场关于哲学的演讲，俞吾金教授却是从日常生活中的普通事例开启话题。他以"走了30年的楼梯却说不出台阶数"为例，阐明同样置身于历史之中，是否具有反思意识对于认识事物的本质有着天壤之别。这正是对黑格尔的名言"熟知非真知"最好的注解，真正的哲学思维就是从那些我们所熟悉的，且从未怀疑过的事物或现象开始的。他进而指出复古主义、历史虚无主义等观点的荒谬和幼稚，将其称为不成熟的历史意识。在廓清了历史和历史学，历史事实和历史资料等概念的边界之后，他提出"不懂得现在，就无法理解过去"的核心命题，这与马克思"人体解剖对于猴体解剖是一把钥匙"的观点是一脉相承的。

香港作家小思讲过："爱书人有一种解不开、斩不断的情意结，那就是心爱之书配上作者的签名。"为了期盼已久的这次见面，我将书房里珍藏多年的"俞著"悉数带去讲座现场，在活动结束后请俞教授签名留念。俞教授看到我读过很多他的书，露出欣喜的神色，很有耐心地坐下来一一为我题签。

《思考与超越》是俞吾金教授 1986 年在上海人民出版社出的一本小书，全书采用对话体的形式写成，一如轴心时代的哲学经典——柏拉图的《理想国》和孔子的《论语》。俞教授在这本书的扉页题写"生活在逻辑之外"，表达了"于无疑处生疑"的批判精神。在《俞吾金集》的卷首，他题写"科学精神，人文情怀"八个字，这正是他毕生追求的价值理想。《毛泽东智慧》是俞吾金的一部早期著作，在书中他用哲学的视角观照毛泽东的事业和人生，成为同类著作中最具思想性的一部好书，他在扉页写下"开卷有益"以为纪念。翻开《狮城舌战》一书，他题写了"辩者无言"四个字，微言大义，情在理中。最后，我恭恭敬敬地递上一张笺纸，请他题词，俞教授顿住笔想了一想，郑重地写下："不鸣则已，一鸣惊人。"这是否就是激励他的座右铭？不得而知，但从他那澄明、坚毅的眼神中，我已经得到了答案。

哲学演讲季系列活动结束后不久，俞吾金教授即赴加拿大参

俞吾金教授为我签名题词

185

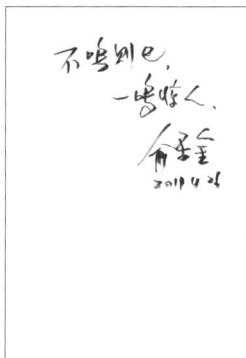

"不鸣则已，一鸣惊人"是俞吾金教授一生奋斗的精神支柱

加学术研讨会。2014 年上海书展期间，有一场西方左翼思想家霍布斯鲍姆的著作《如何改变世界》的新书推介会，原定由俞教授主讲，我本想着可以再度亲聆教海，却临时改为由他的好友吴晓明教授代为主讲，事后得知，此时他已经入院接受治疗。再后来，突然就在报纸上看到俞吾金教授病逝的消息，真不亚于晴天霹雳。我走进书房，找出俞吾金教授的签名著作，心里想着这可能是他最后一次给读者的签名了吧，让人不禁悲从中来。

如今，捧读俞吾金教授的书，重温与他交往的点滴记忆，我的脑海中仍会浮现出他在演讲中用豪迈的语气发出的心声："哲学不是黄昏到来时才起飞的密纳发的猫头鹰，而是迎着朝霞起舞的高卢雄鸡。这只高卢雄鸡必将在中国引吭高歌，并把自己美妙的声音撒播在宇宙中。把旧世界留给庸人和懒汉吧，新世界是属于开拓者和创造者的。"伟哉斯言！

二〇一五年十二月六日于入梦来斋

186

他在我们的祝福声中远行

——我所参加的周有光先生 112 岁寿诞座谈会

2017 年 1 月 13 日，是著名的语言学家、文化学家、思想家周有光先生 112 岁的寿诞。为了给老人家庆贺寿辰，表达对这位百岁老人的敬意，搜狐文化与大夏读书会于 1 月 14 日在上海的大隐书局举办"正确认识世界与中国——周有光先生 112 岁寿诞座谈会"，邀请到许纪霖、伍贻康、高全喜、萧功秦、萧延中、韦森、包刚升、张力奋等 30 余位国内学者、媒体人士和周有光先生的亲族挚友，共同分享周先生的学问、智慧与人生，笔者有幸叨陪末座，聆听各位学者畅谈对周老思想历程和人生价值的认识。主办方原本计划于 1 月 15 日在北京举办第二场同题活动，没想到的是，当天中午即传来消息，周有光先生已经安详地驾鹤西去，现在想来，周先生正是在我们的祝福声中远行的。

周有光先生和上海有着特殊的缘分，他曾在圣约翰、光华和复旦等三所沪上大学读书、教学，可以说，他的前半生与上海这座城市有着密切的交汇，因此在上海举办他的寿诞座谈会可谓顺理成章。座谈会上，周有光先生的外甥女、上海戏剧学院教授张马力老师第一个发言，她说周老早年曾留学海外，回国后经历了一系列大大小小的坎坷动荡，但是他一点也不后悔，他认为自己的一生做成了一件事情，就是汉语拼音。百岁高龄的周老仍旧每天坚持看《报刊文摘》，甚至《纽约时报》《朝日新闻》等外文报刊，关心中国，关心世界，活得充实而有意义。

华东师范大学许纪霖教授的发言饱含深情，他回忆自己第一次见到周老是在 1978 年，跟着同学陈乃群一起去北京看望周老，那一年他 21 岁，周老 72 岁，如今 38 年过去，许纪霖教授也已经 60 岁了，而周老仍然健在，这真是中国文化的幸事。许教授指出，周老是在"五四"精神熏陶之下培养出的一代人，他既是一个爱国主义者，又是一个世界主义者，他在汉语拼音方面的贡献，在进入到人工智能的新时代后，不仅不落伍，反而将体现出更加重要的意义。周老有着豁达的人生观，能够超越自己有限的生命，来看长远的未来，因此他能够长寿。

上海社科院世界经济研究所原所长伍贻康先生认为，作为世界公民的周老站得高看得远，显示出令人惊讶的乐观主义，他深信世界永远处在不平衡中，但会共同前进，殊途同归。周老曾经分析，人类社会在文化上是从神学到玄学再到科学，在政治上是从神权到君权再到民权，是逐步演进的，从专制到民主是历史的必然，人类今后将走向"共产、共有、共享、共富"。

上海交通大学凯原法学院高全喜教授是著名哲学家贺麟先生的弟子，去年刚从北京学界"转会"到上海。他认为周老所经历的这一百多年，在中国是一个翻天覆地的大时代，既有中西之争，也有古今之变，丰富的人生经历使周老具备了常人所没有的大尺度，他将历史事件放在一个大时代中去思考，从容面对世间的大变革，他的思想清明而富有智慧，对古今中西的理解融贯而通达，与胡适那一辈早期启蒙思想者们的精神是一脉相传的。

上海师范大学萧功秦教授特地从外地赶回上海参加本次座谈会。他认为，周有光先生的治学成果显示出他接受过严格的经济学专业训练，同时又是语言学家，习惯从经验事实入手，对客观世界进行理性的分析。在周老身上，冷静务实的常识理性与知识分子的人文理想之间，保持着极为可贵的平衡。知识分子就是有忧患意识的读书人，他怀着对社会困境不可摆脱的歉疚感，将自己的心智和知识贡献给社会，并且超越了功利之心，有一种"贵在自得"的精神。周有光先生就是这样的知识分子，是我们的榜样，这些丰富的人文资源将激励着我们前行。

华东师范大学萧延中教授是政治学研究领域的资深学者，他坦言自己对周有光先生的景仰已有好多年了，特别谈到了周先生和夫人张允和相濡以沫携手走过70载的爱情传奇。他说这两位老人的名字就很有意思，一个希望"有"，另一个就"允"了，一个发出"光"，另一个就来"和"，真是天作之合的般配，仿佛是冥冥之中的天意，成就了这一对人人羡慕的伴侣。

这场寿诞座谈会的策划者，是来自北京的财经杂志主笔、知

作者与寿诞座谈会策划者
马国川先生交流

名学者马国川先生，他介绍说，从周有光先生茶寿（108 岁）那一年起，他和学界的朋友们就自发地组织座谈会为周老祝寿，去年是首次在上海举办，庆贺周老 111 岁寿诞。周老听说要在上海为自己祝寿非常高兴，录制了一段视频向大家问好，在视频中，周老特别强调了"要从世界看国家"的思想观点，他生于晚清亲身经历了一百多年来中国向现代化转型的艰难历程，在这个大转型时代，他既是重要的参与者，也是重要的观察者与思考者，他对个人思想发展历程的总结，对中国现代化经验的反思，对于我们正确认识当下的世界与中国具有重要的启蒙意义。

座谈会上，几乎每一位发言的人，都表达了对周有光先生的美好祝福，希望他健康长寿，继续保持豁达的人生态度，乐观地活下去。但事与愿违，就在座谈会召开的同一时间，传来了周老鹤归道山的消息，但我们仍旧相信，周老是带着满足和无悔，在我们的祝福声中走向天国的，他用一生的坚守，成就了立德、立功、立言的"三不朽"，成为中国知识分子的精神象征。他，就是这个时代的传奇。

二○一七年一月十四日夜写讫

（原载 2017 年 1 月 22 日《新民晚报》）

我收藏的《白鹿原》初版本签名书

　　2016 年 4 月 29 日 7 点 40 分，著名作家、第四届茅盾文学奖得主陈忠实先生，因病在西安西京医院去世，享年 73 岁。陈忠实先生一生著述甚丰，家喻户晓的代表作就是长篇小说《白鹿原》，该书曾接连斩获多个文学奖项，后被改编为电影、话剧、秦腔等多种艺术形式。笔者收藏了这本书的初版本，还有幸得到陈忠实先生的亲笔签名。

　　文学作品的初版本反映了一本书刚出版问世时的面貌，往往具有特别的版本价值和研究价值，《白鹿原》一书的初版本就是如此。据陈忠实先生生前介绍，他在 44 岁时开始创作这部作品，用了 2 年时间准备，4 年时间写作，直至 50 岁才完成这部近 50 万字的长篇小说，可称为呕心沥血之作。《白鹿原》最初发表于人民文学出版社主办的《当代》杂志，该刊 1992 年第 6 期和 1993 年第 1 期分两期刊载了这部作品。1993 年 6 月，人民文学出版社出版了单行本，第一次印刷只印了 14850 册，这就是《白鹿原》的初版本，该书封面是一位拄着拐杖的老人，一副阅尽世事、饱经沧桑的模样。该书问世后好评如潮，第一次印刷的《白鹿原》很快销售一空。后来，《白鹿原》参评茅盾文学奖时，评委会建议作者对这部作品有些地方进行修改，陈忠实说他也有意

人民文学出版社《白鹿原》初版本封面及签名书影

对书中个别地方做修改，于是就有了一个修改本的《白鹿原》。修改本《白鹿原》与原本比较，哪些地方做了修改，改了多少，这是很多读者和研究者所关注的。也正因为如此，第一次印刷刊行的初版本就凸显出其特有的版本价值和研究价值。

我在旧书市场的一次淘书中，不经意间购买到了这本《白鹿原》第一版第一次印刷的初版本，当时觉得书缘不错，也没有太在意，没想到还有更好的书缘在后面。《白鹿原》出版16年之后，也就是2009年，陈忠实推出了他的新作《寻找属于自己的句子——〈白鹿原〉创作手记》，并亲自来到上海书展为读者朋友签名售书。记得那一次活动的人气爆棚，热情的读者不顾酷暑高温，从四面八方赶来，手中拿着《白鹿原》以及陈忠实的新作排队等候签名。笔者作为喜爱陈忠实作品的忠实读者，带着这本《白鹿原》初版本也加入了排队大军，排了近一个小时后，终于有机会得到了陈忠实先生的签名本。陈先生事后回忆说，他没有想到上海的读者会有如此热情，为了不耽误后续活动，挪了两个场地签售，终于没有辜负读者的这番热情。

　　现在我捧读这本由先生亲笔签名的《白鹿原》，依然会想起陈忠实先生善待读者、伏案签名时的样子，惟愿先生一路走好，在天国仍将书香播撒。

二〇一六年四月三十日夜于入梦来斋

（原载 2016 年 5 月 15 日《北京青年报》）

我收藏了杨绛先生的第一本书《称心如意》

    大师远去人犹在，作品传世成绝响。2016 年 5 月 25 日凌晨，著名作家、文学翻译家和外国文学研究家杨绛先生，以 105 岁高龄驾鹤西去。杨绛先生一生笔耕不辍，著作等身，她的长篇小说《洗澡》、散文集《干校六记》、译作《堂吉诃德》等作品都是公认的经典之作。然而，少有人知的是，杨绛先生在现代文坛崭露头角是从写戏剧剧本开始的，她正式出版的第一本书就是剧本《称心如意》。笔者有幸收藏到这本历经沧桑的民国版旧书，一直视若珍宝。

    《称心如意》创作于抗战时期的上海，是一部四幕喜剧，讲述了主人公李君玉孤身到上海投亲，饱受世态炎凉的痛苦，眼看走投无路之时，却又侥幸继承舅公遗产，得到一个"称心如意"的结局。关于这部戏剧的创作背景，杨绛先生曾回忆说："1942年，我任工部局半日小学代课教员，业余写剧本。"她还说："1943 年 5 月《称心如意》上演，我始用笔名杨绛，'绛'是'季康'二字的切音。"而杨季康正是杨绛先生的本名。当年秋天，日本侵略者接管了这所小学，杨绛遂辞去教职回家。

    我收藏到这本《称心如意》委实是一段书缘。读大学时我特别爱买旧书，课余时间常到学校旁边的一家旧书店淘书，刚开始

《称心如意》封面及版权页书影

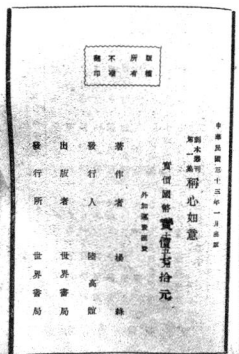

不得要领，买书毫无章法，幸好店主是个热心肠的爱书人，他见我爱书心切，就指导我留意民国版的旧平装书，我于是有意识地搞起了民国版新文学旧书的专题收藏。有一次，店主新收进一摞旧书，尚未逐本标价，因我是老主顾，破例让我优先挑选，我在翻检中立刻就发现了这本《称心如意》，红白相间的封面十分醒目，一看作者竟是杨绛先生，毫不犹豫当即抽出拿在手里，店主乐见好书得遇爱书人，只象征性地收了个"友情价"，真是书缘之中自有人情在。

我收藏的这本《称心如意》品相完好，左侧开本，138页薄薄的一册。封面底端标明了该书是孔另镜主编的"剧本丛刊"中的第一集。孔另镜是民国时期的职业作家，也是茅盾先生的妻弟，他热心戏剧运动，1943年由苏北抗日根据地返回上海，在世界书局主编《剧本丛刊》5集共50册，杨绛的《称心如意》便是第一集中的一册。该书出版后好评如潮，也给了杨绛先生极大的鼓励，仅隔了一年，她的第二部剧本《弄真成假》又获得出版，带给她更大的声誉，柯灵先生在回忆上海沦陷时期的戏剧文

195

学时曾赞誉为"喜剧的双璧""中国话剧库存中有数的好作品"，而此时，钱锺书先生才刚刚开始动笔撰写他的长篇小说代表作《围城》。

　　晚年的杨绛先生秉承宁静致远、平和低调的人生态度。她整理出版了钱锺书的遗稿、笔记和书信，又创作了多篇忆旧散文，并修订出版了9卷本270万字的《杨绛全集》，可以说功德圆满、了无牵挂地走完了自己的一生，惟愿先生在天国依旧读书写字，一切"称心如意"。

二〇一六年五月二十八日夜于入梦来斋

（原载 2016 年 6 月 1 日《中国审计报》）

难忘吴建民大使为我签名题词

6月18日中午时分，微信朋友圈中传来噩耗：中国原驻法大使、外交学院前院长吴建民先生凌晨时分因车祸在武汉不幸离世。我心头一沉，深感震惊和悲痛！于是走进书房，找出吴建民、赵启正三年前合著的新书——《正见民声——跨越50年的代际交流》，回想起那年秋天，吴建民大使为我签名题词的情景，令我百感交集。

只要是为自己深爱着的祖国和人民工作，吴建民大使就仿佛不知疲倦，永远充满激情。他在中国驻法国大使岗位上工作了15年，取得了举世公认的外交成就。这之后，他又把外交学院院长的重担挑在肩上，为培养外交新人鞠躬尽瘁。此外，他还担任世博展览局主席，在外交场合为中国申办世博会作宣传推广。2008年他正式退休后，仍然活跃在公共外交的舞台，并与原国务院新闻办主任赵启正携手，在上海几所大学与青年学子互动交流，谈人生理想，谈社会交往，谈职业选择，谈情感困惑，既有推心置腹，也有针锋相对，这些精彩的内容由中国人民大学出版社于2013年汇编成书，这就是《正见民声——跨越50年的代际交流》。

我买到这部书不久，就得到消息：9月6日（2013年），吴建民和赵启正将受邀到上海音乐学院为发布这本新书与读者见面。我期待着能当面聆听两位资深外交家的精彩对话。当天下午，活动在上海音乐学院小剧场举行，我早早地来到现场，发现有着同样热情的青年朋友和大学生们很快就将整个剧场坐得满满当当，两位年过七旬的老人在青年人中间的影响力由此可见一斑。活动开始后，当吴建民和赵启正步入会场时，响起了雷鸣般的掌声。吴建民大使身材挺拔，目光如炬，举手投足间尽显外交家的风度和魅力，他和赵启正都在语言运用方面有着丰富的实践经验和心得。我记得他在活动现场寄语年轻学子"好的交流能让你把握住人生的机会，相信80后、90后会比我们做得更好"。一句话启人心智，一句话温暖人心，让现场的青年朋友备受鼓舞。

吴建民大使严谨但不严厉，个子很高却没有一点架子，他始终面带微笑，让人愿意接近他。活动结束后，我将自己收藏的这本《正见民声》递了上去，请吴建民大使签名留念，他接过书，稍作沉吟，快速写下"自强不息 吴建民 2013.9.6"。他的字潇洒飘逸，有一种理性温润之美。我还想得到他的题词，鼓起勇气又

与吴建民大使在上海戏剧学院合影

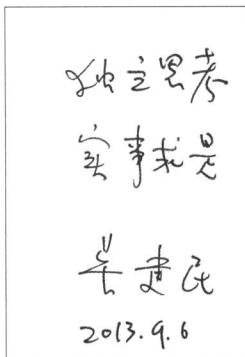

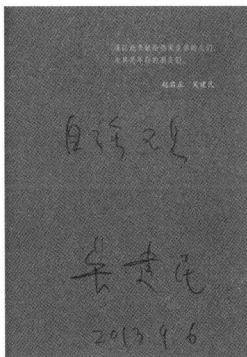

吴建民和赵启正合著《正见民声》封面及题词书影

将自己随身携带的笔记本递给他，请他题写一句勉励的话，吴大
使微笑着问我："就写'独立思考，实事求是'几个字怎么样？"
我没想到他会和我商量，征求我的意见，忙说："好的好的，谢谢
您！"他运笔如飞，写下这八个字，依旧是微笑着签了名，又应
我的请求拍了一张合影留作纪念。就这样，直到一一满足了现场
读者的签名合影要求后，他才离开会场。

　　吴建民大使离世的消息来得太突然，让爱戴他的普通读者
和听众一时无法接受这个事实。好在还有他的著作与我们相
伴，他在演讲中传递出的精神也不会泯灭，"自强不息""独立思
考""实事求是"，这是吴建民大使给我的谆谆教诲，我会永远铭
记在心。

二〇一六年六月十八日夜于入梦来斋

（原载 2016 年 6 月 27 日《藏书报》）

一个脚踏实地的理想主义者

——怀念张晖

　　2013 年 3 月 15 日，一位极富才华的青年学者停止了思想。他就是张晖，1977 年生于上海崇明，毕业于南京大学中文系，生前系中国社会科学院文学所副研究员，在中国近代学术思想史、中国文学批评史、明清诗词研究三个领域成果卓著，是中国古典文学研究界公认的当代中国杰出的青年学者，代表作有《龙榆生先生年谱》《中国"诗史"传统》《无声无光集》。在中国人文学术领域亟需优秀人才之际，痛失这样一位天资极高、勤勉踏实的青年俊彦，着实让人扼腕叹息。

　　我是在报纸上读到张晖去世的消息，震惊之余悲从中来。此前不久，寒斋购藏浙江大学出版社 2012 年出版的"六合丛书"毛边本，初读一过，对其中张晖所著《无声无光集》印象深刻，字里行间读得出作者对书的一往情深，当然还有扎实的学问功底和过人的才情。后来，又在季风书园买到他的《中国"诗史"传统》，深深佩服张晖为自己所喜爱的事业孜孜追求的精神和意志。

　　张晖的代表作《龙榆生先生年谱》由学林出版社 2001 年出版，一版一印的印量非常少，仅有 1100 册，如今早已是洛阳纸贵。我买到的是 2002 年一版二印的本子，品相触手如新，总算可以聊补遗憾。龙榆生先生是 20 世纪最负盛名的词学大师之

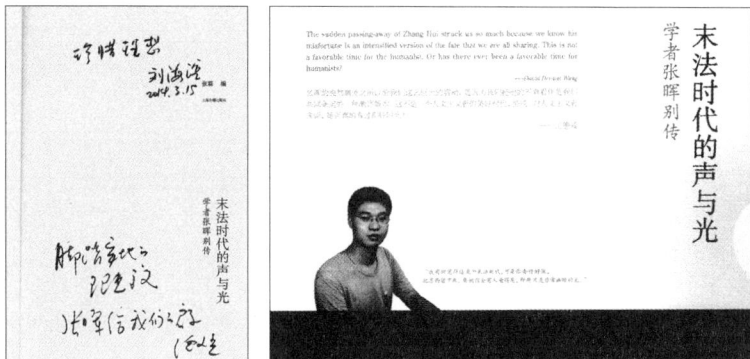

《末法时代的声与光——学者张晖别传》封面及扉页题词书影

一，其词学成就可与夏承焘、唐圭璋并称。但抗战时期失节，建国后又成为"右"派，对他的研究一直是学术禁区。写他的传记年谱不仅要有独到的眼光，更需要一番可贵的勇气。该书序作者张宏先生称赞张晖是"系统研究龙榆生的第一人"，因此，《龙榆生先生年谱》是第一部为龙氏树碑立传的作品。这部颇具分量的专著，竟是张晖在大学三年级时的学年论文，其治学的务实与成熟，实在让我辈既羡慕又汗颜。

在张晖逝世一周年之际，上海古籍出版社从海内外学界纪念张晖的文章中遴选出 41 篇佳作结集成《末法时代的声与光——学者张晖别传》一书，据上海古籍出版社总编辑高克勤介绍，这是上海古籍建社 60 年以来第一次为年轻学者出版传记。书中既有张晖自己写的《我的启蒙》《金陵求学日记》《拜谒施蛰存先生》《我与〈龙榆生年谱〉》4 篇文章，也有他的妻子张霖女士撰写的《君子永逝，我怀如何》（代序）和《张晖小传》，更有张晖生前师友陈建华、胡文辉、维舟等人追忆与张晖论学交游的回忆

《龙榆生先生年谱》和《中国"诗史"传统》都能读出张晖的才情和勤奋

文章，这些文字，或是阐发张晖的生命意义，或是记叙张晖在人生各阶段的学行、思想和情感，无数个片段汇集成张晖生前的一幅幅影像，让我们得以更多地了解他的为学、为人，更深刻地理解他始终怀有的那份人文理想。

该书责编，朱维铮先生的弟子刘海滨博士，同时也是张晖读硕士期间的同学、舍友，在活动现场动情地谈起了与张晖同在南大求学时的点滴往事。他说："编辑这本书，是因为张晖身上所具有的理想主义精神，可以引起后来者更多的探索。"活动结束后，我请他在书上签名留念，他没有推辞，认真地写下"珍惜理想"四个字，寄托了他对张晖的哀思与缅怀。

参加新书发布会的，还有华东师范大学中文系副教授倪文尖老师。他年长张晖 10 岁，喜爱人文学术，曾编有《文人旧话》一书，在书友圈中传布甚广。他深情回忆了 2008 年与张晖同在新加坡南洋理工大学访学期间的一次彻夜长谈，虽已时隔多年，仍旧历历在目。他对张晖的评价甚高，认为张晖真正做到了古人所说的"学问为己"的境界，这是一种难能可贵的学术自觉。我感到倪文尖老师对张晖的了解是深刻而有见地的，与香港教育学院陈国球教授的评价有异曲同工之处，陈教授评价道："张晖的为学之途，是对自己不断的超越，从而超越当世，其用心致志，不止于沉潜旧典新籍，更能从学问深处思谋实用，探求社会文化之前路，这是当下中国知识分子的一个典范。"我请倪老师题词纪念，他谦虚地表示："我的字不好看。"略作思索，写下"脚踏实地的理想主义，张晖给我们的启示。倪文尖"。

关于纪念张晖对于当下的意义，我认为还是他的妻子张霖在《朝歌集》编后记中所写的一段话最为贴切。她说："在这一人文式微的时代，张晖是闪电、是流星、是大光芒。在我们为他伤心惋惜之际，张晖却以近乎神话的方式，让每一个为他落泪的人都感受到"文学"那动人心魄的巨大力量。"《朝歌集》是张晖生前计划出版的一本学术散文集，后由张霖编选完成，收入浙江大学出版社"六合丛书"第二辑，于2014年出版，张晖的遗愿得以完成，有这样一位知他懂他的妻子，也是张晖之幸。

走笔至此，我又想起张晖夫子自道式的一段话，那是他在"六合丛书"发布会上的发言："学术不是让人来逃避现实的，而是让人深入思考，更好面对现实的一种方式。"他是这样说的，也是这样做的，我们想要了解张晖留给世人的精神财富，还是多去读一读他的书吧。

二〇一四年三月二十九日晚于入梦来斋

第四辑

灯 下 漫 笔

我的大学与书结缘

那一年，当收到高考录取通知书时，我的心中充满了兴奋和憧憬，向往着大学生活的绚烂多彩，渴望着在知识的大道上下求索。现如今，我已走出校门开始自己的职业生涯，回忆起自己的大学时光，我感到庆幸，也感到慰藉，正是因为有着一颗求知的心，才使我没有虚度七年（我在同一所大学读完硕士）时光，而是与书结缘，塑造了更加完善的自我，体会到读书是福的其乐融融，也正是这样一种阅读之缘，使我对书产生了一种特殊的感情和深深的迷恋，书早已融入了我的灵魂，成为我生命的一部分。乐作书生，因为书赐给我力量；与书同行，因为读书委实是一种缘分。记录下与书相伴的分分秒秒，点点滴滴，便绘成了我大学时代的真实画卷，一幅清新淡雅却回味无穷的美丽画卷。

图书馆里自逍遥

古语有云："苦苦苦，不苦何以通今古。"读书在某种意义上是件苦差事，面对如今这么一个多姿多彩的大千世界，人们要丰富自己的业余生活，实在不乏别的方式和去处，而书桌是冷硬的，文字任你怎样精心地组织，跟灯红酒绿、醉生梦死的都市夜生活相比，毕竟少了直观的诱惑和感官的刺激。所以，读书并非如恋爱、结婚一样，是一项一般人都乐于接受的大众活动，它对于一部分人是美轮美奂的天堂，对于另一部分人则无异于一种肉体和灵魂的双重苦役。在浩瀚的书海中取出一本细细品读，这需要持久的定力，以及对书的深深喜爱。

大学里的生活迥然不同于以往的求学生涯，没有了老师的管束，家长的叮咛，大家一下子仿佛都成了拥有很多空闲时间的自由人。但这种"自由"是可怕的，它可能意味着游手好闲，无所事事。在这个需要自己做出抉择的当口，我毅然选择了与书为伴，让生活变得更加充实丰润。记得入学时，老师曾语重心长地告诫我们："读书增知是一件能让你们受益终生的事情，大学的图书馆便是一块遍布宝藏的福地。"的确，走进图书馆的第一天，我便被那一间间明亮的阅览室，一排排壁立的书架迷住了，静谧安宁的环境，扑鼻而来的阵阵书香，已使我萌生了急不可待的读书之情，我第一次感到自己竟是那样的贫乏，那样的渺小，深感自己肩头的责任之重，一个求知若渴的年轻学子此刻只有一个心愿，倘若能畅读这里所有的书，今生足矣！

于是课余闲暇之际，我放弃了踢球、打牌等活动，于是稍有空余时间，我便端坐在图书馆里寻找读书的快乐，时而思考，时而摘抄。有时读得拍案叫好，共鸣频生，忍不住绕室疾走，啧啧称赞；有时读到意见相左，颇为不平，恨不得找来书的作者争辩一番。就这样，慢慢地，我忘却了离家之苦，忘记了孤独寂寞，图书馆成了我心灵中一方神奇的绿洲，一个令我魂牵梦萦的地方。大学里与书作伴，我变得更加成熟，更加坚强，图书馆便是我自由驰骋的精神家园，它记载了我成长的足迹。

我陆续买到《红楼梦诗词曲赋评注》的多个版本，自觉乐在其中

买书藏书兴致高

相信逛书店是所有爱书人的共同嗜好，校园周边的大小书摊，闹市街区的各种书店，都是我常去的地方。在学校，我旁听了《中国藏书文化》这门选修课，在老师的感染下，我对藏书也产生了浓厚的兴趣。爱书到了一定的程度，便自然留意起书的版本、书的装帧、书的历史，想来这也在情理之中，一本中华藏书通史，便是一幅幅古今爱书人嗜书如命的百态图，这个中滋味，又有几人能解呢？

然而，近几年书价飞涨，盗版猖獗，着实让中国的读书人倍觉尴尬，到新华书店购买新书，自然不能成为我这样的寒酸学生常有之举，不过，散落在城市各个角落的古旧书店和特价书店却也足以让我大饱眼福了。在一堆堆、一排排泛黄破损的旧书中睁大眼睛细细淘来，不经意间发现一本心仪已久，近乎绝迹的好书，抚去了灰尘，摩挲着封面，没错！就是这本曾经踏破铁鞋无觅处的书，今天居然得来全不费功夫，那种惊喜万状，那种眉飞色舞，像找到一块珍宝似的开心无限，淘书中的这份乐趣，让我体验到读书人与书之间，其实真的有一种说不明、道不清的缘。

当然，买书藏书也有让人懊恼的事情发生。记得有一次，我在古旧书店顶层书架的夹缝里发现一本蔡义江编著的《红楼梦诗词曲赋评注》，这确是一本难得的旧版本好书，老板索价9元，当时的我嫌贵未买，谁知刚回到家又恹恹地害起了相思病，心想好书才贵嘛，又何必为难自己呢？于是第二天一大早又赶往古旧书店，不料那本书已被人买走了。一时间我心里又悔又喜，悔的是自己犹豫不决，与好书失之交臂，喜的是茫茫人海，竟有与我一样的爱书者慧眼识金，书又有了好的归宿。老板看我爱书心切，答应帮我留意找寻，我也只好于心中默默祈祷。未曾想，过了一个月，老板竟真的帮我找到一本！打电话让我去买，这次书的品相比上次的还要好，价格自然又要贵些，不过这回我不再犹豫。心中暗自窃喜，书啊书，几经波折总算读到了你。

淘书、品书、藏书，不知不觉中，家里的书房竟也小有规模了，而知识的积累，能力的提升，人格的塑造，心性的打磨，在潜移默化中书给了我多少或有形或无形的财富，则已是无法估算的了。

以书会友乐陶陶

在大学校园里，与书结缘的人可谓多矣，湖岸边、草坪上、图书馆、自习室，处处可见读者的身影。可以说，与书结缘本就是人生一喜，倘能以书会友，则更是喜上加喜。孔子曾说过："益者三友，友直，友谅，友多闻。"通过读书交来的朋友便是这样的益者三友，没有名利场上的尔虞我诈，没有牌桌上的勾心斗角，没有酒桌上的觥筹交错，没有富贵乡里的纸醉金迷。你们可能在书店里偶遇，也可能在一次读书活动中相识，君子之交淡如水，但共同的对书的挚爱，共同的对知识的渴求，使你们相见恨晚，引为知己。这样的朋友，如同一本好书一样，亦是可遇而不可求的。

正所谓："独学而无友，则孤陋而寡闻。"读过一本书，心中多少会有些感慨，倘能和几个朋友一起奇文共赏，切磋驳辩，常可以解疑除难，开阔眼界，又常可以去伪存真，欣然有获。在大学里我便结识了好几位志同道合的书友，大家有时结伴去某地淘旧书，有时聚在一起共话一本新书的优劣。哪里有书刊折价，更是互相知会，信息共享；哪天有谁得到一本好书，必示以众人，大家虽眼露欣羡之色，心中却绝无嫉妒之情。

与书友交，最大的收获便在于见贤思齐。这些朋友，心境似莹莹秋水，远于名利之事，性情如淡淡岫云，疏于炎凉之念。他们中有的思维敏捷，睿智而严谨，有的思想深邃，禅定如高僧。和他们交往，可使心灵高洁，人格健全，三人行则必有我师，如能通过一本书结交一个出类拔萃的朋友，真是善莫大焉，而书的价值则又在其次了。我因为常在一家不大的书店买书，店主又是个年龄相仿的爱书人，每每与我天南海北神聊一番，一来二往便成了朋友。老板因幼年家贫，辍学经商，但却是个不折不扣的书迷，他爱读霍桑的《红字》，爱读鲁迅的杂文，其他如蒙田、尼采、弗洛伊德，均有所涉猎，且观点独到，视角新颖，每每听他谈书，胸间似清流淌过，心境如雨后碧空，不知不觉间，让生命在一种轻松闲适的状态中，与时间一起流动。老板常向我推荐一些好书，当然仅是推荐而已，绝无强我购买之意，相反他倒送了我好些书。通过他，我又得以结识了好几位藏书甚丰的前辈师长，学到了很多关于书的知识，实在是受益匪浅，我笑他坐拥书城，交友广泛，何不办个读者沙龙之类的活动，他点头称善，似有所动。

心有所获在今朝

古人云："三日不读书，便觉面目可憎。"一想起自己会面目可憎，读书之心便不敢稍有懈怠。无论人们对读书是亲近还是疏远，没有人可以否认读书能陶冶一个人的灵魂。我觉得仅凭一时的热情或者某种急功近利的意图去读书，是难以持久的。真正的读书人应该是不计得失把读书当成生命的人，这种人不会经常去想自己会从书中得到什么，而只是觉得不读书，自己会格外难受。他们不会时刻声称自己想成才，但最终他们的名字却偏偏跻身于辉煌的行列。

回首往事，大学时光是我有生以来变化最大的阶段，当我反观自照，连自己都惊讶于这变化的奇妙与深刻。我承认是书改变了我，是知识改变了我，教会我勇敢地面对挫折与挑战，让我"悟其道"，更让我"修其身"，不断地通悟着生命的真谛，不断地升华着自己的人生境界。真不知假若没有书自己该怎样生活，庆幸的是，冥冥之中仿佛是神灵的意旨，书注定了要与我结缘，也注定了要与我再续缘。我的埋头苦读终于有了金色的收获，春末夏初，绿衣人送来了上海市公务员的录用通知书。我知道，在今后的人生路上，读书学习将是一种责任，一种追求；我知道，自己读书所得的知识和技能，将服务于亲爱的祖国和人民；我知道，在这个现代化的国际大都市里，自己又将读到更多更好的书，又将接触到更出色更优秀的同事和朋友。我为自己能享读书之福，能享读书之乐而欣喜若狂！

读书不是生活的点缀，它本身就是一种精彩的生活；读书也不只是人生的台阶，它原本就是一座生命的高峰。走进书的世界，让生命与灵魂在博大无垠的境界里悠游净化，其乐无穷，其益亦无穷。如今，读书是我人生与事业的双重邀约，一诺千金，一言九鼎，我感谢书，感谢书赐予我的一切，我愿意今生与书结缘，我希望今生有书相伴！

二〇〇八年国庆于沪上入梦来斋

（原载《我们共同的阅读记忆》，上海市振兴中华读书指导委员会主编，社会科学技术文献出版社 2009 年出版）

地铁读书三乐

　　家和单位，地铁单程需要一个小时。幸亏有了阅读，可以把这段时光利用起来。一段时间下来，地铁读书成为我生活的一部分，其中乐趣，妙不可言。

　　在地铁上读书，乐就乐在兴之所致，随兴而读。平日里为了求学深造而读书，为了职业发展而读书，有限的时间里排满了为着各种目的的读书"功课"，唯独没有时间追随自己的兴趣随兴而读。而地铁上的读书没有学习文件时的正襟危坐，没有研读论文时的殚精竭虑，有的只是随便翻翻的酣畅淋漓。鲁迅先生就认为这种随便翻翻的读书方式，既能扩大知识面，又可以消除工作疲劳。上班路上，我翻一翻《菜根谭》，咀嚼"咬得菜根，百事可做"的谆谆告诫；下班途中，我读《雨天的书》一类的书话美文，让心灵之舟缓缓泊进诗意的港湾，这份自由选读的乐趣让我感到心神畅快。

　　在地铁上读书，乐就乐在打磨心性，锤炼意志。地铁车厢里乘客拥挤，环境嘈杂，委实不是读书的好地方，但越是如此，越能考验一个人的恒心与耐性。君不闻，青年毛泽东在长沙读书期间，故意让自己每天坐在闹市口——长沙成章街头的菜市场看书，以培养自己看书的静心、恒心。一开始我总是断断续续地受到干扰，于是就选择一些好看的小说来读，比如二月河的《雍正皇帝》、阎真的《沧浪之水》，这些作家的文字有一种非凡的魔力，让人很快就进入到故事情境中。待到抗干扰能力提高后，即便是语言晦涩的哲学原著，也可以照读不误了。

在地铁上读书，乐就乐在开辟新"战场"，还清旧"书债"。但凡爱书之人，每遇好书必想方设法购归囊中，我也不例外。惜乎平时工作忙，杂事多，始终是买得多，读得少，面对束之高阁的心爱之物，总觉得欠下了一笔笔"书债"，时常感到愧疚。如今有了每天乘坐地铁的几个小时，仿佛就是单独辟出的第二战场，既没有家务事的牵绊，也不必为工作劳神，让我可以贪婪地一页页读过去，一本本"解决"掉，尽情地享受漫步书林的这份惬意。

毛泽东同志终生酷爱读书，他对学习的热情和对书本的钟爱无人能及，他曾说过"我一生最大的爱好是读书""饭可以一日不吃，觉可以一日不睡，书不可以一日不读"。在这个多姿多彩的大千世界，人们要打发自己的零碎时间，实在不乏别的方式，而我庆幸自己选择了与书相伴，让书籍的光芒照亮漫漫长路，其乐无穷，其益亦无穷。

二〇一〇年六月二十日夜于入梦来斋

（原载 2010 年 10 月 19 日《组织人事报》）

带一本《论语》去思南

读书是福，这句话对于上海的读书人来说，是有真切体会的。在上海，可去文庙老街、新文化服务社，冷摊负手对残书；也有一年一度的上海书展、上海国际童书展，买书签售活动多多；还可以寻访大大小小的文化名人故居，感受这座城市的百年文脉。如今，随着思南读书会声誉日隆，上海又添新的文化地标，读书人、爱书人在这里品书谈文，尽享读书之乐。

早几年，作家林达曾写过一部很有名的书，题为《带一本书去巴黎》，写她带着一本雨果的名著《九三年》奔赴法国巴黎，走过古堡、宫殿、教堂、博物馆，在浓厚的法兰西历史文化氛围中感受人文思想，倾听历史回声。我由此联想，如果可以带一本书去参加思南读书会，我会选择哪一本呢？我想，就带一本《论语》吧，让古人的智慧穿越千年见证一个爱书人的快乐与梦想。

学思并重：在思南听讲座

思南读书会的活动丰富多彩，以邀请作家、学者开设专题讲座为主要形式，内容多涉及文学、历史和哲学，选题又多和新出版的书籍或者学术热点相结合。对于我这样的上班族来说，参加思南读书会正是工作之余不可多得的学习机会。《论语》有言

"学而不思则罔，思而不学则殆"，我把"学思并重"作为自己在思南听讲座的一个信条坚持至今，自觉受益匪浅。首先是边听边记勤思考，从第一期王安忆与孙颙对谈活动开始，我就拿出专门的记事本作为讲座笔记，读书会上听到的新知识、新思想、新方法，我都一一记下，闲暇时翻阅笔记"温故而知新"。其次是购读新书促思考，这一年在思南因讲座喜结书缘，陆续购读了格非的《江南三部曲》、李欧梵的《上海摩登》、张新颖的《沈从文的后半生：1948—1988》等好书，通过文本阅读走进作者的精神世界。再次是撰写书评深思考，在听讲座、做笔记、读新书之外，我还尝试着将自己的阅读感受写成书评文字，与更多的书友分享思考的快乐。

见贤思齐：在思南交朋友

思南读书会带给我更大的收获在于，结识了一群同样爱读书、爱工作、爱生活的好朋友。《论语》有言"独学而无友，则孤陋而寡闻"，又云"益者三友，友直、友谅、友多闻"。通过思南读书会结识的朋友，就是这样的"益者三友"，从他们身上，我感受到蓬勃旺盛的创作活力，感知到真诚善良的人性之光，感悟到虚怀若谷的人生智慧。

在思南，我有幸和著名作家孙颙老师成为朋友，听他分享对知识分子和中国命运的思考，真是感慨万千；在思南，我有幸和著名朗诵艺术家陆澄老师成为朋友，蒙他赠我中华诗词学会的自印刊物，使我眼界大开；在思南，我有幸和儿童文学作家沈石溪老师成为朋友，他为了写好写活那些有趣的动物，曾深入西双版纳、西藏等地耐心观察动物的习性和活动，令我感佩不已。在思南，我还结识了许树建、岑玥等多位优秀读者，他们对读书的热爱、对真善美的追求，更加激发了我对思南读书会的一往情深。

三省吾身：在思南学以致用

读书是为了什么？读了书应当做些什么？这是摆在每个读书人面前的一道题，不同的人会有不同的答案。《论语》作为指导中国人立身处世的经典，早就做出了回答，那就是"吾日三省吾身，为人谋而不忠乎？与朋友交而不信乎？传不习乎？"读书人应当时常反省自己的言行，有没有尽心尽力对待自己的工作？是否诚心诚意地与朋友交往？书本里学到的知识，有没有勤于温习并加以实践呢？

我秉承"三省吾身"的教诲，将思南所读、所学、所闻、所悟都运用到自己的工作和生活之中，以一颗虔诚、谦逊、纯净的心拥抱生活、踏实工作、关爱他人。2013年，我在浦东新区花木街道创办思学青年读书会，引领青年阅读，传播书香文化，连续

上海市委副秘书长、市委宣传部副部长、市外宣办主任朱咏雷同志为我颁发年度读者奖

218

两年的上海书展，正是在思南公馆，我从团市委和市新闻出版局领导的手中接过"青年特色读书会"的奖牌。2014年，我策划编写了《最是书香能致远》一书，在城市基层社区带动更多的居民朋友亲近书香、与书为伴。

感恩读书，给予我实践探索的力量源泉；感恩思南读书会，赐予我自由驰骋的精神家园；感恩上海，让我享受幸福的读书时光。

二〇一六年一月十六日夜于入梦来斋

乐做上海图书馆志愿者

1993 年，我以优异成绩考入家乡安徽芜湖的重点中学——安徽师范大学附属中学。作为奖励，父母第一次带我出远门，就是到上海游玩。那时的我就特别爱逛书店，印象中，在福州路新华书店最是流连忘返，尽情享受书海遨游的快乐，还用自己的压岁钱买了两部书——老舍先生的《四世同堂》和巴金先生的《秋》，一直珍藏至今。

2006 年，我研究生毕业后有幸来到上海工作和生活。这座城市的面貌日新月异，我也从一个懵懂的少年成长为一个青年，唯有一颗爱读书的心不变。除了户口和身份证，我来上海后办的第一个证件，就是上海图书馆的借书证，本市以及很多区县乃至社区的图书馆，都留下了我借书、读书的身影。这之后，我走进上图，聆听上百场名家演讲，并有幸担任通讯员志愿者，贡献自己的绵薄之力，以一颗感恩的心回报这座城市赐予我的精神养分。

把酒酹滔滔，心潮逐浪高

2012 年，上海图书馆在沧桑风雨中走过一个甲子，迎来了建馆 60 周年纪念，作为沪上读书人的精神家园，上图特别策划举办了一系列精彩纷呈的讲座。我在这些讲座中收获了知识和智

1993年暑假，我跟随父母第一次来上海，在福州路新华书店买到的两部书珍藏至今

慧，同时也开始关注到一群不平凡的人——上海图书馆讲座中心志愿者团队，为其所展现出来的风采和魅力所吸引。这是一支精干有力的团队，他们不辞辛劳为公益，使讲座现场井然有序；这是一支才华横溢的团队，他们妙手著文章，把《上图讲座》专刊办得有声有色；这更是一支文明谦和、充满活力的团队，他们把微笑和温暖带给走进图书馆的每一个人。我由此萌发出一个愿望——加入他们的行列，为听众和读者做一点服务工作。

我的愿望很快得以实现。上海图书馆讲座中心的老师们以热情、开放的姿态接纳了我，使我成为上图讲座通讯员志愿者团队的一分子，承担起为讲座撰写稿件的责任。刚开始的撰稿是在摸索中起步的，我在聆听韩天衡先生关于书画印艺术鉴赏的讲座之后，写了一篇文章，发表在次月的《上图讲座》专刊上，使我信心倍增。2012 年度的志愿者表彰会，我因资历尚浅颗粒无收，但是优秀志愿者代表季履平的发言给了我很大的触动，我决心以他为榜样，听高质量的讲座，写有分量的通讯稿，勤于笔耕，为民服务。

世上无难事，只要肯登攀

选择了担当志愿者，就是选择了一份责任；选择了见贤思齐的榜样，就是选择了一种力争上游的生活方式。

为了把志愿者这副担子挑稳、挑实，我踏踏实实做好三件事。一是"欲善其事，先利其器"，对于通讯员志愿者来说，这个"器"，就是上图讲座对通讯稿件的写作要求和行文规范，就是志愿服务的基本规矩和纪律，对于讲座中心分配的志愿任务，我努力做到克服困难勇挑重担不推诿，严守规范认真撰稿不逾矩，保质保量按时交稿不拖延。二是"他山之石，可以攻玉"，上图讲座通讯员志愿者团队贤者云集，藏龙卧虎，他们笔下的文章各具其美，百花争妍，我时常翻阅《上图讲座》专刊，一边研读，一边学习借鉴，从中获益颇多。三是"兵马未到，粮草先行"，每次接到撰稿任务，我总是提前查资料、做功课，边听讲座边做笔记，字斟句酌精益求精，落笔时为求准确无误，还常常重温录音仔细验证，不放过任何一处疑问。

志愿之路上每前进一步，都离不开讲座中心各位老师的关心帮助，他们耐心讲解撰稿要求，不断给我鼓励。功夫不负有心人，几年来，自己的文章多次在《上图讲座》专刊上发表，2013年被评为志愿服务积极分子，2014年获评优秀志愿者，2015年受聘担任特约通讯员。梁启超说："人生须知负责任的苦处，才能知道尽责任的乐趣。"饮冰子之言，于我心有戚戚焉。

萧瑟秋风今又是，换了人间

时光荏苒，唯有读书学习的热情不减；几番历练，只有一颗感恩的心不变。罗曼·罗兰说："成年人慢慢被时代所淘汰的最大原因，不是年龄的增长，而是学习热情的减退。"爱因斯坦则说："千万别把学习看作任务，而应该把学习视为一种值得羡慕的机会。"

于我而言，做一名通讯员志愿者就是绝佳的学习机会。我从听讲座中学到了知识和本领，我在写作中学会了思考和表达，我从优秀志愿者身上学到了精神和境界，这些都成为我一路前行的不竭动力，也见证了我的成长成熟。

学欲广博，志欲坚定，外问于人，内思于心。在上海图书馆听讲座、写文章、当志愿者，对我的工作、学习和生活都产生了积极的影响。这些年，我扎根上海城市社区基层一线，在党的建设和共青团工作中边学边干，在服务群众中度过了无悔的青春岁月。2015 年春，组织上选调我到了新的工作岗位，承担更加重要的工作，这使我愈加抱定一颗感恩的心，以学习促工作不敢有丝毫懈怠，我深信：哪里需要，哪里就是我奉献的地方，无愧于党和国家的培养，这是我的阅读和经历带给我的最大教诲。

人生经过一番调整、积淀之后，将会迸发出新一轮的热能，就好比一把琴，经过一次定位、校音之后，将奏出更美妙的旋律。我期待着，期待着为心中的信仰奏响最美丽的乐章。

二〇一六年二月十日大年初三于入梦来斋

写给书的情话

　　书话，是散文随笔中一颗耀眼的明珠。身为一个爱书人，我喜爱阅读和收藏书话。特别是诸如黄裳、阿英、孙犁、郑振铎等名家撰写的经典书话作品，我更是每见必买，爱不释手。

　　书话文章林林总总，各具特色。鲁迅的序跋文字巍然大气，知堂的书话美文平淡冲和，叶灵凤的读书随笔珠圆玉润，巴金的书摘短论情怀似火，谷林的《书边杂写》回首前尘往事满纸书卷气，董桥的《书城黄昏即事》俊逸高华而多绅士味……

　　书话文章读得多了，我便不觉生出一种奇思异想：这些为书而作的文字，包括买书记趣、藏书心得、读书感悟，以及书的序、跋、题记和评论，其实就是写给书的情话，记录着爱书人对书一往情深的心迹。这些文章如同恋人间的情书，或热情奔放，或如泣如诉，我们从中可以感受到作者的脉脉含情，读到相思相慕的感人故事。我常常在晴天的午后，抑或是夜深人静之时，取出一本心仪的书话作品，沏上一壶香茗，安静地读下去，每逢会心处，不觉读出声来，那滋味，仿佛是在品读徐志摩的《爱眉小札》，鲁迅的《两地书》，巴尔扎克写给韩斯卡夫人的情笺，真叫人心神荡漾，唇齿留香，个中乐趣，回味无穷。

　　热恋中的情话恣意奔放，失恋时的情话则是缠绵悱恻。我曾经读过一篇采访黄裳先生的文章，记叙了"文革"期间，黄裳先生多年搜寻并珍藏的线装书被抄没，心情无比失落，作者写道："书于黄裳先生，犹如朝夕相处的挚友，一旦失去，其沉痛可想而知。"其间况味，让人不禁联想到世间有情人因一时的情缘波折而黯然神伤的情状。君若不信，且看黄裳先生在《前尘梦影新录》中描述自己失去书之后，内心苦闷且深感惆怅，他写道："不免时常想念之，虽没到废寝忘食的地步，但牵心挂肚，总是丢不开，闲时就从记忆中抄下亡书中的依稀印象，排遣思念之情。"这文风，这意境，让人想起梁实秋忆亡妻程季淑的文章《槐园梦忆》，虽平淡从容，却字字有情，句句含意。

晚唐诗人皮日休曾有妙喻云："惟书有色，艳比西子。"在爱书人的心目中，书就是让自己魂牵梦萦的佳人，就是可以倾诉衷肠的爱人，就是值得托付终生的伴侣。这里且举一例，郑振铎先生收藏《程氏墨苑》的故事，今天看来，不啻为一段曲折离奇的"爱情故事"。此书原归民国时期的天津藏书家陶湘所有，郑振铎获知后亲往津门造访陶湘，蒙其见示《程氏墨苑》，一见倾心，竟日批阅，录目而归，当时惟一的愿望就是能够借印此书。后来日本侵华，陶湘不为利诱，拒绝替日伪做事，但由于生活窘迫不得已开始出售藏书。郑振铎得知消息，凑足家中仅有的钱，终于购得这部彩印本《程氏墨苑》。他在《劫中得书记》中记录了当时无以复加的喜悦心情："此国宝也！人间恐无第二本。余慕之十余年，未敢作购藏想。不意于劫中竟归余有，诚奇缘也。"在《西谛书话》中又记："余收集版画20年，于梦寐中所不能忘者惟彩色本程君房《墨苑》。""十载相思，一旦如愿以偿，喜慰之至，至于数夕不能安寝。"郑先生初见此书便是一见钟情，惜乎名花有主，除却巫山不是云；然后是众里寻她千百度，历尽磨难；最后终结连理，反倒疑心是在梦中。

无论是阿英的《海上买书记》、张中行的《挥泪对藏书》，还是汪曾祺的《读廉价书》、余秋雨的《藏书忧》，字里行间多充溢着这样纯真的情感，说出了天下爱书人的心声。前些年，图文书大行其道，姜德明先生出版了一部《书叶丛话》，几乎每一页都配有彩色书影，与那些爱书护书怜书惜书的文字相得益彰，分明就是一部赏心悦目的情话录，其间摇曳着无数玉人倩影，流转着一种生命的情怀。有一阵子，淘书日记甚为流行，谢其章先生的《搜书记》得风气之先，数十年间的日记一经推出，立即收获"嘤其鸣矣，求其友声"的效果，但见作者访书淘书编书出书，庶几是无一日不言书，无一日不买书，道出了广大书迷深藏心底的那份情愫，真不愧是京城资深的书爱家。

莫道纸上无血泪，世间此物最关情。书话中多有绵绵细语，款款深情，笔端萦绕不去的有爱惜、呵护、思念、悔恨等诸般情感，在我眼中，这份情感只有爱书人才能体会，因为这是写给书的情话。

二〇一五年七月十二日改定

（原载 2015 年 8 月 8 日《景德镇日报》）

值得收藏的"一版一印"

　　爱书人沉浸在对书的诵读赏玩之中，时间久了，就会对书的版本、装帧、纸张等外部形态有所偏好，正所谓"爱屋及乌"是也。说到我自己，则偏爱收藏"一版一印"的初版本书籍，这其实不过是爱书人的一种小趣味罢了。

　　所谓"一版一印"，就是第一版第一次印刷的书，是一本书最初面世时的版本。"一版一印"的书因其印刷品质高、发行数量少等原因，具有较高的版本价值和收藏价值。这在连环画收藏领域早已成为共识，比如，全套一版一印的《三国演义》连环画，在拍卖市场上的价格要比二次印刷以后的版本高出一倍以上。其实，不仅是连环画，收藏其他人文、艺术、社科类图书，也以讲求"一版一印"为佳。

　　一本书的装帧、封面以及插图，可以看做是书本内容的艺术表达，陈子善先生称其为"副文本"，余以为是恰如其分的。有些书的封面装帧，到了再版重印时彻底改头换面，使得原先一版一印的封面设计成为绝响。比如，余秋雨先生的散文集《文化苦旅》，问世20多年来有过多个版本，发行数百万册。但少有人知道，这本书一版一印的初版本由知识出版社在1992年出版，封面是一幅长河落日、霞光满天的美丽画面，有李义山"夕阳无限

余秋雨《文化苦旅》一版
一印和一版二印封面书影

好，只是近黄昏"的沧桑美感，与书中散文的审美意境可谓相得
益彰。可到了第二次印刷，封面改成蓝天下的沙漠，之后历次印
刷均采用这个封面，前后两次封面设计同为一人，却风格迥异。
以我私见，还是"长河落日"更加契合"文化苦旅"，可如今，
这个一版一印的版本，坊间早已是难得一见了。

也有第一次印刷封面设计糟糕，第二次印刷加以修正的例
子。比如，董桥先生的散文集《没有童谣的年代》，文化艺术出
版社2001年出版，初版本的封面设计平庸俗套，无论如何都配
不上桥公的美文，编者陈子善先生直言其封面"很差""太差"，
到了二次印刷做了改动，但仍旧是"差强人意"（陈子善先生
语）。不过，这样的两个版本如能搜齐，正可记录下董桥散文在
大陆出版过程中的一段掌故，不也具有一种版本学意义上的价
值吗？

有一类书，出版社精心制作了初版本作为试水之作投放市
场，发现读者的认可度远超预期，于是急于抓住难得的商机，仓
促加印，使得二印本的品质逊于一印本。比如，由南京大学徐雁

228

教授策划主编的《读书台笔丛》，收录了陈学勇、薛冰、韦明铧、徐雁、周维强、徐雁平、王振羽、李福眠、张志强、董健10位"书爱家"的书话集，这些作者均来自长三角地区，是江南读书人的一次集体亮相，所收文章情思并茂、余味绵长，一经推出，即收获嘉评无数。这套书由江苏教育出版社2001年7月一版一印，版权页显示每本仅印刷1000册，由于市场反响很好，于6个月后的2002年1月重印。这套书一印本的封面有一种"磨砂"的质感，显得古朴厚重，很有书香气息，可惜的是，到了二印本，封面改成了光滑的纸材，失去了很多的美感和韵味。我曾与徐雁教授当面交流过对这套书一印、二印本的看法，他也不无遗憾地表示，此书二印本后来的销售未能尽如人意，个中原因不得而知。我觉得，至少在封面给人的第一印象上，这样的调整是减分的。再有一例，唐弢先生的名作《晦庵书话》，1980年9月一版一印5万册，深受书迷喜爱，1983年7月二次印刷加印了11000册，两相比较不难发现，一版一印时的封面颜色较深，纸张较厚，二印本的封面色泽变淡，书的厚度竟然薄了将近三分之一，实在是让人大失所望。

上世纪80年代，很多优秀的学术著作在出版后，成为人们争相传阅的好书，一时洛阳纸贵。现在回看当年"一版一印"的初版本，无疑承载了美好的阅读记忆。比如，李泽厚先生的代表作《美的历程》，可以说影响了一代学人。1981年，该书一版一印的初版本由文物出版社出版，书后配有56幅黑白插图，有助于理解书中内容。可是到了1983年，这本书被中国社会科学出版社纳入其美学丛书再版，在书后的出版说明里特别强调："为了减轻读者的经济负担，作者建议并经我们同意抽掉了书后的图版。"插图的有和无，折射出那个年代知识分子的囊中羞涩，但不得不承认，李泽厚先生优美灵动的文字如能配上书中所写的雕塑、壁画、古文物的插图，真正是珠联璧合的一件美事，新世纪以后出版的《美的历程》再版本，无一不有精美的插图。由此看来，该书一版一印的初版本体现了责任编辑的独具慧眼，契合了读者的审美需求，是一本难得的好书。

走笔至此，忽又想起前日阅读《觉有情——谷林文萃》。书中第一篇文章《曾在我家》，记述了作者与周作人的一段交往，说及周著《药堂杂文》纸墨太差，周答说："初版本较好。"读到这里不觉心中一乐，我虽没见过这部如雷贯耳的新文学旧书，但是可以想见，在知堂老人的心目中，一版一印的初版本，是要胜过再版的重印本的。

如果书有生命，那么一版一印就是她最初来到这世界上的样子，原始，质朴，本真，纯粹，唯美，孕育着希望和力量。予独爱一版一印，爱的就是这种纯真之美。如果您的书柜里有这样一版一印的好书，请用心珍藏并爱惜它们吧。

二〇一四年九月二十日

（原载 2014 年 11 月 5 日《中国审计报》）

我的"三三制"读书法

"方法不对，努力白费；方法找对，事半功倍。"这是大家耳熟能详的生活道理，对于读书也同样适用。在海量信息无处不在的移动互联网时代，除了爱读书、读好书之外，还要善于读书，讲究方法。为解决何时读书、读哪些书的问题，我把自己的读书时间分成三个部分，分别用于读三种类型的书，借用抗战时期党史上著名的"三三制"原则，将其称之为"三三制"读书法。

三分之一的时间"提升工作"。在我看来，工作不仅是一份职业，更是我们每个人立足于社会的支点，要想在工作上有所精进，就必须有针对性地读书、学习，把自己当做一块蓄电池，甩开膀子干活是放电，静下心来读书则是充电，两者互为补充，开合自如。上班时忙于各种事务性工作，真正有成效的学习还是得靠业余时间，所以我把三分之一的读书时间优先分配给与工作有关的阅读学习。党和国家的大政方针政策先要学深学透，让自己耳聪目明，脚步稳健。各种业务书籍、职场宝典也要常置案前，这些都是干好工作的"金刚钻"和"百宝箱"，反复精读也不为过。还要抽空浏览一些与工作相关的书报杂志，与时俱进地更新知识结构，始终站在时代的前沿思考问题。

三分之一的时间"研修专业"。曾几何时，我们都曾在象牙

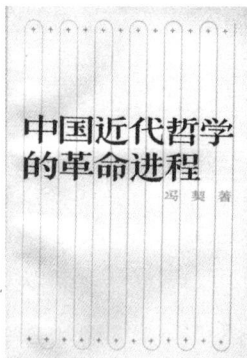

"三三制"读书法中的工作书、专业书和闲书

塔中为学习专业知识孜孜以求。走上工作岗位后，如果日常工作与所学专业关联不大，很多人便把专业知识丢到一边，时间一长忘了大半，实在可惜。从某种意义上讲，专业就是我们安身立命的本业，不荒专业对于个人成长大有益处，因为系统性的专业阅读建构了体系化的知识结构，甚至在潜移默化中塑造了我们的思维方式乃至世界观，这是碎片化的网络阅读所不能给予我们的宝贵财富。君不闻，胡适先生1929年给中国公学毕业生的临别赠言就是短短的一句话："不要抛弃学问。"他还引用易卜生的名言"你的最大责任是把你这块材料铸造成器"，进而指出，学问便是铸器的工具，抛弃了学问便是毁了你自己。我大学读的是哲学专业，研究生攻读马克思主义哲学，当年我跟随导师任暟教授逐字逐句研读《路德维希·费尔巴哈和德国古典哲学的终结》一书的情景宛在眼前，如今我把三分之一的读书时间用于重温哲学典籍，随着人生阅历的增长，重新捧读专业书籍带给我更多的启发和思考，不仅使我"悟其道"，更让我"修己身"，可谓受益

匪浅。

三分之一的时间"开卷有益"。五柳先生有诗云:"好读书,不求甚解,每有会意,便欣然忘食。"写出了兴之所至,随兴而读的无穷乐趣。鲁迅先生的《且介亭杂文》中有一篇《随便翻翻》,倡导的就是这种广泛浏览式的读书方法。随兴浏览既能扩大知识面,又可以消除工作疲劳,还可以得到消遣的乐趣。有时候,当我们头脑中装着一个问题去泛览时,经常会触类旁通,灵光乍现,收获一份意想不到的启发。我把余下三分之一的读书时间用于这种开卷有益、随意翻翻的闲读泛览。天气晴好时,捧读一本《湘行散记》,跟随沈从文的步伐,感受湘西的风土人情;阴雨绵绵的季节,拿一本丰子恺的《缘缘堂随笔》,在那些充满禅趣的文字和插画之间,感悟生命的真谛。

"三三制"读书法让读书助力我的工作,让经典滋润我的心灵,让阅读成为我生活的一部分,我还会继续坚持这个方法,让书香永远伴随在自己身边。

二〇一五年十二月十二日于入梦来斋

(原载 2016 年第 2 期《秘书工作》)

毛边本收藏雅趣多

所谓"毛边本"，就是一本书在印刷厂制作时，省略最后一道裁切工序，让书的天头、地脚或书口处保留参差不齐的原初状态，书页之间相互黏连，需用刀一页一页裁开方可以进入阅读。毛边本因其独特、朴拙之美深得众多书友的青睐，又因物以稀为贵而为藏书爱好者所珍爱，在我的藏书中，毛边本数量不多却自成一格，时常翻阅颇感雅趣多多。

毛边本是舶来品，由日本传入中国。20世纪初，制作毛边本的风尚借助于新文学的勃兴而推广开来，首开先河者就是新文化运动的主将周氏兄弟，1909年，他们两人合作翻译的《域外小说集》就是以毛边本的面貌问世的。此后，鲁迅先生大力倡导毛边本，他的著作大多都会预先交代印刷厂留出一些毛边本，并以"毛边党"自居。他在给曹聚仁的信中说："《集外集》付装订时，可否给我留十本不切边的。我是十年前的'毛边党'，至今脾气还没有改。"他在给萧军的信中也说："我喜欢毛边书，宁可裁，光边书像没有头发的人——和尚或尼姑。"鲁迅对毛边本情有独钟，以至他早年的著、编、译，诸如《呐喊》《彷徨》《坟》《朝花夕拾》《苦闷的象征》《唐宋传奇集》，无一不特别订做少量的毛边本赠送友朋。

在鲁迅先生的示范带动下，民国时期的其他新文学大家，如周作人、郁达夫、林语堂、郭沫若、冰心、叶灵凤、施蛰存等，都曾将自己的著作制作成毛边本，分赠同学亲友，这些人都可归于"毛边党"，使得上世纪二三十年代，成为毛边本的黄金时代。时至今日，那些新文学版本的毛边本早已是凤毛麟角，成为拍卖场上难得一见的珍品，常常引得收藏界的爱书家们趋之若鹜，大有"为伊消得人憔悴"之执着。

　　这些年来，随着毛边本收藏悄然升温，很多出版社在推出新书时，特意制作一批毛边本投放市场，以满足新时期"毛边党"的需求。这些新书毛边本价格不贵，多在百元以内，非常适合普通爱书人收藏赏玩，寒舍书房的上百本毛边本，既有购自网上书店，也有得自书友馈赠，真可谓"旧时王谢堂前燕，飞入寻常百姓家"。闲暇时取出这些毛边本品读把玩，自感其中的雅趣有三。

　　其一是独特的审美意趣。与普通书本相比，毛边本有着独一无二的形态美，以收藏新文学版本闻名的大藏书家唐弢先生描述的最为真切："我之爱毛边书，只为它美——一种参差的美，错综的美，也许是我的偏见吧，我觉得看蓬头的艺术家总比看油头的小白脸来得舒服。所以所购的书籍，也以毛边的居多。"

　　其二是君子之交的志趣。毛边本因其特殊的工艺，不可能大批量地生产和销售，有限的若干本，一般多为作者分赠同好之用。可以想见，经历了焚膏继晷皓首穷经搜索枯肠之种种写书之苦，待到新书问世，心中的喜悦期待与爱书的朋友分享，一册毛边本奉上，仿佛抱出尚在襁褓中的婴孩。嘤其鸣矣，求其友声，收藏这类毛边本就是收藏一份文人间的情谊。

其三是享受慢阅读的乐趣。在碎片化阅读、浅阅读大行其道的年代，人们总是心急火燎地翻开一本书，急于知道书中的内容，很难体验到慢阅读的沉潜之美、咀嚼之味，阅读毛边本则快不得、急不得、抢不得，需要裁开一页读一页，让人们不自觉地放慢了脚步，放下了焦虑，享受一份从容优雅的赏读之乐。

不过，值得一提的是，市场和利润往往会导致跟风炒作，一哄而上。新书毛边本近年来大有泛滥之势，一些书商为了牟利，把毛边本当作博取眼球、促进销售的噱头加以利用，与毛边的本初之意渐行渐远。其实，毛边本需要讲求内容与形式的呼应合拍，并非所有的新书都适合做成毛边本。个人认为，文史类图书，特别是与文化、读书相关的书最适合做一些限量的毛边本，因为那一缕书香与裁读毛边本的闲适心境最相契合。

说到底，收藏毛边本就是爱书人的一点小小的乐趣，不过，在这个物质为王、名缰利锁的"小时代"，这一点小小的乐趣，可能成为我们和自己相处的一种最好的方式。正如陈子善先生所说："爱读书的朋友，可能的话，找一部毛边本边裁边读，一定也能放松自己的情绪，舒展自己的思想。毕竟，夜深人静，清茗一杯，在灯下欣赏毛边本特殊的美感，从容裁读毛边本，是一种优雅的生活态度，一种陶然的读书境界，别有情趣。"

二〇一四年八月九日于入梦来斋

（原载 2014 年 10 月 9 日《闽南日报》）

那些年，我读过的几本"非经典"好书

我的读书，大抵和工作有关，也与个人的兴趣爱好有关。我还是信服黄裳先生在《读书生活杂忆》一文中的话："工作会迫使你抓紧补充所缺乏的常识，就要读书；工作会不断扩展你的视野，如果你是热爱生活的，你的兴趣、爱好也必然会随之而扩大。在这基础上的学习、读书，就不再是被迫的而是自愿的，效果也必然完全两样。"时下颇为推崇阅读经典，这当然没有错。不过，爱读书的朋友都有体会，给予我们滋养的好书，往往未必是那些公认的经典，反而是一些名不见经传的"非经典"，在不期而遇间触动我们的心弦。是故不揣浅陋，特撰此文，说说那些年我读过的几本"非经典"好书。

《图穷对话录》

谈及此书，得先从新东方教育培训说起，白手起家的三位合伙人个个不简单，俞敏洪、王强两位的成就不消多说，徐小平也是人中龙凤，除了天使投资做得风生水起之外，他还给中国大学生贡献了一本好书:《图穷对话录》(光明日报出版社 2002 年版，徐小平著)。

我是在图书馆"偶遇"这本书的，那场景，至今历历在目。

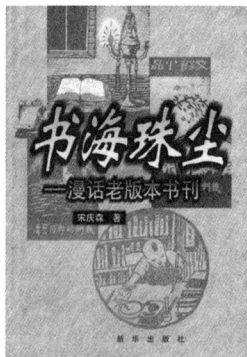

《图穷对话录》《书海珠尘》封面书影

那时，我读研究生，没有课的时候，就爱往图书馆跑，尤其爱去顶楼的样本书库，那里的书最全，而且概不外借，因此去的人就很少，有时一整天，只有我一个读者。有一天，我在人文社科类的书架间边走边看，一本橙色封面的书一下子映入眼帘。书的副标题更是语出惊人——我的新东方人生咨询。彼时，我正面临毕业后职业选择的现实问题，很想看看这位在新东方阅人无数的名师能提供怎样的"人生咨询"，谁知这一看就放不下了，一种久违了的畅快淋漓的阅读快感激活了我的全部身心，正如徐小平在自序中所言"我歌唱带电的思想"，看来我是被他"电"到了。

徐小平写作此书时，已在新东方从事咨询工作六年时间，接触过形形色色的青年学生，他精选出 24 个最具代表性的案例，用说故事的方式告诉读者哪些是虚幻的目标，什么是真正的幸福。对于故事的主人公在就业、考研、留学等问题上的困惑和迷茫，徐小平都看得非常透彻，故落笔成文时，往往能触类旁通，举重若轻，直击问题的要害。

这本书之所以吸引我，还在于其语言集犀利、夸张、讽刺、

238

幽默于一体，行文常常是排山倒海式的排比句，字里行间奔涌着丰沛的为理想而奋斗的人生豪情，有着让人过目不忘的神韵。可以说，这本书就像一面哈哈镜，让人在忍俊不禁的阅读中反思自己的人生选择，又像是一枚耐人寻味的橄榄果，使你在反复咀嚼之后，才慢慢品出其中的味道。

我是在全国高校扩招那一年进入大学校园的，毕业时又随着千军万马奔走在求职、考研、考证的路上。读了这本书中同龄人的那些故事，我开始反思自己的人生、事业和家庭，渐渐明白了自己想要成为什么样的人，要走什么样的路，以及当下需要做好哪些事。

我感恩这本书，它让我看清了脚下的路。

《书海珠尘：漫话老版本书刊》

在专业书、学术书之外，我爱读一些文史方面的书籍。比如，那些关于买书、读书、藏书的书，坊间称为"书话"，一直都是我所钟爱的一类书。如今，我的书房里收藏了周作人、黄裳、唐弢、姜德明等书话大家的作品，但是，我忘不了第一次接触的书话类著作，那是一本普普通通的小书——《书海珠尘：漫话老版本书刊》（新华出版社2001年版，宋庆森著）。

该书书前有德高望重的书话家姜德明先生作的序。从序言中可以获知，作者宋庆森是一位新闻工作者，也是一位爱书、买书、藏书的前辈。姜德明先生在序言中写道："这是一本含有大量信息和史料的读物，对于现代版本书刊作了初步的钩沉和研究，对一般爱书人来说亦不乏兴趣，堪称雅俗共赏之作。当然，对初萌藏书意念者更是一种入门的引导。"

姜先生的话真是一语中的。这本书主要谈的是民国时期出版的旧平装书的鉴藏知识，但却不限于此，旁及签名本、初版本、毛边本、名家手稿、连环画、老期刊、藏书票等方方面面的藏书知识。遥想当年，我买书毫无章法，藏书仅凭兴趣，对相关知识更是一知半解，不得要领，得遇此书正有一种久旱逢甘霖的感觉。就是在这本书中，我第一次知道了《鲁迅全集》《鲁迅手稿》《呐喊》《中国小说史略》等鲁迅著作的版本流变，第一次知道了《共产党宣言》《资本论》《毛泽东选集》等红色文献的出版经过，第一次知道了民国时期的商务印书馆、中华书局、世界书局、大东书局和开明书店的历史掌故。这本书我反反复复读了好几遍，不亚于接受了一次藏书知识扫盲。我想说，任何一门学问都离不开 ABC 式的普及读物，它们或许无法进入经典的殿堂成为不朽的名作，但人们不会忘记迈入殿堂的路是由一颗颗平凡的石子所铺就。

顺便说一下，我是在读大学时买到这本书的，每每捧读，都会想起那家位于闹市区的科教书店，明亮的店堂，整齐的书架，承载着我买书淘书的快乐记忆。这些年，城市建设一日千里，实体书店生存堪忧，那家科教书店怕是早已不在了吧，想到这，心里不免又多了一丝惆怅。

《校园领袖书》

以貌取人，会错过很多有价值的人，同样，以貌取书，也会与很多好书擦肩而过。我要说的这本《校园领袖书》，就是一本

《校园领袖书》《公务员易犯的66个错误》封面书影

装帧一般，但是内容上乘的好书。

我忘不了，研究生入学报到的第一天，系党总支书记（后担任我的辅导员）郑明珍老师将我单独叫到一边，温和地问我："愿不愿意为同学们做一点服务工作？"我凭着一腔热情毫不犹豫地回答："我愿意。"次日，郑老师就在全班同学见面会上宣布，由我担任班长。我可能终生都不会忘记这一句意味深长的发问。给我的启迪是：当干部就是为大家服务的。当你准备好了为大家服务的本领和为公共事务奉献的决心，那么，你就可以当干部了。

为了当好这个班长，我首先想在知识储备上做些准备。在一家规模较大的特价书店里，我睁大眼睛顺着一排排书架扫视过去。突然，一个书名引起我的极大兴趣——《校园领袖书》！抽出来一看，书的封面是十足的卡通动漫风格，像一本时下流行的青春小说，书的副标题："炫出你自己"，很有时尚的味道，作者姜继为，南海出版公司出版发行。

幸好我没有"以貌取书"，而是从书的目录看起，简单浏览了一下其中的内容。全书分成"心理素质篇""人格魅力篇""综

241

合素质篇""组织能力篇""管理能力篇""策划能力篇""决策能力篇""交往能力篇""口才文笔篇""应变能力篇"等十多个篇章。既有理论阐释，也有案例分析，还有大量的实际操作技巧、工作要领和金点子，文字深入浅出，明白晓畅，文采斐然，我站在书店里就读了近一半。当即决定买下，回去后又精读了好几遍，深感这是一本务实、管用、接地气的关于当好学生干部的书，中小学生适用，大学生研究生也可以读，甚至某种程度上说，也可看作一本关于领导科学的好书，对于职场中人同样适用，因为领导工作中的很多规律是相通的。

也许是编辑出版方面的缘故，这本书被打扮成一副萌萌的样子，与其厚重实在的内容委实不相协调。幸好我没有被外表的假象所迷惑，而是将其作为领导科学的"百宝箱"，用心研读，细心揣摩，为日后当好班干部补充了有益的营养。

《公务员易犯的 66 个错误》

有一句格言是这样说的："一些人成功了，那只是因为他们犯的错误比别人少了一点点。"对于职场新人来说，少犯一些错误，就意味着离成功更近了一步，避开了一些陷阱，就可以更稳健地走在通向成功的路上。

进入公务员队伍后，我参加了在云峰剧场举办的岗前培训。云峰剧场位于静安寺附近，那天的培训课程结束后，我照例去乘地铁，看到路边有一家特价书店，不由自主地拐了进去。就是在这间狭小的书店里，发现了一本好书——《公务员易犯的 66 个错误》(中国纺织出版社 2005 年版，萧野著)。

当时我简单一翻，感觉此书内容贴近实际，语言平实，方法实用，甚合我心。我一直认为，人在职场，就是与活色生香的"实人生"相接触，需要读一些"接地气"的书，不能总是阳春白雪，曲高和寡。于是，毫不犹豫地将此书购归囊中。这本书从"敬业明德""工作效率""为人处事"三大类型分析了公务员在工作中易犯的66个错误。这些错误，并非政治上幼稚，思想上反动，经济上贪腐，而更多是由人性的弱点所致。正如拿破仑·希尔的名言："世界上最成功的人，都是在克服自己个性的某些弱点后，才开始走上成功之路的。"那些容易被我们忽视的"人性弱点"，就是成功路上的拦路虎，战胜弱点，避免错误，换来的将是成长和成熟。

　　比如，"看起来很忙却没有成果"，就是我们常说的"事倍功半"。在工作中经常会听到有人抱怨："时间过得真快，每天都是忙忙碌碌，却感觉颗粒无收。"有人哀叹："一年忙到头，也不知道都忙了些什么。"长此以往，易患职业倦怠。究其原因，主要是因为时间分配不合理，精力投入不得法，没有抓住工作中的关键环节和核心价值，因此做了很多无用功。阅读这本书中的解决之道，启示我们要集中优势兵力，学会利用时间，掌握工作节奏，把握轻重缓急，才能真正成为职场上的高效能人士。

　　穿衣服时扣好第一粒扣子很重要，如果第一粒扣子没有扣好，后面的扣子便再难扣端正，对于初入职场的公务员来说，有了这本书，可以减少犯错误的几率，扣好职业生涯中的第一粒扣子。

《愿你成为大手笔》

文字表达能力是机关干部全面素质的综合反映，没有观察问题、分析问题、综合问题、表达问题的水平，是写不出好文章的。某种意义上说，能写会写善写，是机关干部的看家本领、核心能力，其重要性再怎么估量也不为过。君不见，毛泽东同志有词云："纤笔一支谁与似，三千毛瑟精兵。"

有过机关工作经验的同志都知道，很多类别的公文在实际工作中几乎碰不到，比如决议、命令、公报等，需得有一定级别的大机关才用得上，而请示、批复、通报等文种，靠着熟能生巧，写起来也不难。真正见功力的，是写领导讲话稿、总结汇报材料和典型经验材料，最能看出一个人的知识水平、思想高度和领悟能力。

业余时间阅读报刊是我多年的习惯，正是在《秘书工作》杂志上，我第一次读到了署名谢亦森的文章，他对公文写作的观点与众不同，读后感觉很解渴、很过瘾。于是，四处找他的书来看，有幸买到了《愿你成为大手笔》（江西人民出版社 2001 年版，谢亦森著）。这本书一改以往公文写作类图书的陈旧套路，以一问一答的体例，归纳了机关文稿写作经常遇到的 100 个问题，涉及领导讲话、调研文章、工作总结等重要文字材料的写作难点和个人心得，讲的是实在话，教的是硬功夫，学到的是真本事。比如，他在书中的精彩观点"给文章加点儿'味精'：激情、文学与音乐""找准角度，让领导讲话具有'可听性'""修改与打磨永无止境，文章最后一个符号不是句号"等等，都让人深感精辟酣畅而获憬悟，自觉耳目一新而得教益。

《愿你成为大手笔》《三国用人艺术》封面书影

《愿你成为大手笔》写得如此精彩而耐读，不是没有缘由的。作者谢亦森就是写得一手好文章的"大手笔"，他现任江西省人大常委会副主任、宜春市委书记，曾担任过秘书、秘书科长、政研室副主任、秘书长等职，在文字岗位上摸爬滚打数十载，长期浸淫于机关文稿写作，年深日久，集腋成裘，信笔写来，都是学问。此书深受读者好评，出版后一再加印，早已洛阳纸贵。书作者从读者的巨大热情中获得鼓舞，现已推出四卷本升级版《大手笔是怎样练成的》，真乃金针度人，嘉惠我辈求知若渴的机关写稿后来人。

《三国用人艺术》

关于读书的道理有千千万万，但作为一个社会人、职场人，有一条道理简单而且管用，那就是坚持干什么学什么，缺什么补什么。自打成为组工干部的一分子，我就开始自觉主动地学习相关知识，除了学文件法规、读党报党刊之外，也留意一些与选人用人相关的文史书籍，于是，一本好书进入到我的视野中，这就是《三国用人艺术》（新华出版社 1992 年第 2 版，冯世斌著）。

东汉末年分三国，群雄逐鹿显神通。三国的故事我从小就爱看，《三国演义》是父亲给我的启蒙书。曹操、刘备、孙权、袁绍、袁术、刘表、刘璋等大大小小各路诸侯，为创建自己的基业，施展出或明或暗、亦正亦邪、足以载入史册的各种谋略和智慧。当然，"为治之要，莫先于用人"，其中至关重要的就是用人的智慧。正如这本书的作者冯世斌所言："三国的创立者，都知道人才对他们功业的极端重要。他们在争人才中争天下，在争天下中争人才。因此，从一定意义上说，三国的纵横捭阖、军事较量，是一场争夺人才的大战。"

这本书以《三国志》《诸葛亮集》《曹操集》等古籍为底本，史海淘金，鉴往知来，收入的 72 篇文章，篇篇短小精悍，引人入胜。有的文章新见迭出，不落俗套，比如，《刘禅用人小议》重点评述了刘禅在处理和诸葛亮的关系上做得很有分寸，写出这位亡国之君并非一无是处，平心而论，他在充分放权、采纳下属意见方面颇有可圈可点之处，可谓一反纭纭众口，令人茅塞顿开。关于干部选拔，有《当看主流和大节》《由司马懿装病说到干部选拔失真》，关于人才管理，有《哭刘封说内耗》《有感于黄盖治文吏》。书中专门讨论了曹操、孙权、刘备在用人方面的得失，指出袁绍与刘表的通病，还涉及领导科学、领导者自身建设等方面的诸多问题，比如，《谈谈司马懿的"激不怒"》《从彝陵之战看情绪控制》《要经得住不公正这种考验》，都是关于领导者修养的好文章。《要注意身边人这个盲点》《小圈子搞不得》《鉴李严手莫伸》等篇，用今天的观点看，当属于干部监督的范畴了，使我读来备受启发。

拉拉杂杂写了这么多，不过是谈了几本自己曾经读过并且深受教益的好书。这些书未必人人都说好，但它们却是我精神架构中不可缺少的一环。我想起周国平先生曾经说过："对我们影响最大的书往往是我们年轻时读的某一本书，它的力量多半不缘于它自身，而缘于它介入我们生活的那个时机。"我庆幸自己在对的时间读到了对的书，学到了自己想要的东西。还是周国平，他说："在所有的书中，从最好的书开始读起，一直去读那些最好的书，最后当然就没有时间去读较差的书了，不过这就对了。"这句话，将指引我继续去阅读生命中最好的书。

二○一六年元旦定稿

《最是书香能致远》编后记

我在街道负责共青团工作时，曾有过一个初步设想。以三年为期，第一年抓制度建设，凝聚共识形成战斗力；第二年抓品牌建设，突出特色打造核心竞争力；第三年抓阵地建设，巩固提升，培育长效机制。也许是因为多年来的爱书情结，我计划每年年末都要编一本书，思考总结年度工作成果。

2013年11月，我带领团干部们主编了第一本书《晒晒团支部好制度——花木街道居民区团组织制度建设撷英》。2014年，再接再厉，推出第二本书《最是书香能致远——花木街道团工委服务青年学习成长系列活动巡礼》。原本计划在2015年推出第三本书，写一写刚刚启用的青年中心活动阵地里的人和事，书名都已想好，就叫《青年中心那些事儿》，后因工作调动，我转而投身新的工作岗位，有更重要的任务等待我去完成，编书之事便画上了句号。

这里，简要谈谈第二本书《最是书香能致远》的编写过程。

"最是书香能致远，腹有诗书气自华"，这是我在2014年秋天思考新书书名时想到的集句诗，锦心绣口，空谷足音，适足以表达我以一句诗统摄整部书稿的一种情怀。上联素来为人熟诵，特别是在大力建设书香社会的今天，更是频频被用来劝导人们读

《晒晒团支部好制度》
《最是书香能致远》封面
书影

书向学。下联更是广为人知，出自苏轼《和董传留别》，"粗缯大布裹生涯，腹有诗书气自华。厌伴老儒烹瓠叶，强随举子踏槐花。囊空不办寻春马，眼乱行看择婿车。得意犹堪夸世俗，诏黄新湿字如鸦。"诗句中蕴含着对读书求知的尊崇，洋溢着一种孔颜乐处、自信通达的人生观。

书名确定为"最是书香能致远"后，我期盼着能有一个机缘，邀请文坛名家为我们题写书名。真是丹心可鉴自有神助，竟有幸相继请到陈子善、陈思和两位在读书界颇具分量的名家为我们题签，使该书承载了更多的文化内涵。其中的故事，我已有两篇专文记述，收录在那本书中，此处不再赘述。

编书和写文章一样，都需要从宏观架构上谋篇布局。我的考虑是，《最是书香能致远》分为四个篇章，第一篇章"爱读书"，集中呈现团委旗下思学青年读书会的历次活动；第二篇章"尚读书"，汇编当年评选的"十大青年书香家庭"读书藏书的典型事迹；第三篇章"乐读书"，介绍辖区内各公益组织、"两新"团组织等开展读书活动的情况；第四篇章"论读书"，是对一年来各类读书主题活动的总结论述，具有一定的理论价值。贯穿四个篇章的一条主线，就是服务青年、造福青年、凝聚青年。因为我心目中的共青团，首先是一个有信仰、有原则的政治组织，而不是自娱自乐、我行我素的乌合之众。

当我决定要编这本书时，就知道等待我的，将是一条与困难同行的荆棘之路。为了体现出"纪实""互动""思考"三结合的特点，我亲自操刀逐篇撰写活动纪实文章，面向读书会会员和同道书友约稿、组稿，发动大家都拿起笔来参与其中。为了让书香家庭的参评材料经得起读者的检阅，我反复阅读、核对这部分文稿，不惜时间成本，将涉嫌抄袭的部分文字一一删除。为了如期交稿付印，多少个日日夜夜，我白天组织活动，晚上奋笔疾书，青灯相伴，搜索枯肠，心之所向，一苇以航。但在成书后，我又庆幸自己的选择无愧于青春的光彩，无愧于理想的召唤，深深体会到"宝剑锋从磨砺出，梅花香自苦寒来"的大快乐、真幸福。

经过几个月紧张忙碌的工作，《最是书香能致远》终于定稿，进入印刷环节，首印1500本，这个过程大约持续了10天左右。当我拿到第一本样书时，热切的盼望顿时化作满腔的激动和兴奋，多少良苦用心凝结成文字，变为一本厚重的大书！此时，似乎可以刀枪入库，马放南山，然而我却意识到，真正的好戏才刚刚开始。这之后，我集中精力做了三件事。

一是发布新书，扩大宣传。我在社区文化中心举办新书发布会，给58户青年书香家庭颁奖，请各居民区的团干部交流分享开展读书活动的经验，共同品鉴这本凝聚着众人智慧和心血的新书。2014年11月17日《浦东时报》第4版，在醒目位置刊发了记者赵天予撰写的长篇通讯，报道新书发布的消息，题目为《花木"青年书香家庭"引领阅读风尚》。之后不久，《青年报》也刊登了市民作家季履平先生撰写的书评文章《最是书香能致远》。

二是加强交流，取长补短。新书印成后，我与多家单位的团组织开展了合作交流活动，共同探讨学习型团组织建设、书香社会建设等课题。本市先后有浦东新区法院团委、浦东机场出入境边防检查站团委、上海出入境检验检疫局团委等兄弟单位到访花木街道，我也曾带着书主动上门与兄弟团组织开展交流。此书影响扩大后，浙江省金华市烟草专卖局团委、四川省简阳市团市委等也通过各种方式与我们联系，希望获得赠书以采他山之玉。

三是以书会友，捐赠馆藏。为了让更多的人分享我们的探索和思考，我策划将这本书赠送给全国各地的图书馆。有幸得到上海图书馆吴建中馆长的支持和青睐，使该书首先进入上海图书馆的馆藏序列。随后，浦东图书馆又将其列入浦东本地文献专藏库，国家图书馆、北京大学图书馆、清华大学图书馆、中共中央党校图书馆、复旦大学图书馆、上海交通大学图书馆等80余家公立及高校图书馆均予以收藏，最远到达西藏林芝地区图书馆。

新书问世后，我所在团组织和我本人，先后获得了一些荣誉，这是对我们工作的认可和鼓励，让人倍觉珍惜。但是，最让我感动的，是来自一位普通居民的心声。新书发布后，门卫师傅告诉我，有一位老伯来单位找过我两次，我皆因外出开会与他缘铿一面，当他第三次登门时，我连忙奉茶迎候。老伯是书中获得书香家庭提名奖的牡丹二居委杨芙蓉家庭中的爷爷，他的一对双胞胎孙女都是读书种子，全家人以各种方式读自己爱看的书，给我印象很深。老伯退休后来上海帮忙照看孙女，他山东老家的亲戚看到这本书非常喜欢，一定要带回去给老家的县政府学习借鉴，老伯希望我能再给他几本书，我当然应允。临别时，老伯拉着我的手，语重心长地说："我也在机关工作过，你一个街道团委能调动多少资源，我心知肚明，能编成这样一本书，真的很不容易。这不是别人要你做，而是你自己要做的事。"一句话，让我感慨万端。金杯银杯都不如老百姓的口碑，为此，我感到欣慰。

人活在这个世界上，是需要有一点精神，一点寄托，一点追求的。回想 2014 年编书的那段岁月，日夜兼程不停步，未待扬鞭自奋蹄，经常回响在耳畔的，是法布尔《昆虫记》中《蝉》的那句话："四年黑暗中的苦工，一个月阳光下的享乐，这就是蝉的生活。"是的，人，得自个儿成全自个儿（电影《霸王别姬》里的经典台词），想做成事，就必须付出代价。在这一点上，人和蝉竟是多么的相像！

二○一五年"五一"假期写于入梦来斋

252

连环画里看"打胜仗"

　　我的父亲曾是一名军人，退伍后回到家乡工作直至退休，但他始终保持着军人的风范。在我的童年记忆中，父亲常领着我去看《南征北战》《铁道游击队》《渡江侦察记》等和打仗有关的电影，还给我买了不少革命战争题材的连环画。从这些连环画里，我不仅感受到人民军队敢打硬仗、能打胜仗的战斗精神和优良作风，还促使我开始了革命战争题材连环画的收藏。

　　我最早收藏的那套《四渡赤水》连环画，是根据同名电影改编绘制的，由中国电影出版社于1984年6月出版，共分上下两册。不说别的，单是其封面就非常传神，上册是周恩来站在作战地图前，给几位红军指战员部署作战任务；下册是毛泽东正在循循善诱地做战前思想动员，神情乐观轻松，充满自信。遥想红军长征时期，遵义会议确立了毛泽东在党内的领导地位，面对敌人疯狂的围追堵截，毛泽东以出奇制胜的胆略做出了正确的决策，红军战士听党指挥，四渡赤水，粉碎了敌人的图谋，变被动为主动，开辟了新的道路。

　　在反映人民军队能征善战的众多连环画里，我最喜欢的是那本《飞夺泸定桥》。它由戚新国、毛逸伟两位画师合作编绘，江苏人民出版社1978年3月出版，64开本，仅有46页，篇幅虽不

作者收藏的革命战争题材连环画

长，却把那场惊险、激烈的战斗表现得淋漓尽致。封面上的红军战士左手紧拽铁索，右手举着一枚手榴弹，双眉紧锁，两眼圆瞪直视前方，背后斜插的钢刀上红缨飘飘，表现出一种视死如归的大无畏精神，其身后还有几位准备发起冲锋的红军战士。我想，正是这种英勇顽强、前仆后继的牺牲精神，才有了飞夺泸定桥的英雄壮举。

听党指挥、能打胜仗、作风优良是党在新形势下的强军目标，也是党中央对军队的总要求。回顾人民军队的光荣传统，我对连环画《战上海》情有独钟，不仅因为它画技一流，出自连环画名家罗盘先生之手，更因为其展现了我军在攻占上海之后秋毫无犯，宁肯和衣睡马路也不愿惊扰市民的感人场景。记得小时候

254

看同名电影《战上海》，片中那句"汤司令到"让我印象深刻。后来慢慢知道，威风八面的"汤司令"也不是"陈军长"的对手，因为陈毅率领的是一支纪律严明、作风优良的文明之师、正义之师。据党史记载，攻城部队有12条《入城守则》，其中明确规定部队开进上海后不准进入民宅。有的干部想不通，说遇到下雨、有病号怎么办？陈毅坚持说："这一条要无条件执行，说不入民宅，就是不准入，天王老子也不行！我们是野战军，但是在城市是不能'野'的！"这份《入城守则》也得到了毛泽东的高度赞许，他在来电中连称："很好，很好，很好，很好。"

二○一四年八月三十日夜于入梦来斋

（原载 2014 年 10 月 19 日《解放军报》）

我收藏的《支部生活》杂志创刊号

我在单位一直从事党务工作，书房里有很多与党建相关的业务书籍和报纸杂志，其中有一本老杂志很特别，那就是《支部生活》杂志创刊号。

说起这本杂志的来历，我至今记忆犹新。那时我还在读大学，平时喜欢逛旧书店淘旧书，所在城市的郊区正好有一个大型的旧书交易市场，只在礼拜天早晨开市。我那时买旧书的劲头很足，天刚蒙蒙亮就起床了，拿个旅行包，骑上自行车，快速骑行将近一个小时就赶到了，有时连早饭也顾不上吃，就和一帮书友们扑向旧书摊开始"寻宝"。有一个摊贩专门卖各种过期的旧杂志，《读者》《知音》《故事会》《科幻世界》等等不一而足，当然偶尔也会有值得收藏的老杂志，我就曾买到过品相甚好的几十本《红旗》杂志。那一天，我又去碰碰运气，在一堆泛黄的老杂志中间随意翻检了一下，突然就发现了这本《支部生活》，封面是毛主席的标准像，质朴的装帧透出上个世纪革命年代的气息。因为父亲母亲都是党员，这份杂志他们平常就很爱看，我想着可以买回去给他们留个纪念，老板开价也很便宜，2元钱就成交了。

这本《支部生活》杂志创刊号，长25.6厘米，宽19.2厘米，左侧开本，共32页，比现在流行的杂志略小一些。大红的

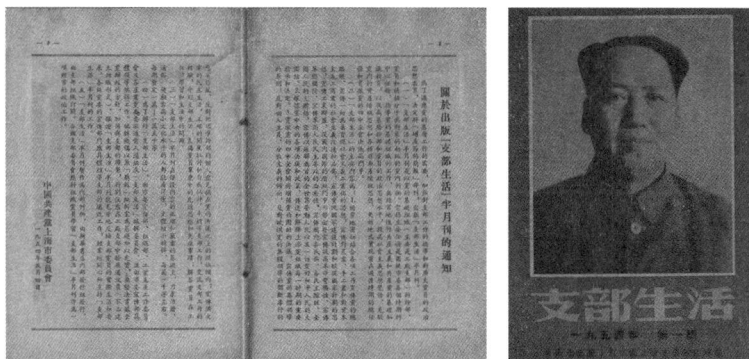

《支部生活》杂志创刊号封面及内页书影

底色，正中是毛主席在全国解放后拍摄的标准像，目光如炬，踌躇满志。主席像的下方是黄色的四个大字"支部生活"，期数是一九五四年第一期，最下方有"中国共产党上海市委员会支部生活社编"的字样。封二是中共上海市第二次代表会议的两幅黑白照片，目录页及正文都是繁体字竖排，目录页还有"内部刊物，注意保存"的提示，并注明了本期印数67000份，可见这本在上海乃至全国知名的党建杂志在创刊之初就有不小的发行量。正文的第一篇文章就是《关于出版〈支部生活〉半月刊的通知》，相当于发刊词，详细介绍了办刊目的、主要内容、刊物风格和主管部门，文中特别提到了《增产节约简报》停刊后出版《支部生活》半月刊。杂志的封底也很有意思，是关于列宁的连环画《一棵大树》，画笔简洁生动，内容庄重高雅，既有思想性，也具艺术性。封底还标明了这本杂志在当时的定价是1000元，对比建国初期的物价水平，实在不能算高。

如今的《上海支部生活》杂志仍旧是半月刊，月发行量在35

257

万份以上，其求真、务实、接地气的风格深受党员群众的喜爱，被誉为"不见面的党支部书记"。我收藏的这本创刊号，见证了这份杂志红色的起点和久远的历史，带给我丰富的知识，更带给我收藏的乐趣。

二〇一四年六月二十八日于入梦来斋

（原载 2014 年 7 月 5 日《新民晚报》）

我收藏的南昌起义连环画

　　我是个军事迷，又爱好收藏连环画，因此，在我的藏品中，军事题材的连环画自成一格。尤其是关于国内革命战争这一段历史，我几乎都是从连环画中获得最初的认识，比如《秋收起义》《四渡赤水》《飞夺泸定桥》等等，其中以八一南昌起义为主题的连环画，我就有五本之多。

　　这五本连环画虽然都与南昌起义这段革命战争史有关，但却风格迥异，各具特色。年代最久的这本《南昌起义》是红军故事系列之一，由人民美术出版社1959年出版，64开本，共54页，封面的绘者是擅长革命题材的著名画家毅进先生，彩色的封面画的是南昌起义革命军在总指挥部会议大厅前誓师动员的壮观场面，正文部分则由高远、赵越两位先生共同创作完成，画笔简洁生动，画风平实质朴，颇具艺术感染力。

　　另一本《南昌起义》是根据同名电影选编的连环画，由上海人民美术出版社1982年出版，64开，142页。由上海电影制片厂拍摄的电影《南昌起义》，堪称大银幕上重大革命历史题材的开山之作，是80年代家喻户晓的红色经典，相信很多人都印象深刻。那时候还没有电脑光盘和视频技术，连录像带也是凤毛麟角，人们想要回味自己喜爱的影片，更多地就是通过阅读电影连环画来实现。

此外，还有三本连环画都以《八一风暴》为名，记述了1927年那一段风雷激荡的峥嵘岁月。时间最早的是江苏人民出版社这一本，出版于1978年，是根据同名京剧改编的，三位绘画者都来自基层文化部门，分别是苏州文化局的翁富荣、无锡文化馆的王勉和吴县文化馆的顾曾平。内容最丰厚的一本是人民美术出版社1981年出版的，页数多达188页，是由话剧改编而来。品相最新的则是连环画出版社2011年新印的版本，近年来伴随着小人书的怀旧热潮，连环画市场冬尽春来，很多优秀的连环画再版重印，这本由著名画家谢京秋先生绘画的《八一风暴》就是精品再版之一种，并且是谢老的获奖作品，50开本的大小完整地保留了画作原貌，据查阅有关资料，该书初版本是由辽宁美术出版社1979年出版的，由于印数较少，如今在连友圈中也是一本难求了。

我收藏的这几本连环画，从不同角度再现了八一南昌起义前前后后的历史。无论是改编自电影、话剧的连环画，还是名家创作的连环画，都成功塑造了周恩来、贺龙、叶挺、朱德、刘伯承等老一辈革命家的光辉形象。连环画承载了我童年时期的阅读记忆，我保存的是书，留住的是记忆，品味的是艺术之美，体会到的是收藏之乐。

二〇一四年七月十二日

（原载2014年8月2日《新民晚报》）

宣纸线装《鲁迅画传》签名本

熟知鲁迅生平和著述的朋友都知道，先生的一生与绘画结下了不解之缘。他收藏版画和木刻，重视书籍装帧，扶持青年艺术家，发表美术文论，引介科勒惠芝、比亚兹莱等名家作品，以一种纯粹的热情亲近美术。鲁研界关于这方面的专论专著有很多，更有以绘画形式为鲁迅作传的《鲁迅画传》，笔者手头就收藏了好几种版本，其中以著名画家罗希贤和鲁迅研究专家王锡荣共同创作的宣纸线装《鲁迅画传》最为珍爱。

收藏这部《鲁迅画传》，于我而言是一段难忘的回忆。该书出版于2001年，正值鲁迅先生诞辰120周年。彼时，我在读大学三年级，那会儿，校园里流行一个说法，即用鲁迅先生4部作品的书名指代大学四年时光：大一"彷徨"，大二"呐喊"，大三"朝花夕拾"，大四"伤逝"。这么说来，当年的我刚走过"呐喊"阶段，经历了大一入学时的迷茫，开始用心对待各门功课，各科成绩都有了显著提高，积极参与校内各种活动，暑假期间还热心社会实践。学年综合测评，我获得了三等奖学金，奖金200元，在当时，这抵得上我半个月的生活费，是一笔不小的收入了。不过，那时候的我已经是一个不折不扣的"书迷"了，拿到钱，用途只有两个字：买书！

宣纸线装《鲁迅画传》封面书影

淘旧书，用平时的零花钱就足以应付了，一下子有 200 元进账，就想着可以买几本值得收藏的新书。于是，一个周末，我走进新华书店，在壁立的书架间寻寻觅觅，尽情享受书海拾贝的乐趣。我挑了几本西方哲学经典，又选了几册唐宋名家诗词选集，一盘算，预算差不多刚刚好，正要去结账，路过文学区时，忍不住又在鲁迅作品专柜多瞅了一眼，这一看还真是眼前一亮，一部装在蓝色函套中的线装书进入我的眼帘。

这是很有质感、很有分量的一部书。书名《鲁迅画传》，一函四册，上等宣纸线装，32 开本，由著名画家罗希贤先生执笔绘画，鲁迅研究专家、上海鲁迅纪念馆馆长王锡荣先生撰文，每一页都是一幅画配上一段文字，画风简洁流畅，人物栩栩如生，文字生动传神，史实出之有据，图与文珠联璧合，相得益彰，以高度艺术化的方式呈现出鲁迅先生波澜壮阔的人生轨迹。该书由上海辞书出版社 2001 年 8 月出版，金坛市古籍精装印务有限公司印刷，版权页显示第一版第一次印刷仅印了 1200 册，定价 198

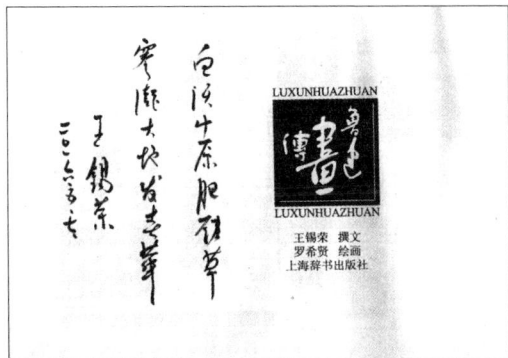

王锡荣先生在《鲁迅画传》
扉页为我题诗

元。我下意识地摸摸口袋，如果买下这部《鲁迅画传》，那么刚才挑选的若干本书都将放回原来的书架，可是多年买书藏书的经验告诉我，这部书出自名家之手，装帧考究，印制精良，存世量少，是可遇不可求的一部好书。于是，我不再犹豫，用自己的奖学金完成了学生时代的一次买书"豪举"。

买回这部珍爱的线装本《鲁迅画传》，也开启了我阅读鲁迅、收藏鲁迅的新阶段。我在通读《鲁迅画传》之后，又陆续购藏了王晓明、林贤治、刘再复、陈漱渝等人的鲁迅传记，将《鲁迅全集》作为每天的必读书，让自己的阅读味蕾长久地沉浸在鲁迅先生的作品中，此外，我又选读了朱正、孙郁、王得后、倪墨炎等诸位先生的鲁迅研究专著，初步建立起对鲁迅先生为人为文的认知体系。今年五月，恰逢《鲁迅画传》的作者、鲁迅研究专家王锡荣先生在上海长宁区图书馆举办讲座，他运用翔实的史料、缜密的推理，为市民朋友们作了"假如鲁迅活到今天会怎样"的主题演讲。活动结束后，我将这部线装本《鲁迅画传》递给王老师，请他签名留念，王老师听说我坚持每天阅读鲁迅先生的文章，并收藏了多种版本的鲁迅著作，显得非常高兴，他说："告诉我你最喜欢的一句鲁迅先生的诗，我为你题在扉页上。"

我一听，王老师这是即兴出题考考我呀，幸亏自己曾熟读倪墨炎先生的《鲁迅旧诗探解》。这样想着，竟脱口而出："那就请您题写'血沃中原肥劲草，寒凝大地发春华'两句诗吧。"这是鲁迅先生1932年题赠日本友人高良富子夫人的《无题》诗前两句，有一种警句的奇崛和杂文的苍凉感，我非常喜欢。王锡荣老师微笑着点点头，轻快的小楷在宣纸上游走，为我题写了这两句诗，使这部《鲁迅画传》更具神采。

值得一提的是，这部《鲁迅画传》的绘画者就是上海的著名画家罗希贤先生，号升斋主人，他擅长连环画、风俗画和国画，作品曾多次在国内外获奖，我期待着有一天，能请他也在这部书上题签，成就一段美好的书缘。

二〇一六年六月十一日于入梦来斋

（原载 2016 年 7 月 25 日《藏书报》）

第五辑

聆 听 书 声

穿在身上的中国史

——听孙机先生讲中国服饰史

著名的文物学家、考古学家，今年87岁高龄的孙机先生，上世纪50年代曾师从沈从文先生研习中国古代服饰史，后追随北京大学的宿白先生潜心研究中国古文物。他在古代舆服、科技史等领域用力甚勤，成果丰硕，近年来陆续出版《中国古代物质文化》《中国古舆服论丛》《从历史中醒来》等著作，他的文章学识渊博、深入浅出、考论精当、文辞典雅，在知识界享有盛名。8月19日晚，正值"书香·上海之夏"名家新作系列讲座举办之际，孙机先生应邀来到上海图书馆，为读者朋友讲授"中国服装史上的四次大变革"。

孙机先生有着老派文人的行事风范。他近些年多次来上海讲学，面对数千名热情的听众，始终坚持全程站立授课，这次来上图讲座也不例外。讲座过程中辅以笔道细致的手绘图片演示，间或在题板上挥毫板书，声音洪亮，思路清晰，纵横开阖，充满激情，听者无不佩服这位耄耋老人的深厚学养和大家风范。

关于中国服饰史的话题，是孙机先生最为熟稔的研究领域之一。讲座中，他开宗明义地指出："人类自从直立行走以后，是否穿衣服就成为人与动物的重要区别，衣服既有物理功能，可以防寒防晒，也有社会功能，体现职业和地位，还有审美功能，穿出

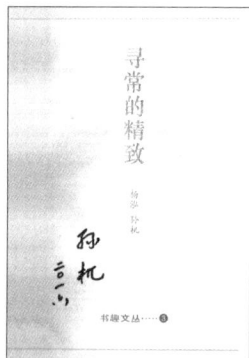

《寻常的精致》封面及扉页签名书影

风格和个性。"孙机先生如此重视中国古代服装研究，其实是以此为门径，通过还原古人衣、食、住、行的本来面貌，探究历朝历代风俗人情的演变规律，观照中华五千年文脉的发展与变迁。

在孙机先生看来，中国服装史上的第一次变迁，就是战国时期赵武灵王的"胡服骑射"。在此之前，古人的服饰是"上衣下裳"，在日常生活中，这种服装款式对应着一整套合乎礼仪的坐姿、站姿和行走方式。但是随着中原汉族与北方游牧民族战事频发，为满足发展骑兵的需要，赵武灵王大胆改革，提出"着胡服""习骑射"的主张。生活在马背上的游牧民族发明了裤子和长靴，穿着这种"胡服"骑在马上作战，动作灵活方便，赵国"引进"胡服、建立骑兵后，军威大振，几年之内便成为北方强国。"胡服骑射"这一变革体现出注重实用，勇于革新的中华智慧。

这之后，经过魏晋南北朝时期的民族融合，隋唐时期的服饰出现了"双轨制"现象，即普通民众的穿着属于胡服系统，比如上身穿的外衣，圆领和系扣，便捷紧凑，和鲜卑族的服装差别不大；而宽袍大袖、褒衣博带的传统汉族服饰则在皇亲贵族出席正式场合时穿着。这是服装史上的第二次大变革，也是孙机先生依据古代文物考证出的重要研究成果之一。

历史的脉络百转千回，在曲折中前行。明清易代之际，清朝统治者要求一律穿满族服装，男人必须剃发。起初要求妇女不得缠足，后来面对民间强大的习俗力量也就不了了之。说到这里，孙机先生宕开话题，讲起了古代女子缠足的缘起，他认为女子缠足始于宋代，缘于一种病态的审美习惯，当时的大文豪苏东坡具有广泛的社会影响力和号召力，他在诗句中称颂、赞美女子的"三寸金莲"，对这一习俗起到了推波助澜的作用。

第四次大变革则是在民国以后，对男性而言，中山装和西装代替了长袍马褂，女性的服装也逐步向西方潮流靠拢。对于现在有人提出中国人应该有自己的"国服"这一观点，孙机先生直言"不太容易"做到，因为从历史上看，任何一种服装变化上的共识，都应该是从民间的社会生活里自然而然生发而来，一厢情愿式的拔苗助长都将被证明是徒劳无功的。

与孙机先生在上海博物馆
合影

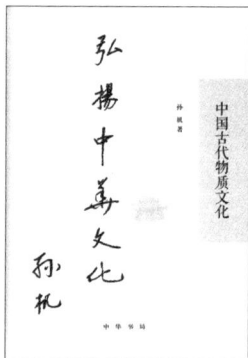

"弘扬中华文化"的题词使这部大书更添厚重

　　我仰慕孙机先生的学问和操守，他的书，我是见一本买一本，闲暇时读上一篇，顿觉神清气爽，如饮佳酿。孙先生在这次上图之行的前一年，还有一次上博之旅，他应上海博物馆的邀请，一连讲了四次课，谈古代中国，谈汉代和古罗马的对比，谈考古学的新动向，我全程聆听，获益良多。我借讲座之机带去了珍藏已久的几部孙先生著作，蒙先生首肯都一一为我签名留念。虑及先生年事已高，晚辈自然不可强求，但先生见我爱书心切，破例为我在其著作《中国古代物质文化》扉页题词"弘扬中华文化 孙机"。真正让我受宠若惊，感激不尽。

　　孙机先生的讲座旁征博引，信息量大，解疑释惑，深入浅出，他讲的是服饰史，怀的是忧国心。他说："研究服装的历史，就是研究中国过去的形象，还原历史上那些英雄人物的真实形象，唤起民众心中爱国主义的动力。"伟哉斯言！

二〇一六年八月二十日晚于入梦来斋

（原载 2016 年第 10 期总第 157 期《上图讲座》专刊）

读书的境界就是做人的境界

——听阎崇年先生谈读书

　　读书的目的何在？读书人的榜样在哪里？读书的境界体现在何处？相信每一个爱读书的人，都会不自觉地去思考这些问题。2013年6月22日，上海图书馆邀请央视"百家讲坛"主讲人、著名清史学家阎崇年先生开讲"读书与境界"。

　　阎崇年先生以清史研究闻名学界，平素酷爱读书，书籍是他生活中不可缺少的一部分。讲座一开始，他就讲了一件让他感动的事情。在全世界38位曾经遨游太空的女性宇航员中，有一位美国的女航天员，她曾在太空连续工作和生活了近40天，当电视节目主持人采访她，如果只允许带一样东西去太空，她会选择带什么时，她不假思索地脱口而出："带书！"书已成为她的第二生命。这件事不仅让阎崇年感动，也同样触动了在场听众朋友的心弦，大家纷纷感叹，换成自己会做怎样的选择呢？

　　"古之学者为己，今之学者为人。"出自《论语·宪问》的这句话，一语中的地道出了古今学人在读书目的上的差异，放在今天又何尝不是如此呢？阎崇年先生以他数十年读书阅世的经验，把读书人分为四类。第一类人不读书但会做人，比如历史上孔子的母亲颜氏，孟子的母亲仉氏，她们读的书虽不多，但都善读生活这本无字之书，从生活中悟出了做人的道理，培养出了一代圣

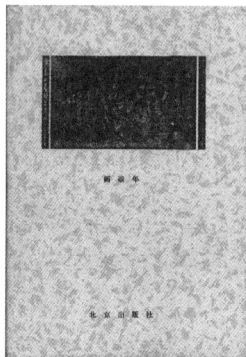

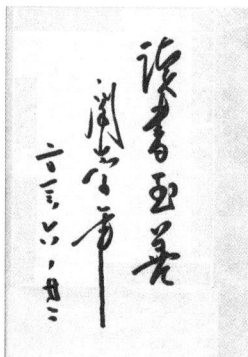

《努尔哈赤传》初版精装本
封面及题词书影

贤。第二类人会读书但不会做人，比如明嘉靖年间有名的权臣严嵩，此人饱读诗书，位列大学士兼内阁首辅，但在人格上却相当卑下，善于逢迎拍马，落井下石，残害忠良，无恶不作，终于落得抄家被贬，为后世唾骂的下场。第三类人不读书也不会做人，这类人很多，其行为无可取之处。第四类人既会读书又会做人，比如生于上海的学问大家徐光启，他是明万历三十二年的进士，官至礼部尚书、文渊阁大学士，不仅博学多识，学问精湛，而且为国为民做了很多好事，深得朝廷信任、万民爱戴；还有安徽桐城派的大知识分子张英，他受雍正皇帝的器重，又以诗书传家，一门两宰相，六代出了二十四位进士，是名符其实的书香门第，他治家有方，当家人来信欲与邻居为砌墙一事争个高下之时，他挥毫写下诗句："千里修书只为墙，让他三尺又何妨。万里长城今犹在，不见当年秦始皇。"境界之高，器量之大让人钦佩。

读书的境界就是做人的境界，这是阎崇年先生本次讲座的核心观点。在他看来，读书当分成四个层次，第一层次谓之"知识"，通过读书掌握相应的知识点，也即格物致知。第二个层次谓之"智慧"，从普通的知识层面升华到智慧，三国时的诸葛亮即是智慧的化身。第三个层次谓之"顿悟"，在智慧的层面更进一层，获得灵感和突破，比如唐朝书法家怀素，勤练书法以求精进，忽一日由暴雨雷电中悟出狂草书法的精髓，终成为一代"草圣"。再比如佛教禅宗六祖慧能，以一首顿悟佛法精髓的偈子博得五祖弘忍的赏识，被确定为衣钵继承人。第四个层次谓之"境界"，这是在顿悟之上对人格品行的一种修炼，一种坚持，一种操守，在阎崇年先生眼中，这种境界的要义在"止于至善"，历史上名垂千古的清官陈鹏年、袁崇焕等人，他们读书明理、读书修身、读书报国，而且境界高远、臻达至善，为万世景仰。

在央视"百家讲坛"众多极具才华的主讲人中，我对阎崇年先生以及他主讲的《明亡清兴六十年》和《清十二帝疑案》情有独钟。喜欢的原因有三：一来喜欢他字正腔圆的北京普通话，铿锵有力，而且常用四字标题，比如《明亡清兴六十年》共24讲，从一级标题到二级标题都是四个字，工整易记，富有节奏感。二来喜欢他的提炼概括，无论历史事件何等错综复杂、千头万绪，

阎崇年先生在上海图书馆
为作者题签

台湾联经版和北京出版社版《努尔哈赤》书影

阎崇年总能用高度凝练的语词加以概括，比如，他用"仁、智、勇、新、廉"五个字概括袁崇焕的精神和品格；比如，他总结故宫的特点是：规模大、历史久、珍宝多、涵盖广、子午线。都是朗朗上口，精准传神。三是喜欢他的创新意识，他讲的历史都是有据可考的"正说"，而非无中生有的"戏说"，但他拒绝照本宣科的陈年"旧说"，而是与时俱进提出带有自己观点的"新说"，这就体现出他的水平和学问来了。

　　我陆续买过多部阎崇年先生的学术著作，可惜由于很晚才得知他要来上海举办讲座，仓促中只找到一本《努尔哈赤传》（1983 年北京出版社一版一印精装本）。这是他的早期作品，先生见到这本旧著非常高兴，在书前为我题词"读书至善 阎崇年二〇一三.六.廿三"。我接过来一看，了不得，他的书法可真是漂亮！看来，喜欢阎崇年先生又要多一条理由了。

二〇一三年七月六日于入梦来斋

274

此生难得遇知己，方知人间重晚晴
——听李欧梵、李子玉沪上讲座有感

  与鲁迅先生有关的书，一直就是我喜爱的阅读门类。李欧梵先生的代表作《铁屋中的呐喊》当然不可错过，我收藏了岳麓书社 1999 年的初版本以及人民文学出版社 2010 年的再版本，均由中国社科院著名翻译家尹慧珉女士翻译。读后感觉，李欧梵先生的文字如行云流水，见情见性，可读性很强，更耐人寻味，是当今学界不可多得的好文章。

  近几年，李欧梵先生每年都会来上海短暂驻留并举办讲座，这让我有机会亲炙教诲。我曾在民生现代美术馆听先生讲"慢生活与人文精神"，也曾在思南读书会听先生讲上海都市文化，甚至乘坐公交转地铁再坐出租车，赶赴上海交通大学闵行校区，听先生专题讲述施蛰存、张爱玲的小说艺术。尤记得在上海图书馆，听先生讲文学名著与电影，之后撰写小文《从文学到电影的难易得失》，刊登在《上图讲座》专刊 2015 年 7 月刊总第 142 期上，朋友们读后，纷纷投来羡慕的目光。

  李欧梵先生的讲座听得多了，我慢慢留意到，每次讲座的前排嘉宾席上，总是坐着一位仪态端庄、面带微笑的女士。知情人告诉我，那就是李欧梵先生的爱妻李子玉老师，原名李玉莹，两人曾合著《过平常日子》《一起看海的日子》《恋恋浮城》等书。

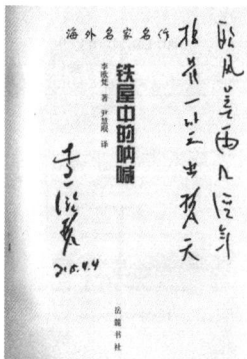

《铁屋中的呐喊》封面及扉页题词书影

我联想起自己读过的白先勇先生散文集《树犹如此》,其中一篇《人间重晚晴——李欧梵与李玉莹的倾城之恋》,将一段峰回路转的旷世奇缘写得荡气回肠,感人至深。听讲座时,不免将"书中事"和"眼前人"对应起来,看他们情投意合,相敬如宾,便觉白先勇先生所言不虚。

2016年10月19日晚,李子玉老师终于走上讲台,以"忧郁病,就是这样"为题,讲述两人相扶相偎的浪漫故事,分享她的新书《忧郁病,就是这样》。我在大隐书局大夏读书会听了这场讲座后,只觉情真意切,滋味绵长,三天后又在思南公馆思南读书会听了第二场同题讲座,两次都是顶风冒雨,然而乐在其中。

李子玉老师说起话来就和她的文字一样,真诚,平实,友善。李欧梵先生则一改谈电影论文学时的正襟危坐,不失时机地为夫人暖场补台,轻松幽默的话语中显示出豁达开朗的性格。在子玉老师的讲述中,那些尘封的往事就像一部老电影,一幕一幕出现在我们眼前。童年的不幸遭际,她和母亲的微妙关系,第一段婚姻的失败,与李欧梵的奇妙缘分,多次复发的抑郁症,痛不欲生的治病史……都让人唏嘘感叹，说到动情处，讲座现场屏息静听，很多人的眼睛都湿润了。

好在子玉老师已经从病痛的折磨中走了出来，凭着毅力和韧性，硬是把心魔战胜，将病痛逼退。现在她不仅能够从容面对过去发生的一切，而且用文字记录自己的康复过程，无私地帮助其他患者。她为新书取名《忧郁病，就是这样——一个忧郁病患者的自白》，意指这种病再凶猛，再厉害，也就是这样，我经历过了，跨过去了，就不再感到害怕了。

李欧梵先生为了帮助爱妻战胜病魔早日康复，付出了常人难以想象的辛劳。他坦言自己是不用手机的，这好比打造了一座"防御工事"，隔绝掉过量信息的烦扰，可以多陪伴亲人，多与自己的心灵对话，珍惜晚年的黄金时光，细品其中的味道，过一种真正意义上的"慢生活"。幸好，子玉老师用手机也用微信，征得她同意后，我们互相添加了微信好友。第二天，子玉老师就给我发来一个链接，内容是关于她向我们推荐的梅门平甩功。这是一种简单易学、有益身心的养生操，记得那天在讲座活动现场，

与李欧梵先生在民生现代
美术馆合影

277

解铃还需系铃人！
用深生：
李歐梵
10·19·2016

《忧郁病，就是这样》封面及扉页题词书影

子玉老师现场讲解，欧梵先生现场演示，妇唱夫随，心有灵犀，此情此景，让人难忘，我还录制了一段视频，留作永久的纪念。

李欧梵先生在文学、音乐、电影、建筑等多个人文领域均有研究，视野宽广，著述甚丰，各地书友都以收藏他的书并得到他的签名为盼。先生菩萨心肠，有求必应，每到一地举办讲座，结束后总是不厌其烦地为青年读者一一签名，尽量满足大家的心愿。犹记得欧梵先生在思南读书会讲学时，我带去了岳麓书社版《铁屋中的呐喊》，系该社海外名家名作丛书之一种。先生当天心情甚好，他在书的扉页题了一句诗"欧风美雨几经年，拈花一笑出梵天。李欧梵 2015.4.4"。先生说，这两句出自余英时先生的赠诗，正是当年与李子玉喜结连理之时获赠。我细读李欧梵先生题的这两句诗，觉得似曾相识，以前在白先勇先生的散文《人间重晚晴：李欧梵与李玉莹的"倾城之恋"》中读到过，却又不尽相同，个别字句稍有出入。白文写道："欧梵与玉莹结婚时余英时先生赠诗一首，开头两句嵌着欧梵的名字：欧风美雨经几年，一笑拈花出梵天。"看来，究竟是"几经年"还是"经几年"，是"拈

278

花一笑"还是"一笑拈花",最终的答案只能有一个,留待我们去探究。回去后,我查阅了自己收藏的台版书《过平常日子》,书为李欧梵夫妇合著,书前有彩色照片若干幅,第一张照片就是余英时、陈淑平夫妇的赠诗手迹,全诗为:

欧风美雨几经年,一笑拈花出梵天。

烂漫余情人似玉,晶莹宵景月初圆。

香江歇浦双城恋,诗谷康桥两地缘。

法喜维摩今证果,伫看笔底起云烟。

次庚辰双千禧伊始贺 欧梵、玉莹结婚之喜

余英时　陈淑平

这张照片使我得窥余英时先生赠诗全豹。诗句中巧妙地嵌入了李欧梵和李玉莹的名字,又透着淡淡的佛学味道,而子玉老师的抑郁症,恰是在一位信佛的中医将她领入佛门后得以好转,岂不是因缘前定,善心福报。

李子玉老师的新书《忧郁病,就是这样》是一本印制精良的好书,我买下后请她题签。她愉快地接过书,提笔写下"解铃还

与李子玉女士在大隐书局
合影

279

台版《过平常日子》和港版
《恋恋浮城》书影

需系铃人 周洋先生 李子玉 10.19.2016"。我一看她在书中的自序，标题就是"心病还须心药医"，这不正好凑成《红楼梦》中的千古名句吗？心下大喜。

李欧梵、李子玉两位老师对爱书的青年有求必应，特别和善。我想起白先勇对李欧梵的评价，认为他们那一代台大学生（他们俩是台大外文系的同班同学）多少总感染上一些"五四"遗绪。要知道，五四先贤中的鲁迅、胡适、蔡元培、李大钊……哪一个不是善待青年、帮助青年、影响青年的人格导师？我想，李欧梵先生传递给青年人的善意中，就包含着一份对五四精神的传承吧。

二〇一六年十月二十二日夜于入梦来斋

（原载 2016 年 12 月 26 日《藏书报》）

中英女作家漫谈当代女性写作

——王安忆对话 A.S. 拜厄特

上海作为一个具有全球影响力的国际大都市，对外交往的深度和广度在国内居于领先地位。很多世界级的诗人、作家、学者，都会专程访问上海，或是过境时在这里逗留，这无疑给了上海文化界一个绝佳的对外交流的机会。当然，也给这座城市的普通市民提供了睁眼看世界的窗口。2012 年 9 月 6 日晚，我有幸在外滩源壹号参与了一场中外顶尖女作家的对话活动，由沪上著名女作家、茅盾文学奖得主王安忆对谈英国著名女作家、布克文学奖得主 A.S. 拜厄特，主题为：当代女性写作——中国与英国。

这场活动由英国大使馆文化教育处和新经典文化公司联合举办。活动开始前三天，我就收到了英国总领事馆文化教育处发来的中英文双语邀请函，邮件中还附有 A.S. 拜厄特女士的生平简介、创作特色、主要作品等资料，英国人办事的严谨细致给我留下了美好的印象。

在这场讲座中，可以看出两个不同国度女作家的精神特质和成长轨迹。拜厄特关注女权和性别歧视，王安忆则谈到在中国，女作家对文学领域的性别歧视并不是特别敏感，而这一领域的女权活动在中国也并不常见。英国崇尚的是精英教育，拜厄特从小就立志当作家，剑桥英语系毕业，受过良好的文学教育，拥有广

王安忆《父系和母系的神话》封面及扉页签名书影

博的知识和爱好。而中国 50 年代出生的这一批作家则大多通过读书自学，在"蹉跎岁月"中自我补课。正如王安忆所说："我小学时刚好碰上"文革"，学校都停课了，总共只受过 5 年的小学教育。"关于当代文学创作，拜厄特提到了一些现当代英国文坛的女作家，比如 Iris Murdoch 的哲思小说，Doris Lessing 的政治小说等等，都是某种类型化的创作。王安忆则表示，文学本来应该是一项独处且寂寞的个人行为，但在媒体的影响下却成了公共行为，甚至被引向商业化，出版商会夸大女性写作的一些特性，比如美女作家、个人情感经历等等，以此作为卖点助益销售。

漫谈持续了一个多小时，主持人宣布，进入本次讲座的听众提问环节，前五位提问的朋友可以获得 A.S. 拜厄特的新书一本。我原本就有一些问题想请教拜厄特，本想着观望一下同场听众的提问水平再说，一听到有这样的提问"福利"，我便期待着倘能得到一本她的著作该有多好。机会稍纵即逝，说干就干，坐在第二排的我飞快地举手提问。不出所料，我得到了第一个提问的机会！全场一下子安静下来，大家的注意力都集中到我的身上，我

282

这个提问，或许在一定程度上代表着中国年轻读者的知识水平，这个第一炮可一定要打响啊。

我拿好话筒，非常镇定地向两位老师问好，接着，就把问题抛向了拜厄特。"拜厄特老师，之前我看过一个资料，说您读过中国作家沈从文先生的小说，他的作品曾对您的创作产生过影响。我的问题是，沈从文的哪几部小说给您留下了深刻的印象？对您产生了什么样的影响？"我的话音刚落，眼角的余光瞥见坐在一旁的王安忆老师，看到她轻轻地点了点头，微笑着转向拜厄特，似乎对我的问题很满意，期待着听到拜厄特的回应。

现场翻译将我的提问译成了英文，拜厄特边听边点头微笑，看样子对此问题颇有兴趣。她回答说："沈从文的小说我很爱看，直到现在我的 Kindle 上还有两三本沈从文的书（作者注：遗憾的是她没有具体说是哪几本小说，我期待由拜厄特开列一份沈从文阅读书单的愿望落空了）。他的短篇小说的形式和结构与众不同，开阖奇特，也是因为看了沈从文的作品，我才开始写短篇的。我曾写过一则短篇《The Dried Witch》，就是模仿沈从文风格的，收

王安忆与A.S.拜厄特对谈

A.S.拜厄特在《占有》一书扉页为我留下了难得的签名

在《Suger and Other Stories》这本集子里。曾经有读者对我说，这篇小说完全是一篇中国式的小说，我听了非常高兴。沈从文作品中那种极端的暴力与文字的结合的特征是我非常欣赏的。"最后这句话，翻译口中的"极端的暴力与文字的结合"把我弄糊涂了，似懂非懂不知所云，如果可以追问，我一定会问她，这句学术味道很浓的话究竟指的是什么？

事后证明，我选择第一个举手提问是有多么的正确，此后的若干个问题，大都流于俗套，不是我夸口，水平都没有在我之上。话说就在这提问的当口，工作人员已将一本崭新未拆封的《占有》递到了我的手上，这是A.S.拜厄特的长篇小说代表作，45万字，于冬梅、宋瑛堂翻译，新经典文化发行，南海出版公司出版，版权页显示，该书2008年5月第1版，2010年1月第2版，2012年9月第3版，目前已是第10次印刷，这就是名家名著的市场号召力。

就在整场活动快结束时，一个非常有趣的提问出现了。有听众问拜厄特老师："整场活动您的手里一直拿着一卷黄色的宽透明胶带，太纠结我了，到底是什么原因呢？"全场大笑。拜厄特手中确实拿着一卷透明胶带，就是超市中最常见到最为普通的那一款，从活动开始她就拿在手中，想必很多听众都注意到了，但是出于礼貌，没有人贸然提及。听到这个问题，拜厄特也笑了，她说："这么做是因为只有这样，我才能一边倾听一边思考。这是我之前当老师跟同学谈话的时候发现的。有一些希腊人手上戴着念珠，不停地用手指拨动发出哔哔的响声。我选择透明胶带是因为这样没有声音，又能帮助我集中注意力思考。"妙哉斯言！可爱的英国老太太，居然把透明胶带当作念珠和手串来把玩，真是让我们眼界大开。

讲座结束后，很多听众想请拜厄特老师签名留念，都被早有准备的保安拦阻。我于是放弃了签名的打算，去了一趟外滩源壹号的洗手间。早在150年前，这里曾是英国驻沪总领事馆的领地，现在仍旧是一派富丽堂皇的欧洲风格。当我走出洗手间时，一个机会意外来临，拜厄特正站在洗手间门口等人，而保安亦处于松弛状态，我立刻决定碰碰运气索要签名。于是，捧着这本600多页的大书，径直走到拜厄特面前，用我蹩脚的英语说道："Please sign your name, thank you!"说完就递上了签字笔，保安刚反应过来，拜厄特已经微笑着签好她的名字，把书递给了我，我鞠躬道谢，她已经在保安的拥簇下快步离开了走廊，就在这短短一分钟内，我成了活动当天惟一一个获得 A.S. 拜厄特签名的人。

二〇一二年九月八日写于浦东图书馆

285

文学就是活的历史

——听刘大任追忆台湾文学往事

2015 年在台湾出版的一本新书，将一位年逾古稀的作家重新拉回到我们的文学视野中，这就是侨居美国的著名作家刘大任先生和他的长篇小说《当下四重奏》。

刘大任先生自上世纪 60 年代开始文学创作，是台湾现代主义文学运动的直接参与者，后赴美留学，参加保钓运动，进入联合国工作，退休后专事写作。哈佛大学王德威教授称他为"海外左翼现代主义最重要的作家之一"。刘大任先生虽曾停写小说多年，然宝刀未老，新作一问世即引发广泛关注，接连斩获《亚洲周刊》2015 年度十大华文小说、2016 年台北书展大奖等多个荣誉。《当下四重奏》由深圳报业集团出版社推出简体字版，这也是他的小说第一次在大陆出版。此前，刘先生的三部随笔集《纽约客随笔》《Hello，高尔夫》和《园林内外》我都有收藏，他的小说首次出版，我自然格外关注。

2016 年 12 月 5 日晚，刘大任先生为宣传新书受邀来到大隐书局大夏读书会，主讲"中国文学的台湾经验"。在他的讲述中，台湾现代文学的那些人和事，以及他个人的文学创作历程，像一幅历史长卷徐徐展开。他直言，历史的语言高度概括，使我们感受不到其中的血肉，比如《左传》中写秦赵长平之战只有 6 个字

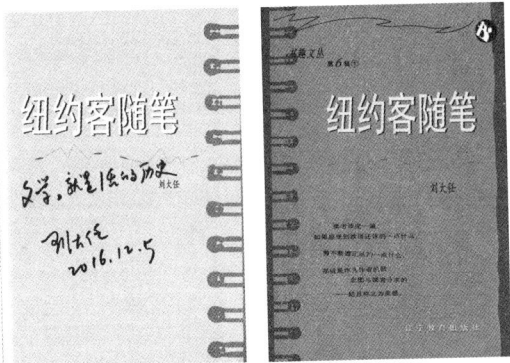
《纽约客随笔》封面及
扉页题词书影

"坑赵卒四十万",战争背后的惨烈已无法还原。幸亏有了文学,
文学就是活的历史。他有一个心愿,要将自己从事文学创作的成
果纳入源远流长的中国文学传统,这次在大陆出版新作,就是准
备接受这一传统的检验。

身为小说家的刘大任先生不愧是说故事的高手,讲座一开
始,他就回忆了自己少年时代的一件往事。那时,他上初中二、
三年级,大约十三四岁的光景,学校每周一早晨有周会,常邀请
名家来校演讲,他记得那时有一位颇具绅士派头的名家,演讲时
取出一根长长的火柴,变戏法一样划着了,然后举着火柴对学生
们说:"文学就像这根火柴,燃烧了自己,照亮了别人。"刘大任
那时刚读了徐訏的《风萧萧》、玛格丽特·米切尔的《飘》等文
学书,完全谈不上有多少文学修养,但是,常识告诉他,这句话
是虚伪的,文学应该让人更好地活,而不是让人死。或许就是从
那时起,刘大任开始了自己的文学探索之旅,而这一结缘,就是
一辈子割舍不下的情结。

熟悉台湾文坛的朋友都知道,20世纪60年代,在全盘西化

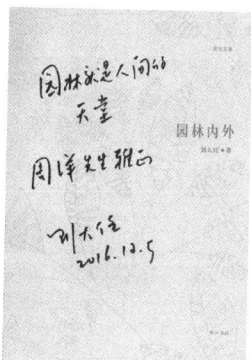

晚年的刘大任寄情园林，伺
弄瓜果，乐在其中

和西方现代主义思潮的影响下，台湾现代主义文学运动蓬勃兴
起，涌现出一大批足以载入文学史的优秀作家和作品。关于这段
历史，在刘大任的眼中，并非如外界所想象的那样有意识、成
体系、有规律，而是一个一个的作家，每个人都在寻找自己的
路，一件一件的往事，留下或成功或失败的印迹。他用"走投无
路"四个字来形容那个时代青年人的苦闷，一方面，初到台湾的
蒋政权已成惊弓之鸟，采用各种严苛的手段牢牢控制台湾社会，
反而激发了年轻人去探求被遮蔽的历史真相；另一方面，台湾当
时的经济欠发达，有志青年渴望走出岛屿，去美国留学寻找人生
出路。这种被压抑之下的苦闷和寻路，都体现在文学探索的实践
中。比如，写出名噪一时的现代诗《长颈鹿》的诗人商禽，原名
罗燕，四川人，被国民党拉夫参了军，后辗转来到台湾，刘大任
和他相识时，他还在宪兵队里服役，被安排在士林的军官外语学
校站岗，休息时间，他就跑到教法语的课堂窗口外面旁听法文，
因为他当时迷上了波德莱尔等人的诗歌，想自学法语。现在回头
去看，那场文学运动中的很多中坚分子，都或多或少受到中国传

288

这本关于高尔夫的书，写得活泼有趣，自成一家

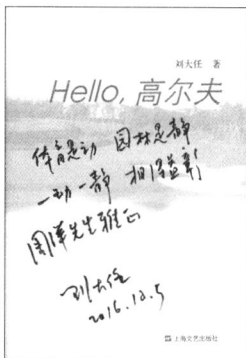

统文化和五四新文学的影响，比如，痖弦受到艾青的影响，郑愁予深受七月诗派诗人绿原的影响，纪弦在孤岛时期笔名路易士，他把三四十年代在上海受到的文学熏陶带去台湾，最早在台湾办现代诗诗刊，白先勇则受《红楼梦》的影响很深，他们都从中华文化中找到了自己的文学母乳。

就在上个月底，台湾著名作家陈映真先生病逝，左翼文坛失去了一位正直而有思想的斗士。刘大任与陈映真是几十年的老朋友，讲座现场，听他深情回忆两人第一次见面的场景，真是耐人寻味。时间大约是在1959年到1960年间，地点是在台北的田园咖啡厅，那里可以听到西方古典音乐，而且是从外国进口的黑胶唱片，只花不到一碗牛肉面的钱点上一杯茶，就可以坐上一天，非常适合文艺青年交朋会友。他们见面时的介绍方式非常特别，介绍人说："这个是写《面摊》的陈永善（陈映真的笔名），这个是写《大落袋》的刘大任。"两人就此订交，而刘大任也因此一辈子都以永善或陈永善称呼对方。熟悉台湾文学的朋友都知道，这两部小说其实风格迥异，《面摊》表现宗教感情、社会关怀和人

道主义情怀,《大落袋》则写年轻一代的精神虚无和价值困惑,但在当时,都代表了新文艺的尝试和探索,这么一介绍,一种同声相应、同气相求的认同感油然生发,自然而然地就引为同道。

由《大落袋》说开去,刘大任先生谈到了自己的另外几部作品。于是,我们有幸知道了短篇小说《四合如意》的灵感来源于从朋友那里听到的真实故事,但为了找到一个合适的契机去表达,他把这个灵感在心里压了 20 年,直到有一天,一段缠绵悱恻的音乐让他有了感觉,这篇小说才瓜熟蒂落。他的另一部小说《远方有风雷》,评论界都认为其主题在于思考保钓运动的得失,刘大任先生却自言这部小说的主角是"小组",中国革命运动中动员群众非常有效的一种方式,"小组"与其中个体的关系,是他在小说中所要表现和反思的内容。他说:"这种'小组'文化即将消失,我是在抢救文化,让记忆不至于消失。"

这些年,刘大任先生寄情园林花木,钟爱球类运动,闲时畅游文学世界,早已不再过问政治。我将自己收藏的《园林内外》一书递给他,他微笑着给我题词"园林就是人间的天堂 周洋先生

刘大任先生在大隐书局为作者题签

雅正 刘大任 2016.12.5"。在《Hello，高尔夫》一书扉页，他题道"体育是动，园林是静，一动一静，相得益彰 周洋先生雅正 刘大任 2016.12.5"。字里行间有一种通达在其中。

刘大任先生讲座那晚，尽管有凛冽的寒风席卷申城，但我的心头却只有暖意。关于文学，关于历史，关于台湾的未来，每一处细节，每一个警句，每一点感悟，都让人久久回味。在这个愉快的晚上，从这位饱经沧桑的文化老人身上，我感受到一颗心忧故国的赤子之心，这就是足以让我铭记的一点收获。

二〇一六年十二月十日于沪上入梦来斋

文学寻根的前前后后

——听韩少功讲"寻根文学"的那些事儿

2013 年 8 月 15 日，正是一年一度的上海书展隆重举办之时，上海图书馆邀请到当代著名作家韩少功先生，开讲"文学寻根与文化重建"。上世纪 80 年代，韩少功曾是倡导"寻根文学"的主将，这一讲题既是对中国当代文学史的一种解读，也表达了对中国文化何去何从的现实关切，因此吸引到众多热爱文学的读者冒着酷暑前来聆听。

两个重要的时代背景

韩少功开门见山地指出，文学寻根现象的出现，离不开两个重要的时代背景。文学寻根发生在上世纪 80 年代，那时候"文化大革命"刚刚结束不久，思想界、文化界从强烈的震荡中走出，在"文革"当中，很多宝贵的民族文化遗产都被冠以封建主义、修正主义、资本主义的帽子，遭到了前所未有的大批判。另一方面，从 80 年代开始，国门日渐打开，实行改革开放，人们开始接触到大量的西方文明成果，这时有一种声音认为：中国要实现现代化，必须全盘西化。这种声音很有市场，所以一度曾出现了人们趋之若鹜学习世界语的潮流，可如今全世界学习汉语的人数已达到 7000 万，当年抛弃汉语学习世界语的风潮就显得

《月兰》封面及扉页题词书影

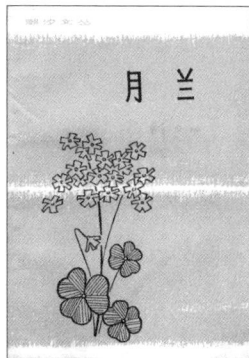

可笑了。这两种背景下的思潮有一个共同点，就是认为中国文化不行了，要用别的文化来取代，正当文学界在迷茫和求索之际，1984 年的冬天，在杭州召开了一次座谈会，与会的作家、文艺批评家开始探讨文学的出路问题。

两种相互激荡的人生经历

杭州会议上，关于伤痕文学、改革文学的概念都被提了出来，成为讨论的议题。会后不久，韩少功先生撰写了一篇文章《文学的根》，发表在东北的《作家》杂志上，随即引发了知识界的热烈讨论，一时盛况空前。在此之后，很多作家陆续创作出富有文学地标意义的优秀作品，比如，贾平凹写了《商州》系列小说，王安忆写出了《小鲍庄》，这些作品带有明显的地域色彩，使人一看便知作者出自哪一个文学板块，于是"寻根文学"应运而生。寻根文学的作家们大多是中青年，他们中间很多人曾当过知青，既有在城市里生活的经历，也有在农村插队落户时的劳动经历，这两种相互激荡的人生经历，赋予作家独特的人生体验，

293

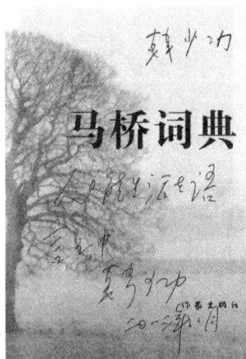

《马桥词典》是韩少功的长篇小说代表作

催生了他们的创作激情，留下了许多独特的感受和精彩的故事。

来自两方面的批评声音

寻根文学出现后，立即遭到了来自两个方面的批评声音。一个来自官方，很多文学界、文艺界的老前辈，对寻根文学很不满意，认为到传统文化中去寻根，是寻错了地方。韩少功提及自己当时曾在火车上遇到一位很受尊敬的文学前辈，委婉地批评他搞寻根文学，是不走正道。韩少功嘴上没说什么，心里却很不服气。另一种批评来自激进的知识分子，他们认为传统文化中那些腐朽的根还用去寻找吗？把寻根文学看作没落文化的守陵人，主张直接效法美国、日本等发达国家。韩少功感到，正如史学家钱穆先生所说的那样，只有当东西方经济发展同步以后，关于东西方文化优劣的讨论才可能变得理性。

蕴含多种可能性的现代化进程

韩少功说他很喜欢两位艺术家，一位是作曲家王洛宾，他在外蒙古和中亚找到了丰富的音乐资源，创作了很多好歌。一位是舞蹈家杨丽萍，她模仿自然界动物、植物的形态，设计创作了优美的舞蹈动作。而关于东西方水火不容的争辩，其命题的设置就是误导，有没有一种单质化的纯种的"西方"呢？答案是否定的。在西方文明中发挥重要作用的阿拉伯数字就是阿拉伯人的创造；西方文官制度的灵感也来源于中国的科举制。这些都启示我们：文化需要创造，不能守成。复制西方也是一种守成，我们要有创造的勇气，向前看，胸襟开阔，眼界广阔，深深植根于本土文化的土壤，充分吸收各种文明成果，不管是外来的还是本土的，都应视为可用的资源。"不能靠山寨来拯救自己，复制品比原件要逊色。"韩少功以这样振聋发聩的谆谆告诫，表达出他对重建中国文化的思考和关切。

韩少功曾担任海南省文联主席、海南省作协主席、《天涯》杂志社社长等职，其作品多次在国内外获奖，他的很多小说，包括《马桥词典》《爸爸爸》等，都是文学史上绕不过去的篇章。2000年，他辞去这些职务，移居湖南汨罗县八景乡自己过去插队

与韩少功先生在文新报业大厦合影

295

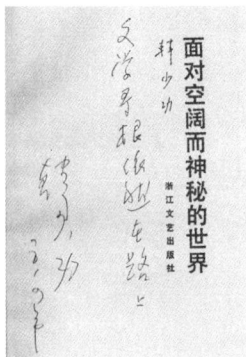

"文学寻根依然在路上"
体现出一种文化自觉

当知青的地方,在那里,他挑水种地,养鸡喂鸭,恬静悠闲地过起了归园田居式的生活。他说:"看不到农民智慧的人,一定智慧不到哪里去。"他为乡亲们修路筹款,撰写碑文,当地村民都亲切地喊他"韩爹"。韩少功从乡村走来,又回归乡村,统共算来,他的人生已有20多年光阴在乡村生活,不难看出他对乡土中国的深深眷恋,因为那里就是他的生命和文学扎根的地方。由此看来,韩少功的寻根之旅依然在路上。我们有理由期待,他在荷锄农耕之余保持着对世界的思考,写出更为精彩的作品。

二〇一三年八月十八日于入梦来斋

他的理想是生命的开花
——听李辉谈巴金

上世纪 80 年代至今，《人民日报》资深记者、文艺部高级编辑李辉先生，以一颗赤忱之心与老一辈文化人交往，以敏锐的眼光考证掌故史料，以深沉的笔触记录那些几乎要被遗忘的历史细节，先后出版《巴金：云与火的景象》《巴金自述》《百年巴金：一个知识分子的历史肖像》《巴金：在历史叙述中》等颇具分量的著作，成为当代文坛一道独特的风景线。由李辉谈巴金，既是最佳人选，也是读者的期盼。

我有两次十分难得的机会，现场聆听李辉谈巴金。一次是 2012 年 11 月 10 日在长宁区图书馆，正值巴金图片文献展开展首日，李辉受邀主讲"巴金文革反思对同辈人的影响"。第二次是 2016 年 7 月 23 日在季风书园，巴金故居主办的"憩园讲坛"第 4 讲，李辉主讲《随想录》中的那些老人"。两次讲座均由巴金故居常务副馆长周立民主持，众多喜爱李辉文章的读者闻讯赶来，跟随他一同感受文坛巨匠——巴金先生的人格魅力。

李辉对巴金的研究始于 1982 年，那时他还是复旦大学中文系的大三学生，在贾植芳先生的指点下走上了巴金研究之路。李辉说当年与同班好友陈思和在聊天时，萌生了合作研究巴金的想法，遂来到中文系资料室借阅巴金的书，恰巧遇上了刚被摘掉

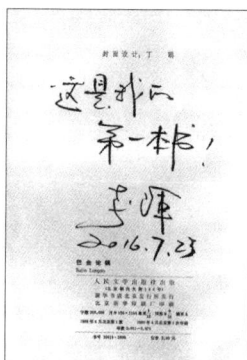

《巴金论稿》封面及题词书影

"反革命"帽子的贾植芳先生。操着山西口音的贾先生，在问清来意后给了他们两个建议，一是研究巴金要看其著作的初版本而非再版本或选集；二是要分析巴金日记、书信和他创作的关系。这一段经历颇像金庸笔下的虚竹于石洞中拜师无崖子、张无忌白猿腹中偶得九阳真经，富有传奇色彩，不禁让人唏嘘感叹。随后，两人合作撰写的第一部著作《巴金论稿》与巴金先生的《随想录》在同一年（1986年）出版，立即在学术界引起不小的反响。毕业后，李辉去北京从事媒体记者工作，他以巴金研究为主线，开始采访萧乾、叶君健、黄裳、黄永玉等文化老人，获得了珍贵的第一手资料。这些研究促使他从思想和道德两个层面去评价巴金的历史地位，更多地关注作为知识分子的巴金拥有怎样的人文情怀。

《随想录》是巴老晚年创作的丰碑。他经历了"文革"中那么多的不公、荒谬和粗暴，却仍旧保持着对生活的热爱、对生命的赞美、对真善美的追求。《随想录》的最可贵之处在于巴金对"文革"的反思以及对自己的解剖，李辉认为这种反思超越了个

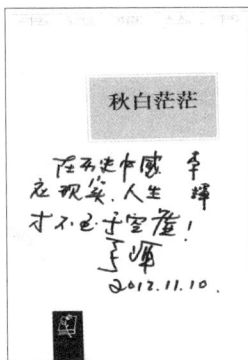

李辉凭借《秋白茫茫》获首届鲁迅文学奖

人恩怨，具有历史的高度，对同时代人反思"文革"产生了重要的影响。可以说，巴老晚年是在用写作一步一步实现自己的人生理想——生命的开花。

拿起笔，讲真话，把心交给读者，这是巴老真心真情的自然流露。在巴老的笔下，个人所受的苦难一笔带过，着墨寥寥，"文革"中的很多场景或许让他终生难忘，但他却没有让情绪化的宣泄占据笔端，而是从民族文化、人类文明的高度来反思这场十年浩劫。他的反思是理性的、负责任的，是有着忧患意识的，对社会命运、对国家前途的思索和追问，都是振聋发聩的警世箴言。对于和他一样经历过"文革"的老作家、老艺人，他以老大哥的身份帮助他们，劝慰他们不必再纠缠于个人的得失，而应珍惜时间，拥抱新的生活，拿起笔来继续创作，反思"文革"之痛，切莫让悲剧再度重来。不难看出，巴金是站在比同时代人更高的高度来认识"文革"这段历史的。

李辉为巴金的一生画像，认为他不只是一个文学家，创作了许多家喻户晓的文学经典，更是一个有良知、有担当的知识分

李辉的《巴金传》延续了他用散文笔调写历史的个人风格

子，对国家、对社会充满了爱和责任感。巴金的很多思想观点，比如"讲真话"，看似简单平常，可要放在当时当地的历史背景下去理解，就能知道这三个字的分量非同一般。再比如，巴金对普通读者的关爱也让人感佩，他尊重、善待每一位读者，即便是晚年在病榻之上，还不忘签名赠书给喜爱他的青年读者。还有家乡小学生写给他的信，他都非常珍视并一一保留，这样一种赤忱纯朴的大家风范，使他成为中国文坛当之无愧的道德星斗。

这两次讲座让我更加全面更加深入地理解巴金和他的《随想录》，同时也如愿以偿地收获了李辉先生的著作签名本。我带去的《巴金论稿》初版本，一版一印仅 3970 册，出版距今 30 年仍触手如新，扉页还有陈思和先生 1986 年题赠友人的签名，是用蓝色圆珠笔写的，原因在于这本书的扉页是深色的纸张，黑色水笔写上去了无印迹，那个年代的出版物经常做这样的设计，完全没有考虑到作者签名赠书的需要，实在算不上高明之举。李辉接过书，我只好请他在版权页签名，他提笔写下"这是我的第一本书！李辉 2016.7.23"。在人民日报出版社 2011 年出版的《巴金传》扉页，李辉写道"生命的开花！李辉 2016.7.23"，边写边说："这本还是毛边本嘛，当时定制的毛边本数量不多，我带了一些到上海来的，现在不太容易见到了。"

"生命的开花"这句题词我特别喜欢，因为这五个字庶几可以看作巴金先生毕生追求的理想。1984 年他在随想录《病中集·后记》中写道："有些好心人不免为我忧虑，经常来信劝我休息……但是人各有志，我的愿望绝非'欢度晚年'。我只想把自己的全部感情、全部爱憎消耗干净，然后问心无愧地离开人世。这对我是莫大的幸福，我称它为'生命的开花'。"1986 年，巴金在致卫缪云的信中写道："写到这里，我的眼前起了一阵雾，满腔泪水中我看见一朵巨大的、奇怪的、美丽的花。那不就是沙漠中的异卉？不，不是。我从未到过沙漠。它若隐若现，一连三天，不曾在我脑中消失，也有可能它永远不会消失。它就是生命的花吧。"1991 年 5 月，巴金在给成都东城根街小学的回信中写道："有人问我，生命开花是什么意思。我说，人活着，不是为了白吃干饭，我们活着要给我们生活在其中的社会添一点光彩，这个

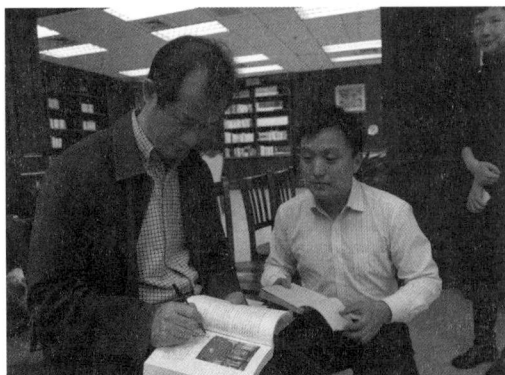

李辉为作者签名题词

我们办得到，因为我们每个人都有更多的爱，更多的同情，更多的精力，更多的时间，比维持我们自己生存所需要的多得多，只有为别人花费了它们，我们的生命才会开花，一心为自己，一生为自己的人什么也得不到。"在我看来，这些话都是巴老的内心独白，是他对"生命的开花"充满深情的憧憬和诠释！

10月17日，是巴金先生的忌日。转眼间，这位文学巨匠已经离开我们11个年头了。一位读者在吊唁巴金时曾留言："孤独和寂寞是难免的，但心中有先生，灵魂的灯就永不灭。"是的，听李辉谈巴金，品读那些历史往事，看看那些老照片、发黄的手稿和实物。感受着巴老的人生点滴，我仿佛又听见老人在短文《让我再活一次》里表达的心声："我仍在思考，仍在探索，仍在追求。我不断地自问：我的生命什么时候开花？那么就让我再活一次吧，再活一次，再活一次！"

二〇一六年七月三十日夜于入梦来斋

（原载 2016 年第 6 期《点滴》）

302

"雁斋"主人的阅读经
——听徐雁聊读书

　　所谓"雁斋"，就是读书圈内大名鼎鼎的金陵雁斋，南京大学徐雁教授的书房是也。徐教授长期从事中国图书文化史研究，现任中国阅读学研究会会长，积极宣传"书香理念"，广播"读书种子"，被誉为推动全民阅读的领军人物。他常用笔名"秋禾"，撰写了多部与书有关的重量级著作，并策划主编了很多深受读者喜爱的书话类丛书，"雁斋"主人的名字就这样深植在广大书迷的心中。在我的读书生活中，徐雁教授的文章自然是看了不少，寒舍书房还收藏了他的好几部著作，然而却一直没有机会听徐雁先生讲一讲关于书、关于阅读的话题。

　　今年8月，机会来了。书展期间，上海图书馆邀请到徐雁、李建华、周立民、龚静四位不同领域中的知名人士，共同探讨中国传统文化中的工匠精神及其在现代社会的发展演变。当活动结束时，已是晚上八点多了，徐雁先生急着要赶当晚九点半的高铁返回南京，主办方想派人送送他，却苦于人手不足，我在一旁听到后，自告奋勇陪同徐雁先生乘坐地铁前往虹桥火车站，一路上边走边聊，听到了很多关于阅读的真知灼见，真是幸甚至哉！

　　听讲座前，我就预先做了一点功课，随身带了一本由我策划主编的小书《最是书香能致远》，见面后呈请徐雁教授指教。作

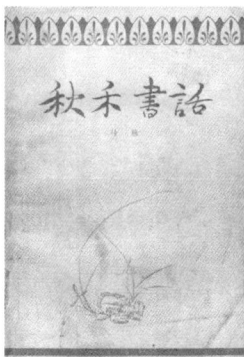

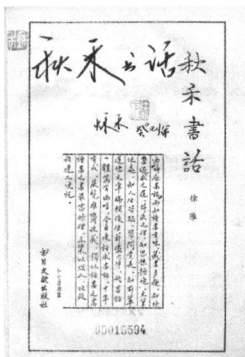

《秋禾书话》封面及扉页
题词书影

为读书圈内的资深行家，徐教授阅"书"无数，话题自然就由这本书打开。他点评说，书名"最是书香能致远"稍显太长，一般的书名都不超过5个字，你看四大名著的书名都很短，这样读者更容易记得住。我低头一想，确实。别说我们显而易见的中国古典四大名著，就是那些我们平时爱读的经典好书，也很少有超过5个字的书名，比如《家》《呐喊》《白鹿原》《珠还记幸》《文化苦旅》《傅雷家书》《懒寻旧梦录》《平凡的世界》……西方经典名著的中文译本也是如此，《红与黑》《死魂灵》《老人与海》《瓦尔登湖》《百年孤独》《战争与和平》《古拉格群岛》，都不超过5个字。书名是一本书永久的符号，必须高度凝练，朗朗上口，在诗意的空灵与现实的聚焦之间找到一个平衡点，看来，取一个好的书名真是大有学问。

徐雁先生翻阅了《最是书香能致远》，找到我写的文章粗略读了一遍，对我不仅策划兼组稿，还亲手动笔写文章表示肯定。但同时，他也指出，一本书的内容最好相对集中，最忌散和杂，应力戒贪大求全，面面俱到。大师和名家的集子可以杂七杂八，

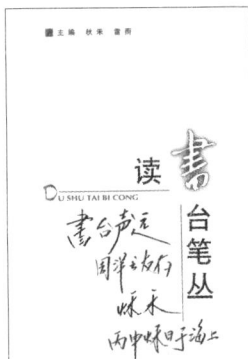

最爱读《书房文影》中徐雁访书淘书的文字

读者是奔着名家的文笔去的，自然也会买账，但一般人就不能这么干了。我一想，是啊。比如，四川人民出版社 1978 年出版的《巴金近作》，收录了巴金的《一封信》《第二次解放》等散文随笔，《家》重印后记，巴老翻译的《往事与深思》片段，甚至还有在全国文联会议上的发言稿等各类文章 12 篇，看似很杂，但是杂得有章法，杂得有看头，这些文章代表了巴老走出"文革"阴影后发出的第一声呼喊，正是广大读者期盼已久的时代强音。由此看来，编书这件事，做加法容易，做减法难，考验的是编选者的眼光和胸怀。

地铁飞速向前，我们的聊天还在继续。徐雁先生问起我是否成家、有没有孩子，我答说小儿今年刚满 3 岁，他又关切地问起有没有给孩子安排一些阅读，如果有，读的是什么书？我自信满满地表示，在孩子很小的时候我就开始了亲子阅读，在少年儿童图书馆专门办了一张少儿借书证，长期保持 10 本图书的借阅量，几乎每天都会陪他读一些画面唯美、简单易懂的经典绘本，随着孩子知识面的逐步打开，我增加了故事性强、情节曲折的绘本，还有一些经典童话、寓言故事的绘本，孩子对读书的兴趣还是很浓的。徐雁先生微笑颔首表示赞同，他说现在的家庭普遍重视儿童的阅读，这是一个值得提倡的好现象，但也需防止揠苗助长、越俎代庖的情况，作为家长，应当做好启发和引导的工作，该读什么书让孩子自己选，不要把自己的意愿强加给孩子，相信他会对自己的选择负责，相信他会认真阅读自己选中的书。听了徐教授一席言，我反思自己在孩子阅读方面的种种做法，虽无不当之处，但想把"我要他读"变为"他自己要读"，确有很长的一段路要走。

就这样围绕着读书的话题谈天说地，不知不觉间抵达了虹桥火车站。在熙来攘往的候车大厅里，徐雁教授特地找了一张椅子坐下，将我随身带着的几本"徐著"一一签名题字。记得那天我把书房里翻检出的两本《到书海看潮》都带去了，徐雁教授真是细心周到，善解人意，他在第一本书的扉页题写"劳于读书 逸于作文 周洋书友共勉 作者 丙申秋日"。我知道，这是元代教育家程端礼所著《程氏家族读书分年日程》中的句子，专论读书和写文

与徐雁教授合影

306

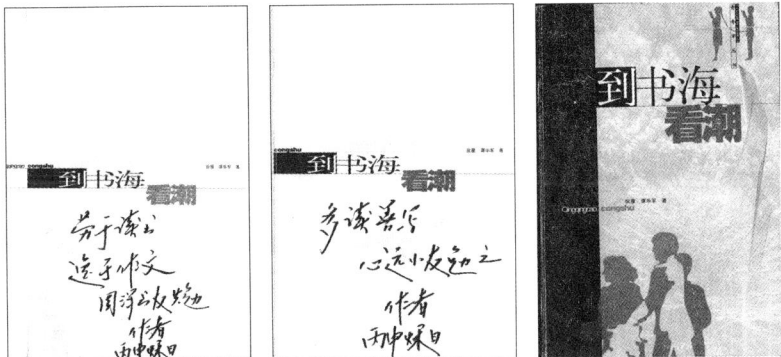

徐雁教授给我们父子两代人的题词勉励

章的辩证关系，真是于我心有戚戚焉。徐教授写完问我："你儿子叫什么名字？另外一本题给他吧。"我连忙答说："他叫周心远，取五柳先生诗句'问君何能尔，心远地自偏'之意。"他点头称善，翻开第二本书的扉页，提笔写下"多读善写 心远小友勉之 作者 丙申秋日"。

发车时间就要到了，我目送徐雁教授上了高铁，依依不舍地挥手作别，他说火车上闲着无事，正好可以看看我送的《最是书香能致远》，这让我倍感荣幸。我想，等到有一天周心远长大了，我可以和他一起读这本《到书海看潮》，一同品味徐雁教授写给我们父子两代人的阅读寄语。

二〇一六年九月三日于沪上入梦来斋

理直气壮地当个马克思主义者

——听陈学明讲马克思主义与中国道路

　　身处 21 世纪的今天，面对蓬勃发展的中国，我们应该怎样认识马克思主义的意义和价值，这是每一个信仰马克思主义的共产党人所必须回答的问题。我是学习马克思主义哲学出身的，自创建思学青年读书会以来，一直在等待一个机会，想和读书会的青年朋友们一起学习马克思主义理论方面的知识。

　　2014 年 7 月 22 日，这个机会终于来临。我邀请到复旦大学哲学系教授、博士生导师、著名的马克思主义研究专家陈学明先生作客浦东花木街道，为思学青年读书会举办专题讲座——中国道路与人的存在方式的改变。我在本科时期就拜读过陈老师的几部著作，对他的学问仰慕已久，而陈老师也十分期待与工作在基层社区的青年公务员交流思想，分享他最新的学术成果。于是，这场期待已久、筹备已久的讲座水到渠成。

　　陈学明教授在马克思主义哲学特别是"西方马克思主义"研究领域有着深厚的造诣。早在上世纪 70 年代末，他就敏锐地关注到国外马克思主义研究的新动向，最先将马尔库塞的《爱欲与文明》、弗洛姆的《逃避自由》等法兰克福学派著名学者的代表作品译介到中国，发学术界之先声。我们见面后，很快就聊到了这几本曾在知识界风靡一时的书，陈老师对这段往事也是至今难

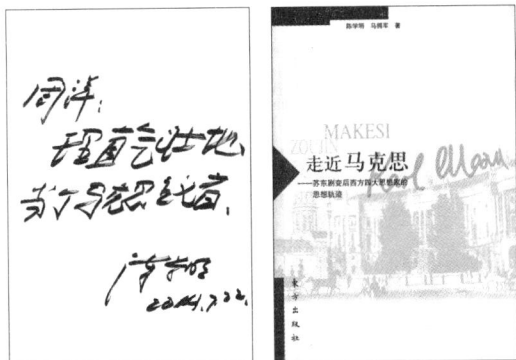
《走近马克思》封面及扉页
题词书影

忘：“当年复旦门前的书店一天时间能卖出几千册，有三种书最热销，一本是马尔库塞的《单向度的人》，一本是恩斯特·卡西尔的《人论》，还有一本就是我翻译的《爱欲与文明》。”翻译这本书时，陈老师用的还是他的笔名"薛民"（谐音学明），他口中的"当年"是上世纪80年代，建国后读书人的黄金时代。

陈老师为这次讲座准备的讲义有40多页纸，加粗的字体和红色标注的内容都是他最新的思考成果。他把当代人的生存状态分为消费主义、个人主义、现实主义、享乐主义和科学主义五大类型，且不无忧虑地指出，如果中国人都选择过上美国人的生活方式，无节制地享乐加上"寅吃卯粮"式地消费，那么必须再有12个地球的资源来用以支撑。无情的事实需要我们回到马克思那里寻求思想资源，改变现有的生活方式，换一种活法。马克思关于建立新型人际关系的理论，关于实现人的全面发展的观点，关于实现事实上的平等的论断，都对我们走一条中国特色的道路具有指导价值。

讲座开始前，陈学明教授在我的办公室稍作休息，我们一边

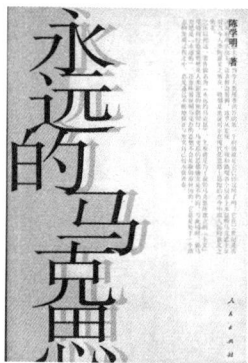

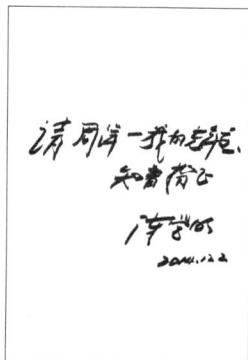

《永远的马克思》凝聚了
陈学明教授多年的心血

喝茶，一边聊哲学，顺带把我收藏的那些陈教授的著作请他签名留念。他不无感慨地跟我说起，自从进入复旦与哲学结缘至今，研究马克思已经40多年了，曾对自己提出了四个基本要求：研究马克思主义必须相信马克思主义，研究马克思主义必须怀有强烈的责任感，研究马克思主义必须直面现实问题，研究马克思主义必须扩展自己的视野。听了这样的话，我肃然起敬。凭我这些年阅读陈学明的直观印象，他是这样说的，也是这样做的。他在哲学领域核心期刊上发表的那些文章，不论是对西方马克思主义进行评述，还是对苏东剧变进行反思，抑或是用生态学马克思主义解读环境保护问题，包括近年来对中国模式、中国道路的澄清，都带有鲜明的立场，蕴含着坚定的信仰，富有思辨的魅力，充满战斗的豪情，他所论述的绝非陈词滥调，所持观点从不人云亦云，他始终站在学术前沿关注当下现实问题，在独立思考的基础上，理性公允地发声，成为马克思理论界的一棵常青树。读那些凝聚他多年心血的著作《永远的马克思》《情系马克思——陈学明演讲集》《永不消逝的"幽灵"——重读〈共产党宣言〉》等，

陈学明教授的书中有学识、有激情，更有信仰

也有同样的感受。我深为眼前这个年逾花甲的学者所拥有的执著精神所感动，也被他深厚的学术功底和理论修养所折服。

有一个情况很少被人们提及和关注。陈学明教授是 1971 年进入复旦大学学习，1973 年毕业，正值"文化大革命"时期，那一届大学生被称为"工农兵大学生"，也叫"工农兵学员进大学"。这是特定历史时期的特殊产物。我的父亲母亲都是以这种方式进入大学校园学习的，我读研时期的党总支书记郑明珍教授和陈学明教授是复旦的同班同学，也是工农兵大学生。可以说，他们那一代人在那样的历史环境下，只能以这样的方式接受高等教育，因为当时已经取消了高考，没有其他的选择。

但是社会上就有一种声音，认为工农兵大学生凭推荐入学、文化水平参差不齐、教学模式不正规，似乎应归入"杂牌军"一类，这是非常不公正的。时代的原因不能归咎于个人。工农兵大学生中有很多学习刻苦、发展潜力突出的优秀人才，殊不知，习近平、王岐山等国家领导同志就是以工农兵学员的身份进入大学读书的。习近平 1975 年作为工农兵学员被推荐入读清华大学，

311

时年 22 岁，王岐山 1973 年作为工农兵大学生进入西北大学就读，时年 25 岁。在《我是黄土地的儿子》一文中，习近平同志回忆："那时候报大学，清华有两个名额在延安地区，全分给了延川县。我三个志愿都填清华，你让我上就上，不让我上就拉倒。县里将我报到地区，县教育局领导仗义执言为我力争。清华来招生的人不敢做主，请示学校……当时，我父亲下放的洛阳耐火材料厂，开了个'土证明'：'习仲勋同志属人民内部矛盾，不影响子女升学就业。'开了这么个证明，就上学了。走的时候，当地还剩下的一些知青都特别羡慕我。那些知青也都没得说，一恢复高考，都考上了学，还都是前几名。"（参见《知青老照片》，百花文艺出版社 1998 年 2 月第 1 版第 40 页）还有贾平凹、王石、敬一丹等人，也都是从工农兵大学生群体中走出来的成功人士，这或许正印证了毛泽东同志的那句话："外因是变化的条件，内因是变化的根据，外因通过内因而起作用。"一个人的人生道路及其走向，来自外界环境的影响是有限的，更重要的在于我们自己如何把握。

陈学明教授为作者题签

312

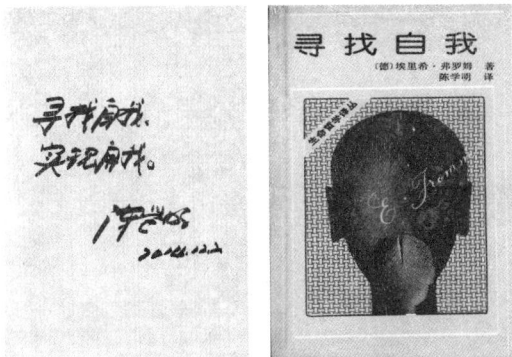

陈学明教授翻译的弗罗姆著
作《寻找自我》封面及扉页
题词书影

陈学明教授语重心长地告诉我，拼命工作和尽情地去爱，是
人生的两个轮子，做人要谦虚、要谨慎，做事则要放开手脚大胆
地去做、去实践——"精神境界的高度＋百折不饶的意志品格＝
成功的人生。"他在其著作《走近马克思：苏东剧变后西方四大
思想家的思想轨迹》一书扉页为我题签"周洋：理直气壮地当
个马克思主义者。陈学明 2014.7.22"。这句赠言，我会永远铭记
在心！

二〇一四年八月一日于浦东花木

313

马克思今天依然在场

——听王德峰讲马克思哲学与当代中国

2014 年年初，我有幸成为文汇讲堂俱乐部首批核心会员，对讲堂各项活动的关注更多了。我是哲学专业科班出身，哲学类书籍一直为我所爱读，正值文汇讲堂推出"哲学与我们的时代"系列讲座，真是如鱼得水。3 月 8 日，讲堂邀请到复旦大学哲学系王德峰教授主讲"马克思哲学与现代资本文明"，王教授在复旦素有"哲学王子"的美誉，据说他的选修课常常是一座难求。这一次来文汇讲堂，也几乎达到了听众人数的峰值状态，很多读者都是慕名而来，座位紧缺时干脆席地而坐。王教授也的确不负众望，整场演讲深入浅出，风趣幽默，让我享受了一次思想的盛宴、灵魂的壮游，通过聆听他的演讲，我强烈地感受到——马克思今天依然在场。

这种在场缘于马克思哲学强大的理论魅力。王德峰老师开宗明义地指出，马克思哲学是当代惟一不可被超越的哲学。因为马克思完成了一场哲学革命，他的学说不同于以往的哲学家，正如马克思在《关于费尔巴哈的提纲》第 11 条中所言"哲学家们只是用不同的方式解释世界，而问题在于改变世界"。西方哲学从中世纪神学以后，历经笛卡尔、斯宾诺莎、休谟、康德、黑格尔，解释世界的理论体系已被推向极致，但始终未能走出这个圆圈，

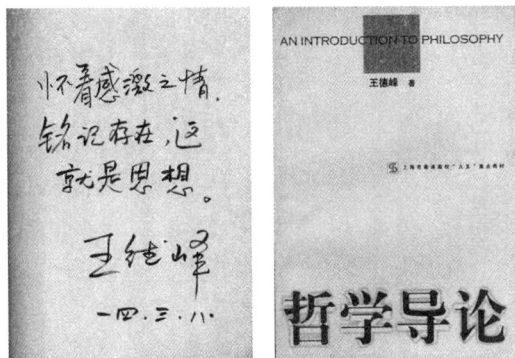

AN INTRODUCTION TO PHILOSOPHY

王德峰 著

上海市普通高校"九五"重点教材

怀着感激之情,
铭记存在,这
就是思想。

王德峰

一四·三·八

《哲学导论》封面及题词
书影

哲学导论

直到马克思学说的出现,本体论层面的唯物主义和方法论意义上的辩证法完美结合,一个开放式的思想体系从此诞生,这也使马克思的学说具有了与时俱进的理论魅力。

这种在场缘于马克思哲学强烈的问题意识。在王德峰老师看来,我们今天无需为马克思辩护,因为在当下的时代课题面前,我们仍然要从马克思哲学中获得启发。众所周知,马克思呕心沥血40年,完成了汇集他一生思想精华的伟大著作《资本论》,研读《资本论》就是打开马克思思想宝库的钥匙。王德峰老师在讲座中重点解读了《资本论》一书中的若干重要范畴,比如商品、货币、价值、交换、劳动等等,为我们厘清了资本主义经济活动的内在规律。我想,这些规律不也正是我们今天种种社会现象背后的本质原因吗?马克思强烈的问题意识和深远的洞察力,使他的学说具有了经久不衰的生命力。

这种在场缘于马克思哲学浓厚的人文关怀。马克思从写作《〈黑格尔法哲学批判〉导言》时就开始探讨人的解放问题,《资本论》中又深入讨论了资本剥削和人的异化问题,在《共产党宣

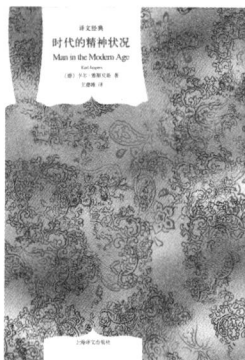

王德峰教授曾在上海译文出版社当过编辑，中外文水平俱佳

言》里更是满怀激情地呼唤人的全面而自由的发展，这一切无不体现出马克思哲学具有浓厚的人文关怀。从王德峰老师的授课中，我们都能感受到他对马克思哲学的那份笃信，但我觉得，他同时也是一个力行者，比如，他长久以来对学生的关爱，为他赢得了青年学子的爱戴；又比如，他对古典音乐的喜爱，使他在工作之余拥有一方精神乐园。王德峰老师的真诚、谦虚、理性、睿智，为我们展现出一个信奉马克思哲学的智者形象。

王德峰教授有着非常鲜明而独特的讲课风格，无论何时何地讲课或者演讲，他必定是一支接一支地抽烟。这次来到文汇讲堂也不例外，他一上来就坦诚相告："我要先说一句比较抱歉的话，本人烟瘾极大，讲话不抽烟就会萎靡不振，请大家原谅，先允许我抽一支。"说完就点上了一支香烟，熟悉他的听众朋友们都报以谅解的微笑，毕竟，复旦大学"哲学王子"威名远播，听他的课机会难得。

众所周知，身为哲学家的马克思同时也是一个文学爱好者，他能大段背诵但丁的《神曲》，曾专门研究过莎士比亚的作品，特别钟爱歌德和海涅的诗。在这一点上，王德峰与马克思颇有缘分，他在年轻时就开始了对文学的偏好，1975 年王德峰中学毕业，被分配进入工厂做电焊工，"工人空闲时谈饮食男女，我就看书，有时就给他们背背贺敬之、郭小川的诗歌，他们都很喜欢我这个文弱书生。"1978 年王德峰考入复旦哲学系，仍旧保持着自己的文学爱好，1982 年本科毕业，王德峰进入上海译文出版社担任编辑，可以第一时间接触到来自西方的人文作品，使他的人文素养得到进一步提升。或许，正是大量阅读文学作品，成就了王德峰教授过人的口才，而多年的哲学训练和熏陶，又让他养成了不断追问的思维习惯。这两点犹如车之双轮、鸟之两翼，使王德峰的公开课成功登顶复旦学生最受欢迎的课程之一。

王德峰教授的著作数量并不多，但质量却是本本上乘。他的著作《哲学导论》《寻觅意义》，以及他的译作《时代的精神状况》（［德］卡尔·雅斯贝斯著），寒舍书房都有收藏。这些书的文字与他讲课时的话语一样，具有一种独特的感染力，像磁铁般吸引着我不停歇地读下去直至终卷。讲座那天，我带去的是《哲

王德峰教授为作者题签

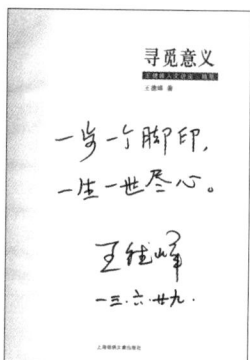

王德峰教授的哲学思考中有着真切的淑世情怀

学导论》这本书，记得他曾在一次访谈中说过："哲学是人的一种内在需求，在精神成长过程中谁都有困惑，但被压抑了。我的《哲学导论》不过是唤醒这种被压抑的困惑，让大家明白，我曾经想过的问题，原来是大哲人都思考过的。"我一直认为，哲学书只要能把道理说透彻，就是一本好书，王德峰的《哲学导论》当作如是观。我请他签名留念，他欣然提笔写下一句话："怀着感激之情，铭记存在，这就是思想。"我想，这是一个思想者对时代、对社会、对他人的感激之情，既平凡又伟大。

二〇一四年三月十六日于入梦来斋

一个理想主义者的求索之路
——听童世骏讲凡俗时代的信仰

　　"我们的时代是一个凡俗的时代，这个时代还能不能有理想？凡俗人群要不要追求理想？凡俗活动能不能蕴含理想？"2014年4月12日，华东师范大学党委书记、哲学教授童世骏先生面对文汇讲堂的数百名听众，发出了如上三个追问。大家的思绪在他的指引下，游走古今中外，随着问题的逐一展开，我深切地感受到，童教授是凡俗时代的一个理想主义者，他为我们指明了到达理想境界的三条路径。

　　其一，高扬理想的旗帜，秉持认真的态度。在演讲中，童老师多次引用了毛泽东的论断来佐证自己的观点，比如在谈到理性原则的运用时，他引用毛泽东1942年在延安整风运动中说的话"共产党人对任何事情都要问一个为什么，都要经过自己头脑的周密思考"；在谈到彻底的唯物主义者能否有一点精神时，提到了毛泽东那句耳熟能详的话语"人是要有一点精神的"；而在诠释中国哲学中关于"敬"的态度时，借用了毛泽东的话做注解——"世界上怕就怕'认真'二字，共产党人最讲认真"。从中我们不难看出这样的逻辑理路，以毛泽东为代表的唯物主义者，高扬理想的旗帜，为了实现理想，秉持认真的态度。通过讲座开始前的人物介绍，我们了解到童教授在少年时代（17岁时），

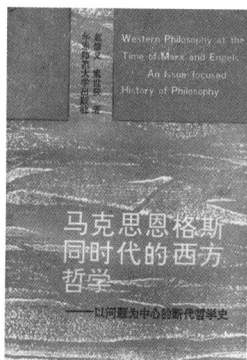

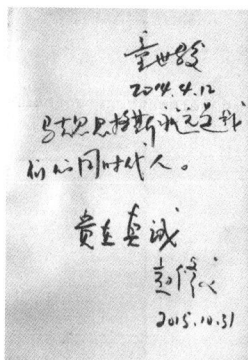

《马克思恩格斯同时代的
西方哲学》封面及两位作
者题词书影

就曾在电台作直播演讲，题目是："共产党的哲学是斗争的哲学"，
而他也以在毛泽东时代入党作为自己毕生的骄傲。从中我们不难
看出，毛泽东的思想给予童世骏的滋养和影响是巨大的，也是他
成为一个理想主义者的基石所在。

其二，追求理想的境界，履行自己的责任。上世纪80年代，
童世骏教授在华东师范大学求学时，对哲学的兴趣与日俱增，后
来师从著名哲学家冯契先生，成为冯先生在马克思哲学专业认识
论方向上仅有的两名弟子之一。年近古稀的冯先生主要的施教方
式，不是系统开课，而是办讲座、在家里答疑。冯先生善于把当
代政治文化所习惯的素材运用到哲学问题的讨论中，这样一种
"问题意识＋现实关怀"的思维方法深刻地影响了童世骏的价值
观，他曾撰文表明心迹"像冯契那样创造价值、追求理想、履行
责任"。在担任华东师大党委书记一职后，童教授仍旧不忘身为
学者的使命和理想，戏言自己"终于只能做业余哲学家了"。这
是怎样的一种追求理想的境界？我想，童教授在演讲中为我们展
示的冯契先生的话，就是最好的注解——"现实走着自己的路，

320

《意识形态新论》是一本具有国际视野和新时代特色的好书

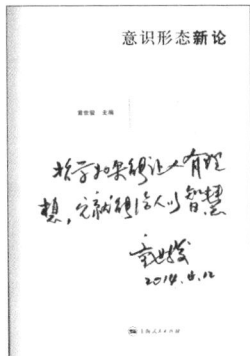

是个必然王国。人的理想面对现实，往往被碰得粉碎，变成像流星那样，一闪即逝；或者算是实现了，却变了形，完全不是以前所想象的那样。原封不动地实现的理想是很难找到的。即使如此，人还是需要理想。这是人的尊严所在。"

其三，理想境界"虽不能至"，感动常在"心向往之"。童世骏教授曾在挪威做访问学者，这期间，得到过挪威著名哲学家希尔贝克教授的指导和帮助，后者指引他进入到研究哈贝马斯的领域。希尔贝克在年轻时就以存在主义的立场追问过人生的意义，其著作《虚无主义》的出版，契合了战后挪威社会的精神需求，成为那一年度的文化事件，而这无疑也触动了童世骏的心弦，以至于时隔多年后童教授回忆起来依然如数家珍。值得一提的是，在讲座答问环节，主办方辗转联系上了远在欧洲的希尔贝克教授，别出心裁地通过越洋视频让他与弟子继续探讨哲学问题。希尔贝克认为，人生未必要设立高层面的理想境界，只要不断地进行改善就行了。这颇有点"问题"与"主义"之争的意味。童世骏教授作答认为，引导我们的行动，毕竟还需要一些想象和感

321

动，尽管"虽不能至"的理想远在天外，但"心向往之"的感动却是发生在经验世界当中的。这样的感动可以帮助我们反观当下的不足，激励我们去改善现有的状态。我想，希尔贝克与童世骏的对话表明，这是"海外导师"在提醒自己的弟子：理想不是宏大叙事，而是一步一步坚实的行动，而童教授也坚定地表明了自己"仰望星空，脚踏实地"的态度。

童世骏教授是一个富有生活智慧的人，他非常幽默，也懂得享受生活，更善于从生活中发现哲学的智慧。他笑称自己如今因为要担负着华东师范大学党委书记的众多行政工作，"离解释世界更远，离改变世界更近了"。他说自己爱做家务，有时会一边拖地板一边戴着耳麦听朗读，前两年风靡一时的《史蒂夫·乔布斯传》，他就是用"听书"的方式完成阅读的，书中乔布斯的一段话让他很受触动："我们试图用我们仅有的天分去表达我们深层的感受，去表达我们对前人所有贡献的感激，去为历史长河加上一点儿什么。那就是推动我的力量。"乔布斯是一个脚踏实地的理想主义者，他的成功之路让童世骏教授从中获得了思想上的

与童世骏教授在华东师大逸夫楼合影

"学哲学，用哲学"是童
世骏教授给我的勉励

共鸣。

　　那一天，我将自己收藏的童世骏教授的代表作《意识形态新论》带去讲座现场，请他签名留念。这本书对全球化时代社会主主意识形态体系出现的新情况新问题，作了深入细致的思考和阐发，我读后颇有拨云见日之感，特别是书中由童世骏教授撰写的第三章《世俗化时代的精神生活》，是我近年来读到的最好的哲学文章之一。童教授在扉页为我题了这样一句话"哲学如果能让人有理想，它就能给人以智慧。童世骏 2014.4.12"。这句力透纸背的话，实在是写到了我的心坎上，反观当下，人们更多关心着房价涨跌、股海沉浮、养生秘方，很少有人会想到去哲学中寻找智慧，像童世骏教授这样"学哲学，用哲学"的人，不是太多了，真是太少了。

　　　　　　　　　　　　二〇一四年四月二十六日于入梦来斋

80年前，就这样送别"民族魂"

——听孔海珠讲鲁迅葬仪

1936年10月19日清晨5时25分，一代文豪鲁迅先生在上海与世长辞，社会各界的有识之士都陷入深深的悲痛之中。在那个"风雨如磐暗故园"的年代，人们把对时局的不满、对国运的忧伤和对前路的迷茫，都通过悼念鲁迅先生表达出来。在先生出殡那天，举办了声势浩大的鲁迅葬仪活动，这在当年是作为文化界的一件大事载入史册的。

时间如白驹过隙，转眼已过去80年。现在的年轻人仍然在阅读鲁迅、纪念鲁迅、缅怀鲁迅，希望了解当年送别"民族魂"的那段历史，寄托心中的哀思。2016年6月14日下午，长宁区图书馆邀请到上海社科院文学研究所研究员、乌镇孔另境纪念馆名誉馆长孔海珠老师，举办题为"鲁迅葬仪八十年"的专题讲座，回顾鲁迅辞世前后那些尘封往事。

孔海珠老师出生于1942年，并未亲身经历过鲁迅葬仪，为何由她来讲述这段历史？我以为有两个原因。

一是家庭的影响和熏陶。孔海珠老师是著名出版家、作家孔另境先生的长女，熟知中国现代文坛的人都知道，孔另境就是茅盾先生的夫人孔德沚的亲弟弟，当年他作为茅盾和鲁迅之间的联络人，曾亲炙两位先生的教海。1932年，孔另境在天津身陷囹圄，

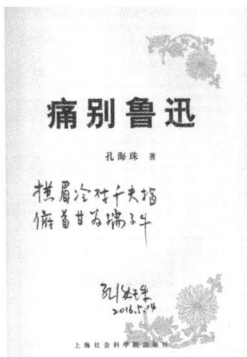

《痛别鲁迅》封面及扉页题
词书影

正是鲁迅先生出手相救使他安然出狱。后来他编著《现代作家书
简》一书，鲁迅欣然提笔作序促成该书出版，从鲁迅写给孔另境
的两封信中，可以看出他们的交往和情谊。在鲁迅葬仪中，孔另
境担任干事一职，为操办葬礼忙前忙后，亲眼目睹了种种感人至
深的大场面。同时他也是个有心人，从担任现场摄影师的朋友们
那里搜集到很多珍贵的照片，汇集成一本厚厚的"鲁迅葬仪专题
相册"，历经风雨保存完好，成为研究鲁迅去世前后那段历史的
"海内孤本"。1946 年 10 月，在鲁迅逝世十周年之际，孔另境曾
利用这些史料写成《回忆鲁迅先生的葬仪》一文，发表在《文艺
春秋》第 3 卷第 4 期上。孔海珠小时候就从父亲的这本相册和他
的讲述中，了解到很多关于鲁迅葬仪的点滴逸闻，这耳濡目染的
环境使她的研究拥有得天独厚的先发优势。

　　二是起步较早，系统研究。孔海珠老师在市社科院主要从事
中国现代文学研究工作，早期研究多是关于茅盾、孔另境的相关
内容。施蛰存先生曾经提醒她可以利用孔另境留下的珍贵的老照
片出一本图文并茂的书，这给了她灵感和启发，开始专题研究鲁

325

但到秋来老
青叶不道迟

×××××在牢里的诗
弟 海珠敬
2016.5.14书题

孔海珠老师为我题写了孔另
境先生在狱中写的一首诗

迅葬仪。她以父亲留下的珍贵相片为基础，又得到了周海婴先生提供的影像作为补充，采访了多位当年参加鲁迅葬礼的亲历者，著成《痛别鲁迅》一书，由上海社会科学院出版社 2004 年出版，获得学术界的一致赞誉，是为全面记录鲁迅葬仪的第一本专著，人民文学出版社 2011 年又推出此书的修订再版本《鲁迅：最后的告别》。鲁迅研究领域历来被称为中国的显学，这些年出版的相关书籍，从鲁迅吃过的零食到鲁迅打过的官司，甚至包括鲁迅的胡子，都成了研究对象，动辄下笔千言万言，相比之下，孔海珠老师对鲁迅葬仪的研究，无疑更具文化意义和史料价值。

在讲座中，孔海珠老师通过播放历史纪录片、展示葬礼老照片和亲历者的回忆，再现了鲁迅葬仪当天的诸多历史细节，使我们重温鲁迅作为民族魂在国人心目中的地位。有几位重量级人物给我留下了深刻的印象，比如时任中央研究院院长、大教育家蔡元培先生，他在葬礼现场一出现，就成为众多摄影师捕捉的焦点，还有他亲笔书写的挽联，也给人深深的震撼。遥想 1912 年，正是蔡元培，将正在家乡绍兴师范学校担任校长的鲁迅招入教育部工作，从绍兴到南京再去北京，成就了一位思想界巨子的精神涅槃。从蔡元培那沉郁悲伤的神情中，我们已能感受到他送别老友时的无限哀痛。宋庆龄先生也是鲁迅葬仪中的重要人物，因为冯雪峰等人都是中共地下党员，出面主持鲁迅葬仪的各项事宜很不方便，于是由宋庆龄亲自担任治丧委员会主席，并推荐了虹桥路万国公墓的一处墓地，她还让沈钧儒去安排殡葬事宜，覆盖鲁迅灵柩所用绸幛上的"民族魂"三个字就是由沈公书写的，可以说，宋庆龄在鲁迅葬仪中发挥了不可替代的作用。

我将自己收藏多年的孔海珠老师的几部著作带去讲座现场，请她签名留念。其中有她与上海社科院文学研究所中国现代文学研究室副主任王尔龄先生合著的一本书《茅盾的早年生活》，此书1986年出版于湖南文艺出版社，是她的第一本著作。孔老师见到这本小书非常高兴，热情地询问我是在哪里买到的，我如实相告，是在读大学时从旧书店里淘来的。

我还拿出了她主编的孔另境先生的两本散文随笔集：《庸园新集》和《秋窗晚集》。孔老师在书的扉页为我题写了他父亲所

孔海珠老师为作者题签

《秋窗晚集》中的"读鲁札记"是我爱读的文字

作《菩萨蛮·第四囚》中的句子，这首词写于十年浩劫期间拘禁他的牢房里，词云："二十年中三入囚，逢人只觉意气豪。只因囚我者，迟早被打倒。如今第四囚，却受亲人笑。但到秋光老，看我不逍遥。"身在狱中，却无半点颓唐之色，坦荡的胸怀和乐观的情绪跃然纸上，让我不由自主地想起了海明威《老人与海》中的一句名言："人不是为失败而生的。一个人可以被毁灭，但不能被打败。"孔另境先生所表现出来的那一代知识分子的精神风范，真是令人佩服！

二〇一六年五月二十一日于沪上入梦来斋

在唐诗中品味浓浓的年味
—— 听陈引驰讲唐诗中的除岁迎新

在蛇年新春佳节到来之际，上海图书馆精心组织了丰富多彩的文化活动，引领读者学知识、迎新年。其中，特别推出3场"诗意中国"春节专题讲座，首场安排在大年初四，由复旦大学中文系主任、教授、博导陈引驰先生主讲，题目是"春风送暖入屠苏——唐诗中的除岁迎新"。笔者有幸聆听了整场讲座，随陈先生一起欣赏唐诗佳句，在诗情画意中品味浓浓的年味。

陈引驰出身于文学世家，其父陈谦豫教授主攻中国古典文学，其母黄世瑜教授主讲文学概论，均为华东师大中文系知名教授。有了这样的家学渊源，陈引驰自幼饱读诗书，根柢深厚，受过良好的文学训练，中外文俱佳，早年曾随其父拜谒过众多学界大儒，深谙学问之道。如今，他是继章培恒、陈尚君、陈思和之后，复旦大学中文系的掌门人，在唐诗研究领域有着深厚的造诣。我早已仰慕陈引驰先生的学问，寒舍书房收藏有他的早期著作《乱世的心智——魏晋玄学与清淡》，沈阳出版社1997年出版，110页的篇幅，将玄学与魏晋名士的核心要旨讲得透彻明了，是我十分喜欢的一本小书。还有他和复旦陈允吉教授合编的《佛教文学精编》，囊括了汉魏至唐宋时期佛教文学中的精彩篇章，是一部极有价值的通俗文学工具书。他与韩可胜先生合作选注的

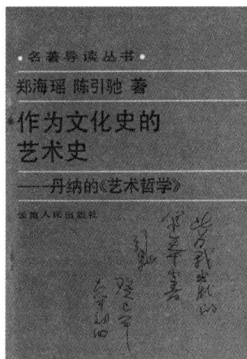

《作为文化史的艺术史》封面及扉页题词书影

《谈诗论文》一书，被我当作阅读诗文经典的入门书，从中获益良多。

讲座一开始，陈老师就开门见山地指出，唐诗是中华文化的一座高峰，唐诗中关于除岁迎新的内容非常多，不过今天的讲座将从赏析一首宋诗开始，那就是北宋王安石的诗作《元日》。

"爆竹声中一岁除，春风送暖入屠苏。千门万户曈曈日，总把新桃换旧符。"这首诗在中国可谓是家喻户晓，通俗易懂的诗句，首尾呼应的结构，朗朗上口的韵律，使得欢乐祥和的春节气氛犹在眼前，生动形象地反映出民间百姓除旧布新、向往幸福生活的美好愿望。陈老师从这首诗中的三个关键词入手，把"过春节"这一传统习俗中的三种典型意象逐一道来。

首先是"爆竹"。古代的爆竹是实实在在用竹子做的，说起爆竹的起源，相传西汉东方朔所著的《神异经》中记载了一个有趣的传说："西方深山中有人，长尺余，犯人则病寒热，名曰山臊。人以竹著火中，熚烞有声，而山臊惊惮。"说的是山中有一种人形怪兽，名叫"山臊"，既不怕人又不怕火，经常趁人不备

这本《乱世的心智》得自大学时代的一次淘书

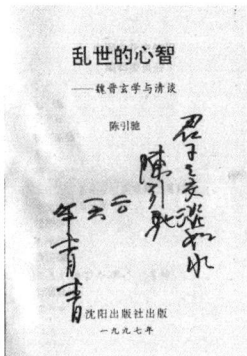

偷食东西，还能使人得寒热病，人们为了对付这种动物，就想了个办法，在火中烧竹，竹子爆开，吓走山臊，驱逐瘟邪，以此获得平安吉祥。这样年复一年，就形成了过年放爆竹、点红烛、敲锣打鼓欢庆新春的年俗。

其次是"屠苏"。屠苏是一种酒，可看作唐代过年要喝的两种专用饮品之一，另一种则叫作"柏叶酒"。"屠苏酒"是用大黄、白术、桔梗、蜀椒、桂辛、乌头、菝葜七种中药材混合制成，据说喝了就能驱邪解毒延年益寿。唐朝人在正月初一喝这两种酒，还讲究一种十分有趣的习俗，就是要从全家最小的孩子开始先喝，年长者最后喝，原因据说是"小者得岁，先酒贺之，老者失岁，故后饮酒"。这里又引出了唐代诗人卢仝的一首《除夜》诗，诗云："殷勤惜此夜，此夜在逡巡。烛尽年还别，鸡鸣老更新。傩声方去病，酒色已迎春。明日持杯处，谁为最后人。"诗中的"最后人"是指最后持杯喝酒的人，也即家族中的尊长者。过年时饮酒，年少者敬长者酒，然后年少者先干为敬，而长者后饮，寥寥几笔就把一家人饮屠苏酒喜迎新春的场景写得趣味

331

盎然。

再次是"桃符"。唐代人在除夕辞岁之际，会用桃树枝干削成一对木片挂于门上，分别写上"神荼"和"郁垒"，都是传说中能镇恶驱邪的门神，这就是最早的桃符，大年初一要摘下旧的换上新的。后来人们也用纸画上二神的图像贴在门上，到了唐朝中后期，门神换成了老百姓都熟悉的秦叔宝和尉迟敬德两位将军的画像，一样有祈福灭祸之意。关于桃符的最早文献记载，可以追溯到东汉王充在其《论衡·订鬼》篇中引用自《山海经》的一段话，其中有"于是黄帝乃作礼，以时驱之，立大桃人，门户画神荼、郁垒与虎，悬苇索以御凶魅"的记载，可见这一习俗的历史悠久。

一个个民俗故事引人入胜，一首首唐诗佳句耐人寻味。陈先生的耐心讲解使得一幅热闹繁华、充满情趣的唐代春节乐活图呈现在全场听众眼前。借助唐诗典故，结合诗人遭际，"驱傩""守岁""朝会""贺年"等等都不再是呆板、枯燥的陌生名词，而是充满人文气息和生活趣味的古代春节生活图景。

与陈引驰教授在复旦光华楼合影

332

陈引驰教授的题词体现了老庄哲学中的一种通达

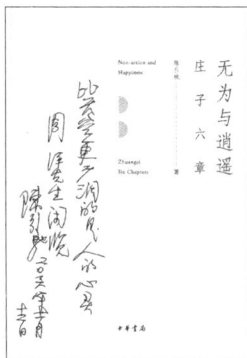

听完讲座，不得不承认，唐朝先民比我们今人更有闲情逸致，也更讲究节日礼数。以诗词作舟，梦回唐朝，我们感受到的是浓浓的年味。真心希望今天的人们，也能传承那一份恬淡的心境，摆脱世俗的纷扰，真正做到春光无限好，欢乐在今朝。

二〇一三年二月十四日大年初五于入梦来斋

（原载 2013 年 4 月总第 115 期《上图讲座》专刊）

《十万个为什么》背后的故事

——听叶永烈讲一部大书的出版往事

　　三月的上海，春意盎然，正是读书好时光。上海图书馆举办科普系列讲座，首场就邀请到著名作家叶永烈先生，讲述《十万个为什么》背后的故事。叶先生的演讲平实之中见真情，风趣的话语中蕴含着鼓舞人心的力量，我听后深受触动，盘旋在脑海中的是：一部书关联着人生的起伏，一部书折射出国家的命运。

　　这部书就是家喻户晓的少儿经典《十万个为什么》，很多人都是通过这部书完成了最初的科普知识启蒙。去年8月，上海世纪出版集团旗下的少年儿童出版社推出第六版《十万个为什么》，全书18分卷600万字，8000余幅彩色图片，由来自全球各个学科的700余位最优秀的科学家和科普作家参与编写，百余位两院院士组成编委会负责审稿把关，使得这套家喻户晓的经典焕发出新的生机。

　　《十万个为什么》从1961年第一版问世，到2013年第六版编订完成，前后跨越半个多世纪。直到现在还没有人统计过究竟有多少科学家、作家为其撰写过条目，而叶永烈先生是惟一为所有六个版本都撰稿的作者。通过叶先生的讲述，我们知道，作为第一版《十万个为什么》的主要作者，他当时才刚满20岁。"是《十万个为什么》这本书，影响了我的一生。"叶先生如是说。而

《红色的起点》封面及题词书影

此后他生命中一系列的浮浮沉沉都与这部书相关联，真是让人感慨万千。

据叶永烈先生回忆，他在上初中时，读到了苏联著名科学文艺作家伊林的《十万个为什么》，爱不释手，并由此读到高士其等人有关科学的书。他说，上大学期间，"我把伊林、高士其作为自己的楷模"，在阅读时做了个有心人，"初读时，只是从书中汲取知识滋养，而如今重读，却着重于看门道，即学习伊林的写作手法。我试着以伊林的笔调，为中国小读者写《十万个为什么》。"

将愿景化为现实，总是伴随着曲折和艰辛。我们很难想象，身为一级作家、著作等身的叶永烈，读小学时，甚至有过语文和作文双双不及格的经历。但他没有悲观气馁，坚持大量阅读，不断写作投稿，即便是高考后学了化学（就读于北京大学化学系）也不改初衷，并在大二时写出了自己的第一本书《碳的一家》。这本书文笔活泼，风格清新，藉此被《十万个为什么》的编辑曹燕芳老师相中，成为《十万个为什么》第一版最年轻的也是写得

335

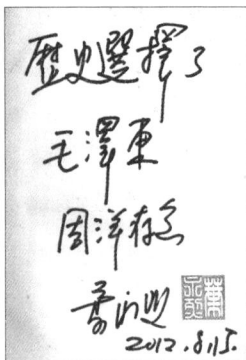

《历史选择了毛泽东》出版于毛泽东百年诞辰前一年

最多的作者（初版本 5 卷共 971 个"为什么"，叶永烈写了其中的 326 个），这充分证明了机遇总是垂青有准备的头脑。

此后，叶永烈名声在外，他的命运也因此发生改变。一方面，《十万个为什么》成了他上门提亲时的礼物，为他赢得佳人芳心，并与爱人相扶相依，成就一段美满姻缘。凭借这部书的非凡成绩，他也顺利实现"跳槽"，从事自己喜欢的职业。但另一方面，当"文革"到来时，《十万个为什么》被批为"大毒草"，叶永烈因此受牵连，挨批判，被抄家，下放五七干校从事田间劳动。这期间他还在造反派的逼迫下参与了《十万个为什么》修订版的编写，当时的理由是："过去批判你是爱护你，现在你如果不肯修订，是对无产阶级司令部的又一次犯罪！"让人啼笑皆非。

乌云终究遮不住太阳。拨乱反正后，叶永烈重新获得了写作的自由，参与了新时期《十万个为什么》各种版本的编撰。勤奋的他，不满足于既有的成绩，而是以此为新的起点。1983 年，他由科普科幻作品创作转向纪实文学创作，实现"华丽转身"，通过采访知名人士和高层人物，写出了很多直击历史现场，还原历

《叶永烈采访手记》一书涉及很多有价值的史料

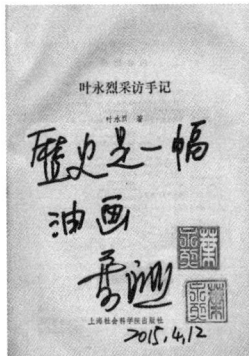

史真相的好书，在纪实文学、人物传记领域开辟出更为广阔的天地。

叶永烈回顾《十万个为什么》六个版本的历史，称其为"之"字形的曲折道路。我想，这部被称为影响几代人、感动共和国的大型丛书，其几易其版的编纂历史，也从一个侧面折射出 1949 年以后每一个历史时期鲜明的时代特征。1961 年版的生动活泼，反映出第一个五年计划完成后，新中国各条战线的社会主义建设充满了蓬勃生气；1964 年版的高举革命化旗帜，则是山雨欲来风满楼的前兆；1970 年版要求"突出政治"，书中随处可见的极左话语，分明打上了十年浩劫的历史印记；1980 年版的拨乱反正，预示着科学的春天即将到来，思想界正在打破禁锢的牢笼；1999 年版凸显出新世纪、新科技的特点，是世纪之交中国经济腾飞的象征，也是改革开放带来综合国力提升的明证；2013 年版，院士挂帅，阵容强大，国家高层领导十分重视，汇聚了最强的力量精心编纂，充分体现出一种文化自觉和文化自信，也是具有中国气派的文化软实力的标志。《十万个为什么》看似是一套科普图书，是一套为少年儿童准备的科学入门书，其实更是一部国人认识和探索科技世界的史书，是一部蕴含着建国以来中华文明精神图谱的可贵资料。

关于《十万个为什么》的印量，据统计，自出版以来累计印刷超过了1亿册。叶先生介绍，该书最初出版时并未被看好，1961年4月第一分册开机只印了5000册，这个印量是偏少的，可以看出出版社的谨慎与试探。面世以后，其效应慢慢凸显，读者的反应和各类媒体的评价让这部书逐步火了起来，据说，越南领袖胡志明的书房里也收藏了这套来自中国的科普丛书。可以说，《十万个为什么》是依靠自身的质量和魅力，由下而上，逐渐被广大读者所认识和接受的。

在叶永烈先生讲述了这部书前世今生的历史之后，我的思考是，成就这个不老传奇的原因有三个。一是走"群众路线"，《十万个为什么》写的是普通读者都愿意学的科普知识，用的是普通读者都听得懂的通俗语言，卖的是普通读者都消费得起的亲民价格，所以才能历经半个世纪长销不衰。二是讲"与时俱进"，

在上海图书馆与叶永烈先生合影

面对日新月异的科技新发展、新成果，这部经典图书没有固步自封，而是以开放的姿态不断修订完善，以科学的态度吸纳最新的研究成果，始终走在时代发展的前沿。三是聚"可用之才"，从当年曹燕芳编辑不拘一格选人才，给年仅20岁的叶永烈压担子，到如今115位两院院士担任编委，40多位院士亲自撰稿的超强阵容，这部大书的不老传奇可以说是一流的人才成就了一流的经典。

二〇一四年三月三十日写就

好书伴我梦回隋唐

——听叶开讲《隋史遗文》

今天，我们身处一个由微博、微信、微电影主导之下的小时代，人们似乎热衷谈论阅读，却很少有人能够静下心来看完一部长篇小说。不过，如果我们愿意亲近书香，首先应该从茫茫书海中选择一本值得一读的好书。近日，著名作家、《收获》杂志编辑部主任叶开先生做客上图讲座，与听众分享了一本好书——长篇小说《隋史遗文》，将我们带入那个令人神往的隋唐时代。

为什么会选择介绍《隋史遗文》这部书？叶开老师坦言，他特别喜欢阅读隋唐历史方面的书籍，对隋唐英雄谱的人物和故事可说是如数家珍。在众多关于隋唐历史的古典小说中，《隋史遗文》的知名度虽然没有《隋炀帝艳史》和《隋唐演义》那么高，但它确是被人们忽视的一本好书。《隋史遗文》创作于明末，其作者袁于令生活于明末清初王朝更迭的时代，他先入仕后遭罢官，曾在创作母本上做过多次修改和增删。由于在崇祯末年曾被作为禁书，所以鲁迅的《中国小说史略》中并未提及此书，直到版本目录学家孙楷第先生 1931 年去日本抄录书目，方才见到此书，将其记录在他所著的《日本东京所见中国小说书目》中。

叶开老师在华东师范大学中文系获得文学博士学位，主攻现当代文学。他结合《隋史遗文》这部长篇小说，为我们讲述了中

《这才是中国最好的语文书·小说分册》封面及扉页题词书影

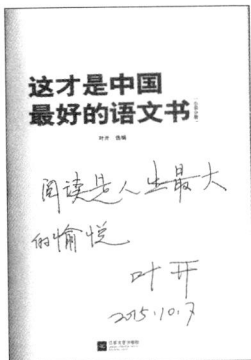

国小说发展的两个源头。一个是志怪类小说，所谓志怪，就是记录怪异的事情，以记叙神异鬼怪故事传说为主体内容，产生和流行于魏晋南北朝，与当时社会宗教迷信和玄学风气以及佛教的传播有直接的关系。代表性作品有张华的《博物志》、干宝的《搜神记》等。另一个源头是从司马迁的《史记》发展而来，后又分为英雄传奇和历史演义两个脉络，《隋史遗文》是属于英雄传奇这一分支。演义类的小说基本遵循了历史史实，而传奇类小说则要有一定的娱乐性，其特点是主要人物脸谱化，这大概与传奇小说多由民间说书人的话本演变而来大有关系。

在讲座现场，叶开老师向我们展示了《隋史遗文》的多个版本，这些书在出版时的印数都比较少，如今早已成为奇货可居的绝版书。不过，这部书的价值不仅在于它的版本，叶开老师通过潜心研究，为我们总结出三个方面的价值。一是在《隋史遗文》中，隋唐好汉首次以草莽英雄的形象出现。比如，关于秦琼的身世，书中写秦琼的祖父、父亲都是战死沙场的大将，临终前托孤，将秦琼交给民间普通人家（程咬金的妈妈）抚养，这个故事

341

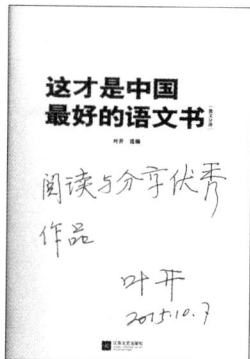

叶开的题词道出了编选这套书的初衷

就是《隋史遗文》独创的，后来的《隋唐演义》对此有所借鉴。二是这部书塑造了秦琼这样一个符合儒家传统道义的英雄形象，在秦琼身上，充分展现了讲信义、尊师长、重友情等儒家价值观念。三是书中描写的隋末英雄好汉，个个身怀绝技，期待投奔真龙天子为国效力，这也是一种儒家入世观念的体现。

我是通过读报，最初知道了叶开老师的名字。在我闲暇时喜欢翻阅的《文汇报》《东方早报》上，经常可以读到署名叶开的文章，或论语文教材的得失，或评网言网语的优劣，语言犀利幽默，充满智慧，每次读罢必有收获。后来我才知道，这些文章的作者本名廖增湖，广东廉江人，叶开是他的笔名，上世纪90年代初毕业于华东师大中文系，现在担任《收获》杂志编辑部主任，他对现行语文教育有着深入的研究，近年来编写的《这才是中国最好的语文书》得到了教师和家长的认可。这套书我买到了其中的小说、散文、诗歌等多个分册，粗略一翻目录就知道编选者的眼光不俗，又岂止是不俗，这根本就是一个资深书虫开列的私房书单嘛。因此，除了自己阅读之外，我还将其推荐给身边的

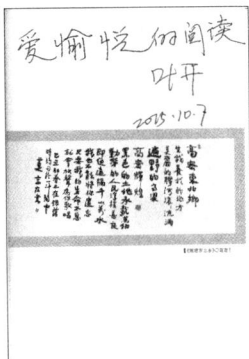

这是叶开研究莫言的一部专
著，我买到的是毛边本

有孩子的朋友们。可以说，叶开老师编选的文章在文学性、思想
性、趣味性方面都有可圈可点之处，与我们早已习惯的传统语文
教材确实有很大不同。我想起自己读中学时印象特别深刻的是一
套"中学语文自读课本"，收录的都是语文教材之外的名篇佳作，
其中几册的书名是《我在北极光下》《黄河之水天上来》《长城万
里行》，一听就很有诗意，我常常读得如痴如醉，对文学最初的
热爱，或许就在这样的阅读中萌生并孕育。

　　我想，通过叶开老师选编的这套书，读者可以从中感受到语文
的独特魅力，懂得欣赏美的文字，进而爱上阅读和写作，使自己的
人生变得更加丰润而精彩，岂非功莫大焉。趁着叶开老师举办讲座
的难得机会，我将这套书悉数带到了讲座现场，叶老师听了我对这
套书的由衷赞美，乐得开怀大笑，不仅为我签名留念，还和我交换
了联系方式，作为读者，我期待叶开老师编写更多的好书问世。

二〇一五年十月十日于入梦来斋

（原载 2015 年 12 月总第 147 期《上图讲座》专刊）

没有"爱"万万不能

——听潘知常讲中外文学名著

上海图书馆的都市文化系列讲座在读者和听众中间广受欢迎，近期，该系列郑重推出"重读经典"专题，旨在引领读者重温经典，更好地理解当下的时代精神。5 月 18 日，南京大学新闻传播学院教授、博导、知名学者潘知常先生为读者开讲，主题为：以爱之名——从西方的《悲惨世界》看中国的《三国演义》《水浒传》。潘教授的讲课视角独特，观点新颖，启人深思，让我们在阅读中外名著中感受到一份深沉的"爱"。

潘知常教授是国内研究美学的知名学者，近些年更是为提倡阅读经典而不遗余力地进行宣讲。讲座一开始，他就提出当代人读书面临的两个困境，其一是：所有人的阅读都是被指定好的；另一个则是：我们不知道该读些什么。潘教授明确提出，我们要读的，应当是"500 年前就要读的书和 500 年后人们还会读的书"，也就是经典名著。

从读经典自然地过渡到西方和中国的三部文学经典名著:《悲惨世界》和《三国演义》《水浒传》。潘教授认为，这三部书都写了人类的苦难，但是对于苦难的根源，却有不同的理解。《三国演义》和《水浒传》写的是中国历史上最严峻的苦难，包括连年的内战，官场的黑暗，奸臣当道，民不聊生，并把苦难的源头归

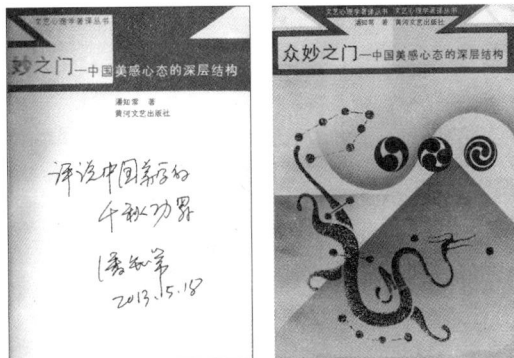

《众妙之门》封面及扉页题
词书影

结为社会，拯救的办法就是"改朝换代"。《悲惨世界》被认为是
"人类苦难的百科全书"，冉阿让、芳汀、珂赛特……在他们的生
活中，苦难始终存在，而雨果把这一切苦难的根源归因于"失
爱"，人与人之间失去爱和关怀，才带来了苦难和罪恶。

　　面对苦难，如何去拯救，这是人类必须回答的永恒命题。潘
教授归纳出，三部名著为我们展现出面对苦难的五种态度。一是
堕落。比如《悲惨世界》中的德纳第夫妇，本是处于社会底层的
人，却在苦难面前选择了堕落，沦为贪婪、欺诈、丑恶的小人。
二是非常时期的革命姿态。如《悲惨世界》中的马吕斯，为了拯
救民众高举革命大旗，义字当先。三是正常时期运用法律手段。
比如《悲惨世界》中的沙威，他始终坚信法律的公正和权威，但
却往往放过了真正的坏人，惩罚了好人。真是成也法律，败也法
律。法律无法战胜罪恶，这是法律自身的缺陷造成的。四是复
仇。这是中国所独有的，也即"惩恶扬善"，在《三国演义》《水
浒传》中所常见的就是这种方式——暴力。用现实法庭去审判造
成苦难的罪恶。五是爱与悲悯的态度。《悲惨世界》中的米里哀

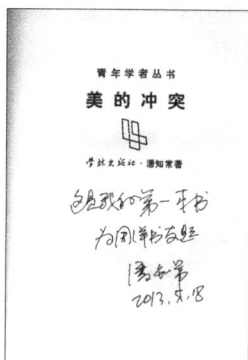

《美的冲突》是潘知常教授的第一本书

主教对冉阿让的爱与悲悯是显而易见的，他曾说过"如果您从那个苦地方出来后对世人都怀着憎恨，那可是太可怜了，如果您能对人家都还怀着慈善、仁爱、和平之心，那您就比我们中的任何人都高贵。"

潘教授最后指出，《悲惨世界》与《三国演义》《水浒传》的区别，归结到一点，就在于终极关怀与现实关怀的不同，这也是"苦难美学"给我们的启迪。当一个人把自己的目标提高到人自身的现实性之上，当一个人为某种美好的理想而追求、而苦恼、而受难，他就获得了一种真正的人的生活，他也就把自己造就为一个真正的人。人就是他自己造就的东西。人就是人的可能性。我们不是通过现实性来走近人，而是通过可能性来走近人。打个形象的比方，萤火虫是一种指示物种，它虽渺小，但在黑暗中传递了光明。

我收藏有潘知常先生的两部学术著作。《美的冲突》，学林出版社 1989 年 3 月出版，首印 5000 册，系该社"青年学者丛书"之一种，这本书的责任编辑陈达凯先生是著名的出版人，曾主持引进史景迁、孔飞力、依田憙家等海外知名汉学家的著作在中国大陆出版，获得过"国家图书奖"与"中国图书奖"等重量级荣誉。书前有当代文艺理论家、批评家吴调公先生所作序言，吴先生曾担任江苏省美学学会第二届会长，是美学研究领域德高望重的前辈学人，他和潘知常只有文字交往，素未谋面就慷慨赐序，体现了扶掖新人的古道热肠。潘知常先生在这部书里用5篇13章的架构，讨论了中国三百年来的美学思想，阐述了西方美学对近代中国的影响，重点论述了王国维、鲁迅等人的美学追求。潘知常教授见到这本20多年前的旧书，显得非常高兴，笑问："你怎么把我的第一本书带来了？我自己的也都送人了。"我请他签名留念，他问了我的名字，写下"这是我的第一本书。为周洋书友题 潘知常 2013.5.18"。

我收藏的另一本潘知常著作是《众妙之门——中国美感心态的深层结构》，黄河文艺出版社 1989 年 7 月出版，与前一本书的诞生仅隔了 4 个月，潘知常教授在自己 33 岁那年的思如泉涌、厚积薄发，由此可见一斑。该书是由中国文艺理论学会副会长

在上海图书馆与潘知常教授合影

没有爱
万万不能
潘知常
2013.5.18

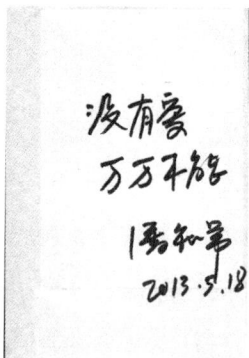

听完潘知常教授的讲座，对这句题词有了更深刻的理解

鲁枢元教授主编的文艺心理学著译丛书之一种（全套共计 9 种），侧重于从美感心理的角度去观照中国人的审美体验，这在上世纪 80 年代不失为一种富有前瞻性的学术探索。在书的扉页，潘教授题写"评说中国美学的千秋功罪 潘知常 2013.5.18"。应我要求，他又为我题写了讲座中的金句"没有爱万万不能"。他的谦和礼让、温文尔雅，给我留下了深刻的印象。

一场讲座带给我无尽的思考，思考人性的美丑善恶，思考信仰的远近疏离；一次讲课为我打开阅读名著的一扇窗，让我看到了东西方文化的差异，让我认识到"爱"对于人类的深远影响和价值。听潘知常教授的讲座，不仅是在随他一起读名著，更是追随他领悟人生的真谛，正如他的谆谆告诫："要像学会走路一样学会爱，学会信仰，学会终极关怀。"这些话语，无疑为我们的人生旅途注入了无穷的正能量。

二〇一三年六月八日

（原载 2013 年 8 月 14 日《艺术家报》）

348

当代艺术的前世今生

——听刘骁纯谈当代艺术

又是一年春来到，正是读书好时光。借当代艺术研讨会的契机，喜马拉雅美术馆邀请到著名的美术理论家、批评家刘骁纯先生举办讲座，题为《我所理解的当代艺术》。讲座面向内部资深会员，名额有限，我有幸受邀参会，聆听刘先生讲述当代艺术的前世今生，自觉获益匪浅。

举办这场讲座的喜马拉雅美术馆坐落于浦东花木，是由证大集团投资建造的一座新型美术馆，其独具匠心的设计，别出心裁的布展，处处闪现着当代艺术的美感和灵感。以刘骁纯先生在当代美术评论界的声望，讲座吸引到众多有志于艺术创作的青年听众，大家翘首以盼先生的到来，而当他出现在讲座现场时，迎接他的是雷鸣般的掌声。先生微笑着向大家致意，深邃的目光扫视全场，像一位智慧的长者，安静而深沉。他一边播放幻灯片，一边结合自己的分析娓娓道来。从写实形态的达·芬奇、米开朗基罗，到写意形态的八大山人、白石老人，再到抽象形态的康定斯基、莫奈，以及野兽主义、立体主义、表现主义、极少主义，中西方各种美术流派一一登场，各派代表人物和经典画作纷纷亮相，为我们呈现出一幅世界美术发展史的脉络图谱。刘骁纯老师在结束了言简意赅的评点之后，突然话锋一转，郑重地指出，杜

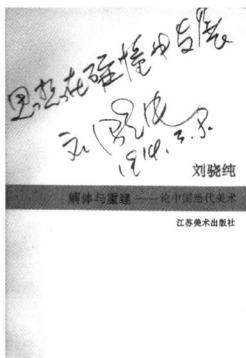

《解体与重建》封面及扉页
题词书影

尚的出现，是一个划时代的转变，杜尚是一个超前的天才，他用一个"现成品"的概念，使得反艺术的艺术成为可能。比如一个自行车轮圈加一把凳子，再比如那个极富争议的马桶。而直到若干年后，艺术界才意识到杜尚及其作品的非凡意义，在他之后，当代艺术沿着他所划定的路向蓬勃地发展起来。

早在上世纪 80 年代，刘骁纯先生就已在美术批评领域享有很高的声望。那时他担任《中国美术报》的主编，以敏锐的视角和前瞻性的预见，报道介绍了国外最前沿的艺术思潮，并为一些颇有才华的国内年轻艺术家提供崭露头角的舞台，他们如今大多已成长为国内艺术界的中坚力量。刘骁纯先生的学术贡献，一言以蔽之，就是以形态学的视角来解读人类艺术史。他的成名作是写于 1981 年的硕士毕业论文《致广大与尽精微——秦俑艺术略论》，这篇文章从秦俑"大气磅礴"和"表情呆滞"的直观矛盾入手，通过入情入理的美学分析，得出了富有创见性的学术结论，被多个大型学术刊物发表和转载，一炮而红，为他带来极高的声誉。

《从动物快感到人的美感》初版本封面及扉页签名书影

书山有路勤为径，学海无涯苦作舟。任何有分量有价值的学术成果，都离不开艰辛的努力和生活的磨炼。刘骁纯先生的学术历程也是如此。他 1941 年生于河南洛阳，1966 年毕业于中央美术学院美术史系，受过非常专业的学术训练。然而，正当他希冀着有所作为时，却碰上了"文革"来临，他在暗淡的岁月里仍旧坚持读书钻研，没有让自己的生命在喧闹中蹉跎。1979 年，中国艺术研究院研究生部开办首届研究生班，38 岁的刘骁纯以陕西省群艺馆职工的身份考入该院读研，师从著名的文艺理论家、美学家、艺术教育家王朝闻先生，攻读美术历史及理论。王朝闻先生的红学研究力作《论凤姐》，相信很多红迷朋友都不会陌生，书中大量运用辩证法的观点将凤姐的多重性格剖析得入木三分。这种精妙的辩证观对刘骁纯影响很大，他追随王先生从马克思的思想体系追溯到黑格尔的辩证法以及整个西方哲学，兼及中国的阴阳学说和老庄的辩证思维，通过对矛盾、悖论和二律背反的深度钻研，大大拓展了他的学术经纬，也为他在此后的治学生涯中自由驰骋于古今中西的思想园地奠定了基础。

讲座结束后，我走到刘骁纯先生身边，把我近期阅读贡布里希的《艺术的故事》、苏立文的《20世纪中国艺术与艺术家》等书籍的心得与他交流。刘先生热情地与我攀谈起来，交谈中得知，他仍然在不断完善自己的形态学思考的理论框架，希望建构有中国特色的当代艺术批评理论体系。

　　我拿出珍藏已久的他的著作《解体与重建——论中国当代美术》，江苏美术出版社1993年10月一版一印，这部极具分量的学术著作在当年仅印刷了2000册。书中精选的61篇学术文章一部分重在"解体"，打破面对人类艺术史的思维定式，另一部分重在"重建"，即建立新的审美认知体系，集中反映出刘骁纯深刻的思想维度和高超的学术造诣。他笑言："这本书当初印得少，现在不好找，连我自己也没有了。"说完，欣然提笔写下"思想在碰撞中发展"，作为给我的勉励。

　　还有一本《从动物快感到人的美感》，是他的博士论文，曾得到著名美学家刘纲纪先生的高度评价。是书由山东文艺出版社1986年出版，收入该社的"文化哲学丛书"，同为这套丛书作

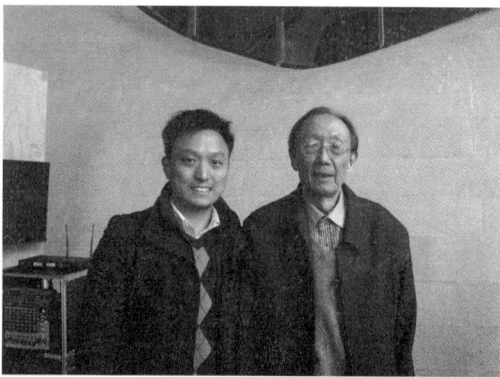

与刘骁纯老师在喜马拉雅美术馆合影

者的刘小枫、谢遐龄等人，都已成为活跃在当今学界的重量级学者。刘先生笑称他的几本著作我都有了，上海的爱书人不少啊。就这样，在愉快的气氛中，我们一同合影，留下了永久的纪念。

二〇一四年三月十五日

（原载 2015 年 6 月 7 日《艺术家报》）

真情铸就永恒的魅力

——听陈少云讲麒派京剧艺术

2015 年 1 月 10 日下午，上海图书馆举办新年首场公益讲座，相信参与活动的全体观众都有一个共同的感受，如果用一出传统京剧《萧何月下追韩信》中的著名唱段来形容，那就是"三生有幸"。为纪念麒派京剧大师周信芳诞辰 120 周年，刚刚获得"上海文学艺术杰出贡献奖"的著名京剧表演艺术家陈少云先生，携夫人以及 3 位入室弟子作客上海图书馆，与著名艺术评论家谢春彦先生共话"麒派的永恒魅力"。陈少云老师不仅分享了他爱戏、学艺的舞台生涯，而且与夫人、弟子一起，现场表演麒派经典唱段，台上台下热情互动，一招一式都赢得满堂喝彩。

由京剧艺术大师周信芳先生开创的京剧老生"麒派"表演艺术，是京剧表演艺术中的璀璨瑰宝，更是海派文化的重要组成部分。麒派艺术的永恒魅力何在？麒派艺术的永恒魅力何来？在笔者看来，这两个问题的答案可以用一个"情"字来概括，是真情铸就了麒派艺术的永恒魅力。

首先，是真心热爱麒派京剧艺术的款款深情。陈少云先生虽出身于梨园世家，但其父不愿让他学戏，他凭借对麒派老生戏发自内心的喜爱，一边模仿一边下功夫学习，8 岁时就登台演出麒派传统剧目《徐策跑城》。陈少云先生坦言，周信芳大师是麒派艺术的一座高山，他是用真情实感去塑造角色，无论演哪个人物，首先自己心里要有这个人物，带着真情去体会人物的喜怒哀乐，先感动自己，再感动观众。陈少云先生所总结的这些特点，也正是他身体力行一以贯之的做法。他现场结合戏中的宋江、萧何、徐策等人物，从一个动作、一个步法、一个表情、一个神态入手，细细剖析，娓娓道来，让听众朋友听得入神、听得着迷、大呼过瘾，在他的感染之下，我们也爱上了麒派、爱上了京剧。

其次，是亲如一家人的浓浓师生情。无论是陈少云先生对周信芳大师的景仰，对自己授业恩师的崇敬，还是他对三位爱徒的关心、爱护与鼓励，都可以看出麒派艺术尊师重道的传统美德，以及薪火相传、后继有人的蓬勃活力。在台上，师傅对徒弟悉心指导，毫无保留；在台下，徒弟对师傅尽心照顾，不离左右。如此质朴纯真的师徒情谊在物质为王的当下显得尤为珍贵、感人。我们感受到的，是国粹艺术后继有人，绵延不绝的希望火种，是人与人之间为了追求真善美而心心相印的真情流露。

再次，是夫唱妇随、比翼双飞的脉脉亲情。陈少云先生与三

在上海图书馆与陈少云先生合影

位高徒轮番登台献艺，将整场讲座的气氛不断推向高潮，台下听众已完全沉浸在麒派艺术的意境之中。很多戏迷都知道陈少云先生此番将和他的夫人杨小安女士在天蟾舞台联袂演出《清风亭》，而杨女士当天也来到了上图讲座的现场为夫君助阵，于是极力要求他们两位无论如何要先为大家唱上一段。陈少云先生饱含深情地介绍说，夫人原本是擅长唱老旦的京剧演员，为了支持自己的演艺事业，后来转行做了行政管理工作，言语间对夫人的成全与支持心怀感恩。他们两位的表演心有灵犀，鸾凤和鸣，配合默契。我想，这也是麒派艺术的独特魅力之一吧。

京剧作为我国的国粹艺术，其独具特色的文化风格早已为世界所知晓、为历史所证明。这些年，我也收藏和阅读了一些关于京剧的书籍，主要有章诒和的《伶人往事——写给不看戏的人看》、梅兰芳的《舞台生涯四十年》《齐如山回忆录》《京剧谈往录》、黄裳的《旧戏新谈》、徐城北的《京剧一百题》等，多是匆匆翻阅，未及细读。一个粗略的感受是：京剧中有历史智慧，有世事变幻，有人生无常，这一唱三叹、手眼身法步中蕴含了太多太多中国人的趣味与情怀。

据悉，纪念周信芳大师诞辰 120 周年的系列主题活动将陆续走进上海市民的视野，我期待着了解到更多关于麒派、关于京剧的知识，继续感受这份用真情铸就的永恒的艺术魅力。

二〇一五年一月十一日中午于沪上入梦来斋

（原载 2015 年第 2 期总第 137 期《上图讲座》专刊）

人生多少难言事，但求戏场一点真

——听王安祈谈台湾新编京剧

上海自开埠以来，就是文明交汇之地、文化交流之所，各种思潮、各种流派、各种探索都在这里竞相登台，接受民众的检验。这让上海市民享受到了先睹为快、大饱眼福之乐。2014年4月，沪上京剧迷们迎来了宝岛台湾久负盛名的国光京剧团当家班底，由国光剧团艺术总监、台湾大学戏剧系特聘教授王安祈担纲编剧，由梅葆玖先生首席弟子、台湾京剧青衣第一人魏海敏主演的"伶人三部曲"在上海大剧院隆重亮相，这是两岸戏曲文化交流的非凡盛事，更是戏迷们不容错过的梨园盛宴。4月10日晚，《东方早报》文化讲堂邀请到王安祈、魏海敏和林谷芳，在三部大戏正式开演之前与观众见面，笔者有幸受邀来到上海大剧院，聆听这场名为"京剧在台湾：传统是永恒的时尚"的讲座。

"伶人三部曲"是王安祈老师创作的三部新京剧舞台剧:《孟小冬》(2010年创作)、《百年戏楼》(2011年创作)和《水袖与胭脂》(2013年创作)，讲的都是伶人(京戏演员)的故事。此前，这三部戏在台湾上映后，好评如潮，那优美动听的唱词，奇幻玄妙的剧情，极富文学魅力的剧本，都离不开一直在幕后贡献才华的王安祈老师。她1955年生于台北，祖籍浙江，母亲是苏州人，博士就读于台湾大学中文系，后担任台湾清华大学中文系

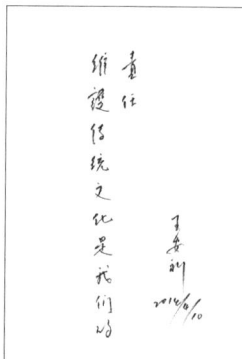

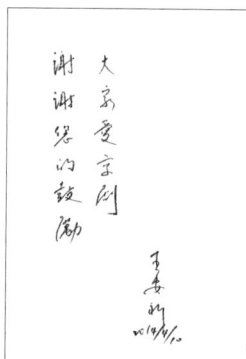

王安祈老师的题词

教授 20 多年，有着深厚的传统文化底蕴，同时又深深热爱中国戏曲。她从 1980 年代起，既为台湾的军队剧团编传统戏，也为岛内京剧革新人物郭小庄、吴兴国写戏，2002 年起担任台湾"国立传统艺术中心"下辖国光剧团的艺术总监。

王安祈老师坦言，自己从小就从唱片中听京戏，特别喜欢余派老生孟小冬的声音，因此很久以来就有一个心愿，想写孟小冬的传奇人生，却苦于找不到一个合适的视角。直到 2009 年，灵感来了。孟小冬虽然出名甚早，且有"冬皇"的美誉，可是她在舞台上的时间其实并不长，她留下来的主要是录音唱片。我们可以想象一下孟小冬对着琴师唱戏时的场景，不求观众的掌声，只为自己的心声，远离了众声喧哗，追寻自己的声音，一种澄静、淳厚、苍劲的声音。可以说，她唱戏就是在修行。因此，在王安祈创作的戏中，故事从孟小冬晚年的回忆开始，上半场只有扮演孟小冬的魏海敏一个人在唱独角戏，整个氛围苍凉、幽静，直抵人物的情感深处，也让观戏者一步步走进演员的内心世界。

《百年戏楼》的创作，缘于王安祈所在的国光剧团要为中华

358

民国建立 100 周年编写一部戏。这一百年来，作为国粹的京剧，台前幕后、台上台下有太多太多可以写的人和事，竟至于让王安祈一时无从落笔。直到有一次她在中山堂看戏，无意间的一抬头，看到一位女演员从楼梯转角款款而下，那优雅的身姿像一束电波，激发了她的灵感，脑海中立刻蹦出了四个字——百年戏楼。第一幕，写民国初年，男旦流行；第二幕，回到上海，海派时兴；第三幕，"文革"中的戏班，有告发，有背叛，也有良心的忏悔。终于成就了一部回归艺术、反映人性的精彩大戏。

谈到《水袖与胭脂》，王安祈老师显得兴致颇高，格外动情。这出戏写的是杨贵妃与唐明皇的爱情，为了有别于《长生殿》《梧桐雨》《太真外传》等经典曲目，王安祈自问：杨贵妃身死马嵬坡前的那一刻，她最割舍不下的应是哪两件事？其一应是惦念年老的唐明皇未来的生活；其二则是自己为情而亡，唐明皇却还活着，他会感到悔恨吗？他还欠玉环一个道歉吧？于是，在王安祈的生花妙笔之下，虚构了一个梨园仙山，让杨贵妃听到了老年

与王安祈老师在上海大剧
院合影留念

359

唐明皇孤独凄凉的哭泣和悔恨。水袖翩翩惊鸿舞，一抹胭脂泣残红，万千心事且向戏中寻。如梦如幻，孰真孰假，让观众感动中生感慨，感慨中有感怀。王安祈老师运用戏剧手法一语点醒梦中人，假作真时真亦假，情到深处事亦真，人生的感情是随着情境变化而变化的，没有真诚不真诚的区分，情到深时不必去问是真是假。人生没有做过的事，永远会后悔，此时唯有戏是真的，艺术保留下这一刻的真，就化为永恒！是谓：人生多少难言事，但求戏场一点真。

王安祈老师回首自己30多年的编剧生涯，感慨万千。她说，年轻时一心追求曲折离奇、紧凑精练的剧情，现如今，试图寻找的戏是向内深掘，挖掘连自己都说不清楚的潜意识，这与中国文学往内深省的抒情传统是相通的。从这个意义上说，一出戏就像一首诗，追求的是内心沉淀已久的感情和境界。

我不是京剧戏迷，亦非梨园中人，对国粹艺术传统京剧素来怀有敬慕之心。此前对台湾的新京剧了解甚少，这次听了王安祈老师富有思想深度和充满文学意味的介绍，我深深地感到，她所做的这一切努力，既是对传统艺术的升华和再创作，也是海峡两岸有识之士对中华文化的认同与确认。大陆和台湾隔海相望，血脉相连，在历史上同宗同祖，在文化上一脉相承，两岸民众需要像王安祈老师这样的交流、互动和创新。惟其如此，我们才能有充分的自信，实现祖国的统一大业。我想，这是每一个炎黄子孙共同的期盼。

二〇一四年四月十九日夜于入梦来斋

方寸之间显功力

——听韩天衡讲书画印收藏与鉴赏

今年 7 月 22 日，上海图书馆在盛夏酷暑之中迎来了建馆 60 周年纪念，作为沪上读书人的精神家园，上海图书馆在一个甲子的风雨沧桑中，始终不忘宗旨，服务读者，可谓功莫大焉。为纪念建馆 60 周年，上图特别策划举办 8 场"大家讲坛"系列活动，邀请到文学、哲学、艺术等领域的知名专家为读者开坛论道。笔者有幸聆听了其中一场，由著名的书画篆刻家韩天衡先生主讲"书画印艺术鉴赏"，深感受益匪浅，久久难忘。

韩天衡先生在艺术界享有极高的声望，他在书法、国画、治印这三大艺术门类都有着非常高的成就和造诣，被誉为"书、画、印三绝"，是当代综合素养深厚而全面的艺术大家。当天的讲座现场，等待验票的读者早早地就排起了长龙，开讲后座无虚席，连走廊和过道里都站满了人，几乎所有的听众都专注地听完了整场讲座而少有提前离场，人们用这种无言的方式表达着对这位年过七旬的老艺术家发自内心的尊敬与爱戴。

讲座不同于书本的魅力，在于它能够通过主讲者的积累和提炼，给予听众信息量密集的经验和教益，使之有"听君一席言，胜读十年书"的感受。韩天衡先生的讲座显然没有让炎热天气中翘首以待的听众们失望，他开门见山，直奔主题，所谈皆是普通

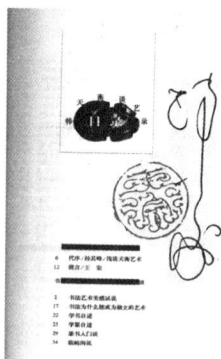

《韩天衡谈艺录》封面及扉页签名钤印书影

市民百姓热心关注的话题，辅之以他独特的认知与感悟，常使人有醍醐灌顶、豁然开朗的感觉。比如他针对艺术品收藏走进千家万户，而人们对收藏的标准莫衷一是的问题，用高度概括的话语提炼出"收藏四字诀"——真、精、新、少。"真"即收藏艺术品最重要的一条必须是真品，赝品和伪作的价值会大打折扣；"精"指的是在真品的基础上要努力收藏艺术精品，敷衍应景之作与呕心沥血之作在收藏价值上有着天壤之别；"新"则是指收藏品的品相要尽可能新一些、保存得好一些，给人以赏心悦目的美感；"少"讲的是物以稀为贵的道理，存世量少的藏品更值得珍藏。再比如，韩先生将书画鉴定的方法形象地概括为"目测心研法"，强调了眼力的培养与学识的积累对于书画鉴定的关键作用，可谓一语中的。

在艺术界，韩天衡先生不仅是一位杰出的实践家，而且还是一位出色的理论家。他谈艺论学的文章，笔墨清新，言之有物。深入，能令内行折服；浅出，能让外行理解。他关于艺术的观点"与古人为伍，推新出新""不可无一，不可有二"都极富辩证法

362

《改瑕归正》体现出韩天衡
治印的高超水准

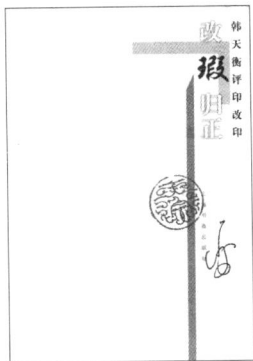

的魅力，启人心智。我曾在旧书店淘得韩天衡先生的艺术随笔集《韩天衡谈艺录》（中国青年出版社2000年8月1版1印），书中对中国古今画家、篆刻家作品的艺术鉴赏方法作了新颖独到的分析，从中可见韩先生的艺术思想和研究路径，让我眼界大开。寒斋书房还有一册《改瑕归正：韩天衡评印改印》（上海书画出版社2006年7月1版1印），汇编了韩天衡先生为徒弟评改篆刻作品的实际案例近200篇，选例精当，文辞优美，对每一件作品的优缺点都有具体而细微的批改和评点，即使外行如我，也能触类旁通地从中获得很多启发。

在这次讲座中，韩先生为人为文的风格再次得到充分体现。他的语言亲切、平实，言谈中闪现着思辨的光芒，书画界的掌故轶事如数家珍，收藏界的奇闻趣谈娓娓道来，如同品茗闲谈，却又包含着丰富的历史、器物、社会、文化知识，使听者为之着迷。他谈到书画鉴定的难度很高，但最管用的方法就是"看一根线条"，因为最深刻的本质往往通过最简单的现象呈现出来，书画作品中看似不起眼的"一根线条""一段树桠""一朵花瓣"，

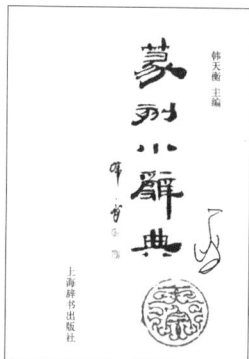

韩天衡编写的一部非常实用的工具书

就能够看出书画大师们在功力、性情、学识等方面的差异，从而辨别作品的真伪。这种由小及大、由点及面、由表及里、由此及彼的辩证思维，让听众在惊异之余流露出会心的微笑。

韩天衡先生在讲座中不仅谈收藏、论鉴赏，更带给听众对人生、对艺术的思考和启迪。在谈到艺术品拍卖如火如荼、投资收藏迅速升值的同时，他坦言自己虽喜好收藏，却从不涉足买卖，已将个人收藏的多件艺术珍品无偿捐献给国家。这种淡泊名利的价值观，使我们对这位德艺双馨的老艺术家肃然起敬。

讲座结束后，众多热心听众围拢上前，请韩先生签名留念。他不顾年事已高且已演讲两个多小时的辛劳，一一满足听众的要求，始终面带微笑，言行之间尽显大家风范，实在是"春风大雅能容物，秋水文章不染尘"，令人可敬可佩。

二〇一二年八月五日于沪上入梦来斋

（原载 2012 年 8 月 24 日《艺术家报》）

出身名门鉴名画

——听徐小虎谈重建中国绘画史

11月4日，晴空万里，秋高气爽，全然没有诗人陆游笔下"十一月四日风雨大作"那样的天气。然而，对于这天下午上海美术馆四楼演讲厅的百余名听众来说，却不亚于经历了一次艺术观念上的"风雨大作"。来自英国牛津大学东方研究所的著名艺术史学者徐小虎先生，为宣传其新作《被遗忘的真迹》来到上海，并以一场立论新颖、观点犀利的精彩讲座奉献给沪上的艺术爱好者。讲座由专栏作家小宝主持，中国美术学院教授、博导范景中先生、英国伦敦大学语言学博士倪亦斌先生作为嘉宾参与其中。

徐小虎先生的大作《被遗忘的真迹：吴镇书画重鉴》由广西师大出版社新近出版。此书的英文版曾于1995年由香港大学出版社出版，在书中，徐小虎以元代画家吴镇（公元1280—1354年）为研究对象，对其存世画作逐一进行严谨细致的分析鉴赏，认为仅有四幅是真迹，而其余均为仿造、复制和伪作。这意味着众多学者过往的研究成果，都成了沙上建塔，而各大博物馆所珍藏的吴镇"名迹"其实皆是伪赝之作。

凭借这一研究成果，徐小虎同时开创出一套完整缜密、科学严谨的艺术史研究方法论，她称之为"结构、形态与笔墨行为"

相结合的分析方法。这些年来，她不遗余力地推介这一研究方法，并用十年时间对著作进行全面的修订，而此书译成中文又用去近十年，著、译都可谓"十年磨一剑"，用力甚勤，成就了这部艺术史上的精品力作。徐先生在讲座中的核心观点即是对书中精髓的阐发与延伸，就是要用西方艺术史研究的方法鉴别中国传统古书画，颠覆以往的认知判断，重建绘画史的价值体系。这一构想何以成为可能，笔者认为有三点原因值得一说。

其一，是得天独厚的家学渊源。徐小虎先生的祖父是北洋军阀时期皖系名将徐树铮，13岁中秀才，21岁当上段祺瑞的副官，不费兵刃使外蒙古回归中国版图，且精于书法，擅长古诗文。父亲徐道邻是民国宪法先驱，曾留学德国并获得法学博士学位，后回国从政，再赴美任教于多所大学。母亲徐碧君是德国人，姑姑徐樱是昆曲家且精于绘画，姑夫李方桂是语言学家。徐小虎可谓是一代名门之后。书香门第，耳濡目染，使她受到良好的早期教育和艺术熏陶，又因其父辈与台北故宫博物院掌门人私交甚笃，可以近距离观摩稀世藏画，为其日后的研究提供了绝佳的机缘。

与徐小虎先生在上海美术馆合影

其二，是敢于质疑权威的过人胆略。古希腊哲人亚里士多德尝言"吾爱吾师，吾更爱真理"。此语若用来形容徐小虎的研究历程可谓贴切之至。她在美国普林斯顿大学曾受教于名师方闻先生进修中国艺术史，按照老师传授的方法，经过收藏家王季迁先生的点拨，结合日本学者在中国绘画研究方面的经验，在结构分析的基础上，辅以时代风格进行合理的推论，逐步形成自己的研究理念："一个画家的特定的笔墨风格只出现在绘画发展历程中的某个特定的阶段"。她运用此法对存世的吴镇书画进行鉴定，得出颠覆性的结论，可她的老师方闻却不予肯定，反将她称为"麻烦制造者"。徐小虎曾因此一度屡遭碰壁，但她坚信真理，坚信自己的研究成果，这份坚持终为她开启了理解之门，目前学术界已普遍认可她的研究判断。

其三，是实证与鉴赏相结合的科学方法。即便不是书画史研究的专业人士，只要稍具艺术鉴赏能力，也能轻松理解徐小虎的研究方法，因为其论述过程可谓抽丝剥茧，逻辑清晰，脉络分明，颇有读侦探小说推理破案那样的引人入胜。徐小虎的研究有一个显著特点：对所要研究和鉴定的作品，绝不预先带有真伪的概念，而将其全都视为有"疑问"的作品，抛弃历史的先见和已有的定论，通过对宋、元、明的绘画风格和画家笔墨的比较，再辅之以先前从文献中获得的线索相互印证，既大胆而又合乎逻辑。正如她所说："真正的艺术爱好者应带着开放的态度去探索，以开放的心灵观看，研究艺术品本身，而不是先入为主地接受既定的说法。惟有如此，我们才能较有把握地辨识那些具有真迹功能的传世之作。"（《被遗忘的真迹：吴镇书画重鉴》第 109 页）

徐小虎先生的讲座和她的著作一样，带给我们对真、善、美的渴求与探索。我们从中学到的，不仅是关于中国书画鉴定的方法，还有对中国人价值观和文化观的重新思考。

二〇一二年十一月十日于入梦来斋

（原载 2012 年 12 月 30 日《艺术家报》）

留住乡愁是我们共同的心愿

——听阮仪三讲古城保护与利用

同济大学国家历史文化名城研究中心主任、教授、博士生导师阮仪三先生，自上世纪 80 年代以来，矢志不渝地致力于古城镇的保护，成功实现平遥、周庄、丽江、乌镇等知名古城的保护规划，被人们称为"古城卫士""都市文脉的守护者"，在国内外享有极高的声誉。近日，阮教授受邀做客上图讲座，在"文史大家讲坛"与听众见面，主讲"中国历史城市遗产的保护与利用"，分享他近期的思考心得与实践经验。

阮仪三先生专门为这次讲座拟定了一个副标题——保护传统建筑文化留住乡愁。其中"留住乡愁"四个字格外引人注目，因为在 2013 年 12 月召开的中央城镇化工作会议上，习近平总书记提出了"望得见山，看得见水，记得住乡愁"的理念。阮仪三先生评价认为，这是很有文化、很科学、很有人情味的要求。他将自己在华东师范大学出版的一本新书取名为《留住乡愁：阮仪三护城之路口述实录》，在他看来，乡愁是对故乡的思念之情，包含着家乡祖祖辈辈留下的人与人的亲情关系，而这些关系又凭藉着那些故乡的古老建筑及建筑所形成的场景、风光而存在。个人的记忆会因为感受的差异而各有不同，但却因为共同家园的连接，使我们产生诸多的共鸣，这就是我们共同的乡愁，一种对家

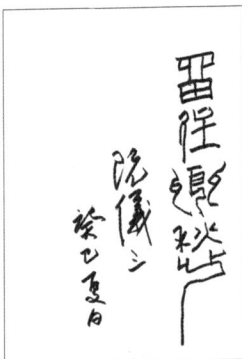

《旧城新录》封面及题词书影

园、对故土、对民族、对国家的集体情感。

在阮仪三先生的眼中，每一处古建筑都承载着丰富的传统文化内涵，并且反映出人与人之间的道德情怀。比如，在中国古代建筑规划中的"左祖右社""前朝后市""钟楼鼓楼""乡土社庙"，都体现出古人敬畏天地、尊礼崇文的精神追求。又比如，无论是北京四合院、上海石库门，还是陕北窑洞、福建土楼，大到空间的布局，小到一处天井的设置，都能看出长幼有序、内外有别的匠心独运，据此营造出阖家团聚、和睦相亲的家庭氛围，以及睦邻友好的邻里文化。可以说，各地区大大小小的民居就是中国家庭伦理文化的生动体现。

对于那些恣意开山辟地、任意改天换地的愚昧行为，阮仪三先生毫不掩饰自己的痛惜和愤怒。他把南海神庙历史环境的破坏称为人类短视行为的一次"失误"。始建于隋代，距今已有1200年历史的广州南海神庙，原本有着非常理想的历史风水格局，历代皇帝都曾在此祭祀封禅，祈望海疆和平、国泰民安。可是如今，人们只考虑发展经济，胡乱建设，神庙被电厂、船厂、化工厂以及高速公路分割包围，留给我们深深的遗憾和惋惜。

为留住乡愁，保护历史建筑，阮仪三教授并不止步于鼓与呼，更为看重的是用实际行动召唤大家一起来做实事。他带领学生进行上海里弄调查，提出上海风貌区扩区建议，徒步走访古村落写就《遗珠拾粹》，发起运河遗产调查，组建遗产保护工作营……这些卓有成效的工作，这些无私忘我的付出，都让我们有理由为这位年届八旬却精力充沛、坚守理想而百折不回的老人喝彩！这一切，都是为了留住我们共同的乡愁。

真是佩服阮仪三先生过人的精力和著述的勤勉。他一边在各处古城遗址实地踏勘，一边将自己的思考和见闻诉诸文字，这就是我们读到的《古城笔记》《上海石库门》《江南古典私家园林》《城市遗产保护论》《护城纪实》等这一领域里公认的好书。我收藏了其中的几部，闲暇时品茗翻读，自觉赏心悦目，乐在其中。我还收藏了一本上世纪90年代的油印本，题为《中国历史文化名城的类型与风貌——保护规划》，署名阮仪三，旁边还加了个括号，用圆珠笔写了"副教授"三个字，封面底端是"同济大学

与阮仪三先生在上海图书馆合影

371

阮仪三教授最早关注到江南古镇的保护与利用

建筑城规学院 一九九〇年三月"的字样，共有 15 页，完整呈现了阮教授的这篇论文，其中关于平遥古城的论述只有短短的三行字："如平遥，是山西省一座县城，保存了完整的城市和城市的格局，街巷和住房都仍是明清时代的旧物，城中许多古建筑也很有特色，具有很高的艺术价值，是一座国内仅存完整古城风貌的少数城市之一。"收在"民族及地方传统特色类历史文化名城"这一节，或可视作阮仪三教授着眼于平遥古城保护与利用的第一次文字表述。

在讲座现场，我有幸与阮仪三教授近距离接触和交流，他满头银发，身体健朗，始终微笑着与我交谈。我递上自己的藏书请他题词留念，他愉快地接过笔，写下"留住乡愁 阮仪三 癸巳夏日"，留住乡愁四个字还是韵味十足的古体字，让我倍感兴奋。

二〇一五年六月二十日于入梦来斋

（原载 2015 年 8 月刊总第 143 期《上图讲座》专刊）

作为文化宝库的一个"家"
——听周立民讲巴金和他的家

　　在中国现代文学史上，巴金先生创作的长篇小说《家》既是一部家喻户晓的名著，也是一部长销不衰的经典，1952 年之前就印刷了 33 版，在人民文学报社出版的现代文学著作中，《家》的销量至今排名第一，以至于香港文学史家司马长风将其称为"新文学第一畅销书"。那么，这位文学巨匠自己的家是怎样的？一直以来就是广大读者非常感兴趣的话题。2015 年 11 月 15 日下午，上海图书馆邀请周立民先生主讲"走进巴金的家"，通过"家"的视角去探寻一位伟大作家的精神世界。

　　由周立民来讲述巴金的家，真是再合适不过的人选。自从上海巴金故居纪念馆筹建以来，周立民就一直担任着常务副馆长一职，具体组织实施巴金故居的抢救、整理、修缮和研究工作，同时他也兼任巴金研究会的常务副会长，在纪念巴金、研究巴金、宣传巴金等工作中投入了巨大的精力。近年来，他厚积薄发，出版了多部关于巴金及其生平的研究专著，将与巴金相关的各类展览办到了杭州、西安以及日本东京等地，取得的成绩和反响有目共睹。可以说，巴金一生中居住时间最长的"家"——上海武康路 113 号，就是周立民每天工作和研究的地方，耳濡目染，念兹在兹，对于巴金的家，他最熟悉也最有心得。

《〈随想录〉论稿》精装毛边本封面及扉页题词书影

讲座中，周立民从三个层次来叙述巴金先生的"家"。一是物理空间层面的家，包括巴金从故乡四川到上海所居住过的各处寓所，以及他们家的花园、家具等物质形态的家。二是记忆世界里的家，即巴老的家庭和家里家外的故事，以及在他的作品中通过文字流传下来的关于家的记忆。三是文化宝库意义上的家，巴金生前留存的大量的文献资料以及其中所蕴含的精神财富，无疑是一座有待开掘的文化宝库，这一点可能会被人们所忽略，但随着时间的推移，其价值愈发凸显，逐渐成为历史长河中的巴金之"家"最闪光的一部分。

物理空间概念上的家，有的已经人去楼空，甚至荡然无存。比如，他在四川成都正通顺街98号的家，解放后成为成都军区战旗歌舞团的驻地，现在已改建成影剧院。有的毁于战火无从寻觅，比如，他1929年居住的上海宝山路宝光里14号，是他创作《家》的地方，后来毁于"一·二八"事变中的日军炮火，在那里他度过了一生中创作力最旺盛的时期。记忆世界里的家，我们可以从巴金的作品中读到那些怀念萧珊、写给端端、关于小狗包

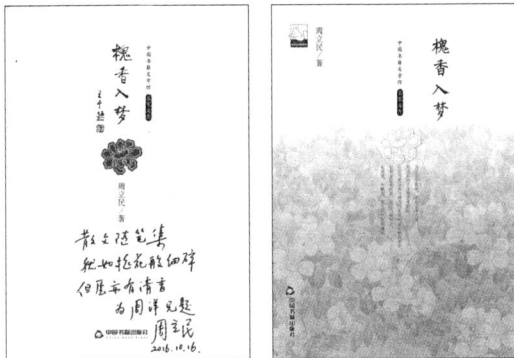

弟等饱含深情的文字，还有沈从文、汪曾祺、黄裳等作家的文章中也有关于巴金家庭的零星回忆，每一位感兴趣的读者都可以去品读和欣赏。

而作为文化宝库的巴金的"家"，则需要我们从物理空间中去寻觅，从记忆世界里去体味，再与我们每个人的生活进行比照和反省，才能有思想上的冲击和情感上的共鸣。比如，什么才是一个家真正的财富和财产？对于钱财，巴金始终看得非常淡，他的第一笔稿费赠送给了朋友，在建国后没拿过国家一分钱工资，并且直到晚年也没有停止过捐款。他在散文《爱尔克的灯光》里这样写道："'长宜子孙'这四个字的年龄比我的不知大了多少。这也该是我祖父留下的东西吧。最近在家里我还读到他的遗嘱。他用空空两手造就了一份家业，到临死还周到地为儿孙安排了舒适的生活。他叮嘱后人保留着他修建的房屋和他辛苦地搜集起来的书画。但是儿孙们回答他的还是同样的字：分和卖。我很奇怪，为什么这样聪明的老人还不明白一个浅显的道理：财富并不'长宜子孙'，倘使不给他们一个生活技能，不向他们指示一条生

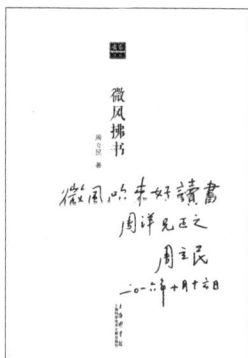

品读周立民的书话随笔，感受一份闲闲的况味

活道路，'家'这个小圈子只能摧毁年轻心灵的发育成长，倘使不同时让他们睁起眼睛去看广大世界；财富只能毁灭崇高的理想和善良的气质，要是它只消耗在个人的利益上面。"听了这些掷地有声的话，不知那些一心想着要为子孙留下更多钱财的人会作何感想。

爱是家庭幸福的基石，巴金的家为我们揭示了爱的真谛。他和夫人萧珊的结婚仪式简单，住所简单，饮食简单，生活简单，没有豪华的婚礼和排场，也没有刻意制造的浪漫与情调，但是他们一辈子相濡以沫，恩爱如初。萧珊故去后，她的骨灰还一直放在卧室的床头陪伴巴老直到他去世，这与那些大张旗鼓秀恩爱没过多久又满城风雨闹离婚的人相比，究竟哪一种婚姻代表了真正的爱情，相信人们自有判断。此外，什么是好的家庭教育，这几乎是每一个现代家庭都在操心的事情。巴金和萧珊育有一儿一女，女儿李小林在《收获》杂志社担任社长，她为人谦虚低调，生活俭朴而不事张扬，以专业素养和敬业的精神做好自己的工作。巴金的儿子李小棠在市政协文史资料室工作，业余时间创作小说，他从未跟人提起过自己是巴金的儿子，以至于政协的领导在探望巴金时竟然不明白他怎么也会出现在巴金的家里。巴金在《随想录》中主张"给孩子启发和诱导""人需要光和热""我们要记住自己的责任""良心的责备比什么都痛苦"，他以自己的言传身教营造出优良的家风和家训，这是留给全人类的伟大的精神财富。

值得一提的是，巴老生前最爱买书藏书，他仿佛就是一个为书而生的人。解放前夕，物价飞涨，人们纷纷抢购日常生活品，他的眼里却只有书，一包一包地扛回家，小心翼翼地存放好，这样日积月累，使他在武康路的家里就有 80 个书架的藏书，已经到了无处落脚的地步。每天都在这样的环境中接受熏陶，周立民也成了一个买书成癖的书迷。《东方早报》在今年 9 月曾做过一期他的专访，题目就是《人的命运与书的命运》。他坦言自己拥有一万册藏书，而巴金的《随想录》是每年都会拿出来读一读的书。他在一篇文章的开头这样写道："搬家的时候才知道自己的贪心，没有几年又冒出那么多书来，以致小区里的人不断猜测：来

丙申冬日，雨中访巴金故
居，与周立民老师合影

了个卖书的吧？"这是多么生动又多么接地气的一幅当代书迷爱书图啊，也使我在情感上更加愿意亲近这位率真而又朴素的周姓本家。讲座结束后，他在我带去的几本著作上都留下了意味深长的题词和签名，他的笃实力行，他的谦虚谨慎，还有敢讲真话的态度，都让我感到巴金的精神在延续。

二〇一五年十二月五日于入梦来斋

寻找苏慧廉就是寻找生存的意义

——听沈迦谈研究苏慧廉的心路历程

　　2013 年，一本关于传教士的书取得了令人刮目相看的销售业绩和读者口碑，多家媒体将其纳入年度好书之列，这就是新星出版社出版的《寻找·苏慧廉——传教士和近代中国》。我在一位历史学教授的推荐下，购读了这部 30 多万字的大书，折服于书中资料之丰赡、视角之独特和表达之严谨，并先后在大众书局和杨浦区图书馆两度聆听作者沈迦先生讲述自己的写作历程，还得到了他的签名本，实在是锦上添花的喜悦。

　　沈迦 1969 年生于浙江温州，毕业于杭州大学新闻系，曾任《温州日报》记者、编辑。他的父亲沈克成先生是浙江大学的教授，在语言学、中文输入法等方面颇有建树。在我们惯常的印象中，温州人是驰骋商场非常精明的生意人，沈迦也的确曾辞职下海经商，积累了可观的财富，已在加拿大置业定居，过上了优裕的生活。但他在骨子里是一个有文化良知的企业家，其内心深处潜藏着一种历史使命感。2007 年，沈迦在北京五塔寺参观，看到那里摆放着很多天主教耶稣会传教士的墓碑，墓碑上所记录的人和事让他震惊和感慨，也使他想起了自己家乡温州的传教士苏慧廉。那些由苏慧廉创建的学校和医院，百年不衰，泽被后人，但是关于苏慧廉的历史记载却几乎是个空白。为了还原那段被湮没

《寻找苏慧廉》精装毛边本
封面及扉页题词书影

的历史，再现传教士被遗忘的功绩，沈迦历时六年，埋首于海外及中国各地的档案馆和图书馆，遍访苏慧廉曾经工作和生活过的城市，重返历史现场，采访历史后人，从浩瀚的文献史料中勾勒出一位英国传教士孤独而伟岸的身影。

19世纪初，一批西方传教士为传播基督教进入中国。一方面，通过兴办学校和医院，努力传播基督教和西方文化；另一方面，他们十分关注中国的历史文化和现代化进程，积极参与中国的社会活动，并通过翻译中国经典和编著汉学书籍向西方介绍中国文化，在中西方文化交流中起到了至关重要的作用。沈迦为之倾注心血和情感的这位传主苏慧廉，就是他们中间的一位。他原名叫威廉·爱德华·苏西，1861年出生于英格兰约克郡的哈利法克斯。1882年冬，21岁的苏慧廉受英国偕我会（United Methodist Free Church）派遣，来到中国，在温州地区传教长达26年（1882—1907年），他尽己所能办戒烟所、修医院、建学堂，沈迦称之为"给温州整个城市奠定了现代化的基石"。后来他受聘担

380

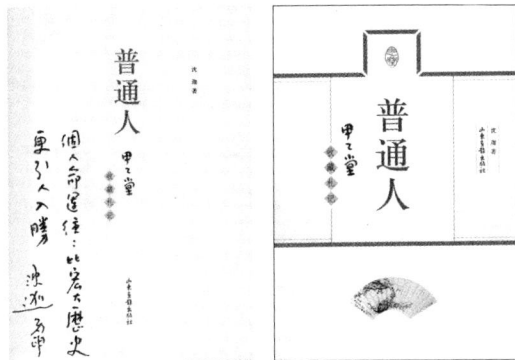

沈迦醉心收藏，这本书是他
的收藏故事和感悟

任山西大学堂西学专斋总教习，用十年时间将其建成当时中国的
一流大学，他还代表英国处理庚子赔款的退还事宜，而当时的中
方代表就是胡适先生，他们联手促成这笔赔款顺利退还中国，并
且都用在中国最需要资金的领域。此外，他是牛津大学的教授，
一流的汉学家，曾将《圣经》翻译成温州方言的版本，有效扩大
了基督教在普通百姓中的传播。他还苦读《论语》并将其译成英
文，他的译本通俗易懂，准确传神，多次再版，广受好评，被公
认为是经典翻译，列入牛津大学世界经典丛书。

在讲座中，随着沈迦的深度讲述，我渐渐明白，他是带着一
种饮水思源的感恩心态来创作这部书的。他不无感慨地表示，中
华民族是一个懂得感恩的民族，我们常说"滴水之恩，涌泉相
报"，但是相对于苏慧廉们对中国的恩情，可说是"涌泉之恩，
滴水相报"。他说："在我写这本书之前，有关苏慧廉的介绍最多
不会超过300字。所以我特别赞同一句话，我们今天对利玛窦
以来的传教士还缺少一个道歉，缺少一声感谢。像苏慧廉这样

曾服务于中国、有功于中国的传教士名单还很长很长，他们的故事值得为我们知晓。"沈迦的祖母就是一个虔诚的基督徒，她取《圣经》中出现过800多次的"迦"字为孙子命名，寄托自己的信仰，也正是她带着幼小的沈迦去温州城西教堂做礼拜，让他第一次得见由苏慧廉等人从英国运来的六根黑色的大圆柱，在沈迦的心中埋下了知恩图报的种子。财富和地位传不下去，只有信仰和思想可以流传，这或许就是沈迦在书中所要告诉我们的朴素道理。

许是信教的缘故，沈迦老师乐观幽默，慈眉善目，总是笑眯眯地与每一个读者打招呼。我与他交流了自己阅读这本书的感受，得到了他的认同和鼓励，在我收藏的《寻找·苏慧廉》精装毛边本一书扉页，他为我写了一句话："一个人的意义就是整个世界的意义。"联想起他在讲座中引用的古希腊先哲亚里士多德的名言："你的天赋才能与世界需求交叉的地方，那就是你的使命所在。"我若有所悟。叔本华曾说过："人生就像钟摆，在痛苦和无

与沈迦先生在杨浦区图书馆合影

382

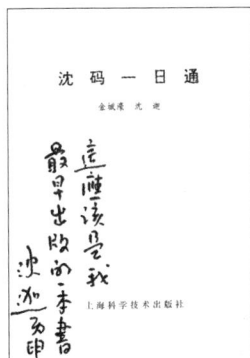

沈码一日通

金诚蒋尤著

这醒该是我
最早出版的本书
沈迦多印

上海科学技术出版社

沈码一日通

这其实不是沈迦最早出版的书，他与其父沈克成教授1993年合著的《表音码汉字输入法应用手册》才是

聊之间来回摆荡。"对生命的迷惘多数人都会有，只要走出迷惘，执着于自己的追求，就会重新看到生活的希望。沈迦老师对苏慧廉的寻找，其实也就是对自己生存意义的寻找，他在苏慧廉身上，找到了自己的使命所在。

二〇一六年十二月十八日晚于入梦来斋

383

读经典就是最好的投资

——听张旭东谈经典阅读

　　纽约大学比较文学系的张旭东教授是现当代文学研究领域的重量级学者，同时也是大学通识教育的先行者、实践者。近日，笔者有幸聆听张旭东和陈思和两位教授在文汇讲堂的一场精彩对话，两位老师没有开列书单，也没有具体讨论某一部作品，但在言谈之间讲出了很多经典阅读的方法和要领。张旭东认为，越是在全球化时代，经典阅读越是应该成为年轻人的选择，他说："现在的大学生都知道要投资了，忙这忙那，可为什么不投资自己呢？读经典就是最好的投资。"

　　一是读原典，不读选本。两位老师一致认为，提倡读经典，关键在于要读完整的、原初的文本，而不能满足于读节选本、缩写本。经典有其自身的体量、节奏和文脉，其真正的魅力就在于读者完完整整地阅读所享有的独特体验，这些都是读选本所不可替代的。选本看似选出了精华，却破坏了整部著作的文脉。读选本看似节省了时间，实则与阅读全本的感受是不可同日而语的。在两位老师眼里，读经典还是要老老实实读原著，踏踏实实求真解，方能深入堂奥。

　　二是要读那些跟时下流行的思潮没有关系的书，不读被市场热炒的书。张旭东教授坦言："经典之所以成为经典，因为它不是

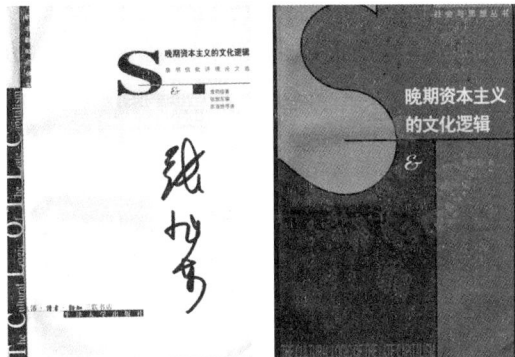

《晚期资本主义的文化逻辑》封面及扉页签名书影

为全人类写的，而是为一个封闭空间里的人写的。"意指经典不是"大路货"和"万金油"，经典是为感动一部分心灵而创作的。陈思和教授也谈道："读书应尽量避免受到外界各种声音的干扰。让自己的心静下来，打开心灵，去接受经典的熏陶。"所谓经典，都是在漫长的文化长河中，经过反复淘洗沉淀下来的精华，它们不是一时的跟风之作，也不是短期内大红大紫的"畅销书"，但它们往往是引领人类社会的"风向标"，是人们常读常新的"常销书"。

三是读不下去的经典不必硬读，最忌带着急功近利的心态去读经典。陈思和教授在回答现场听众的提问时说："如果你觉得某部经典难以咀嚼，很难读得下去，那么不必勉强自己，找到适合自己口味的经典去读就是了。"张旭东教授也补充说："没有哪一部经典是非读不可的，为了好面子去读，为了某种急功近利的目的去读，都是不可取的。经典必定是远离现实生活的。"诚哉斯言！那种急切地想要从读经典中获得什么的人，最终往往什么也没有得到。不感兴趣的经典不必硬逼着自己去读，强扭的瓜不

385

本雅明的这部著作是研究社会文化的必读经典

甜，读书也是要看缘分的，照亮人生路的经典之作，常常是可遇而不可求的。

国内高校的通识教育，虽然本世纪初起步，各大名校几乎齐头并进地开始推进本科教育改革，大力建设相关课程，但是直到今天为止，通识教育的成效仍然不尽如人意。张旭东应北京大学元培学院的邀请为其通识教育课程做设计，他的做法是：让学生用两周时间拿下一部书，从蒙田的散文、莎士比亚的《哈姆雷特》、狄更斯的《雾都孤儿》、巴尔扎克的《高老头》，到《红楼梦》、鲁迅杂文、周作人的小品文以及老舍的《骆驼祥子》等……每周约200页的阅读量，本本都是文学史上公认的经典著作，采取大班上课＋小班讨论的模式，由他本人担任大课主讲，挑选12名北大中文系的博士生担任助教，执掌小班讨论。他介绍说："美国很多高校都非常重视经典文本的阅读，本科生每年的基本阅读量大概是48本书，4年读下来就是近200本书，让经典一路陪伴自己的成长，这就是他们进入大学后快速成长的原因，一个人的自信、判断力和思考能力都会提升。"谈到依托经典阅读而实施的通识教育的好处，张旭东如是总结："身处在一个价值多元化的时代，每个人如同一艘在大海上航行的船只，要想不被东风西风刮得东倒西歪，通识教育的力量就如同锚之于船，帮你定航，让你的人生旅途从容，不至于太过偏离本来的航道。"

张旭东老师出生在北京，在上海接受中小学教育，后就读于北京大学中文系。我读过张旭东老师的学术随笔集《纽约书简》，上海书店出版社 2006 年出版，系该社"海上风"系列丛书之一。书中收录的文章有一部分是张旭东应《文汇报》副刊"笔会"邀请开设专栏所写的文章，专栏名称即是"纽约书简"。从书前的自序中得知，张旭东的博士论文题目是"白话散文与现代中国文人的确立"，研究对象就是周作人在 20 世纪 30 年代的小品文写作，可见张旭东对于知堂老人闲适淡雅这一路文风知之甚深。不过他谦称自己写出的仍旧是学者之文，而非文人之文，总不忘用缜密的逻辑推理进行社会批判，难以做到真正的超然物外，随性漫谈。据相熟的书友告知，张旭东的签名一贯奉行极简主义，很少有题词。我抱着试试看的心态将这册《纽约书简》带去讲座现

在喜马拉雅美术馆与张旭东教授合影

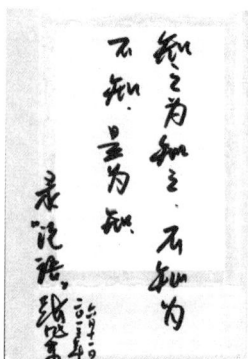

《纽约书简》是张旭东专栏
文章的结集

场，结束后先和张老师闲聊一会，听说我读的是哲学，他的谈兴
更浓。我趁机汇报了自己阅读《发达资本主义时代的抒情诗人》
《晚期资本主义的文化逻辑》等书的体会，适时呈上《纽约书简》
请他签名，张老师心情不错，提笔写道"知之为知之，不知为不
知，是知也。张旭东"。

在浩瀚的书海中，如何正确地选择、合理地取舍，两位老师
没有给出具体的答案。但是张旭东教授的一番话让人感同身受，
他说："读经典可以帮你确立一个选书的标准，就好比你跟一个高
手过过招，就能轻松分辨出其他对手的高下。"是啊，为了在读
书路上点一盏明灯，让我们走近经典吧。

二〇一三年七月二十日晚写于入梦来斋

（原载 2013 年 8 月 25 日《文汇讲堂》专刊）

388

借一双慧眼看西方

——听冯克利谈如何阅读西方

一部中国近现代史，是与中国人看西方的历史相伴而生的。从魏源的《海国图志》到容闳留学美国耶鲁，中国人迈出了睁眼看世界的第一步，这之后，伴随着从洋务运动到甲午惨败的屈辱历史，我们又开始反思看西方的方式和视角。在经历了新文化运动、"文化大革命"、改革开放等一系列历史大潮的激荡和洗礼之后，直到今天，我们怎样看待英国脱欧、美国大选等西方之事，也多少反映出我们的社会心理和文化变迁。从这个意义上说，我们如何看西方乃是一个亘古常新的话题，因此，当著名学者冯克利先生以"如何阅读西方"为题在季风书园举办讲座时，我毫不犹豫地要去当一名听众。

冯克利先生是山东人氏，1955 年出生，现任山东大学政治学与公共管理学院教授、博导。他是国内学界公认的具备一流水准的翻译家，主要翻译西方学术著作，且集中在西方政治学和思想史领域，主要译作有哈耶克的《致命的自负》、马克斯·韦伯的《学术与政治》、勒庞的《乌合之众：大众心理学》、霍布斯的《论公民》等 30 多部作品，前几年翻译完成的一本大书就是美国学者傅高义写的《邓小平时代》。在我的记忆中，冯克利先生来上海讲学似乎不多，而他的译著拥趸甚广，再加上这个绝对吸睛

冯克利的题词点明了他的翻译初衷

的讲座题目，那天晚上，当我走进季风书园熟悉的讲座活动现场时，发现已有众多年轻的读者早早地就在等候了。

冯克利老师的讲座很特别，他不用讲稿，也不用PPT，全程手持话筒站着演讲，是一种随性漫谈的形式，但并非漫无边际地闲扯，而是有很强的逻辑主线，在他质朴的话语间常闪现出智慧的火花。他认为，中国首先是从器物的层面学习西方，但1894年甲午海战导致北洋水师全军覆没，洋务运动也随之破产，人们开始认识到必须从政治文化层面全面地学习西方。孙中山先生曾有言："世界潮流，浩浩荡荡，顺之则昌，逆之则亡。"这也是那个时代知识分子的共识，但不幸的是，正当我们以极大的热情虔诚地去学习西方文明之时，西方社会却恰好处在一个非常糟糕的时期。

冯克利将这一时期称为"西方文化的恶化"。他认为，我们就是在西方国家失范的年代，开始大量学习西方。1815年，拿破仑战争结束后，欧洲进入一个相对和平的时期，第一次打破和平是普法战争，法国割让阿尔萨斯和洛林，其间巴黎公社只存在

"道不自器，与之圆方"
出自晚唐诗人司空图的
《诗品二十四则·委曲》

了100多天，这标志着旧欧洲的结束。此前，英国主导下的自由贸易、自由竞争和关税改革是欧洲文明的标志，而在1870年之后，开始出现了社会达尔文主义、无政府主义、军国主义、帝国主义、民族主义等各种思潮，所有这些，都是想给西方文明指一条通往未来的道路。而我们的思想先贤们，对1870年以前的欧洲知之甚少，不知道西方社会是怎样从黑暗的中世纪一步一步走过来的，就盲目地认为西方比我们先进，而对西方发明的主导现代社会的一套话语体系，丧失了基本的批判鉴别能力。

诺贝尔经济学奖获得者、奥地利经济学派的代表人物哈耶克，是西方思想界举足轻重的人物，他多部著作的中文译本是由冯克利翻译介绍到中国的。哈耶克不仅是极权主义的批评者，同时也是西方文明的反省者，他认为从启蒙时代开始，西方文明的走向就隐藏了非常可怕的线索，为后来出现的战争和极权埋下了伏笔。看得出，哈耶克的思想对冯克利影响很大，哈氏曾被贴上"保守主义"的标签，而冯克利则坦言自己就是一个保守主义者。保守主义者对于以现代技术理性为基础的进步主义持怀疑态度，他们认为理性在引领变革中最重要的作用是审慎，社会的稳定性在很大程度上是由家庭伦理、风俗习惯和宗教信仰来维系的，基于自然原因的不平等有其正面意义，贤能政治更有益于生活整合和道德风气的培养。

我读过好几部冯克利先生翻译的作品，主要是一些西方思想史上的经典著作。当天讲座活动结束后，我将这些书递到他的面前，请他签名留念，他点燃一支烟，一边为我题签，一边和我闲聊起来。他说自己年轻时就特别爱读书，读得很杂，偏重人文，后来自学英语和法语，就是为了看闲书。我问他为何起意要弄翻译，他笑言一个朴素的动机就是为了和爱书人分享好书，边说边将这句话题写在《学术与政治：韦伯的两篇演说》一书的扉页上。在米塞斯的名作《官僚体制：反资本主义的心态》一书扉页上，题写"阅读需要选择"，与当天讲座的主题正相应和。哈耶克《致命的自负》是我读过不止一遍的好书，他在扉页题道"哈耶克是西方文明的批评者"，这也是本次讲座中一个新颖的观点。一下子收获这么多签名题词本，真是让我兴奋不已。

与冯克利教授在长宁区图书馆合影

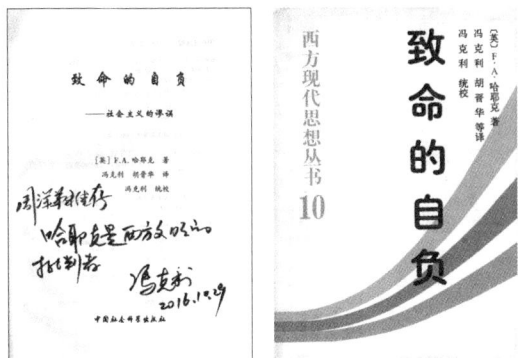

哈耶克《致命的自负》封面
及扉页题词书影

　　纵观当下的新书市场，各种译自西方的文史哲著作可谓是汗牛充栋，让人目不暇接。正所谓"吾生也有涯，而知也无涯。以有涯随无涯，殆已"！有所甄别、有所选择地阅读西方就显得尤为重要，听了冯克利先生的讲座，从他那里借来一双慧眼，有助于我们在浩瀚的书海中做出正确的选择和判断。

二〇一六年十月三十日

这份理性从何而来

——听乔良讲国家安全战略

　　2012 年 9 月，似乎注定是一个多事之秋。9 月 10 日，日本政府悍然宣布将从"私人所有者"手中"购买"钓鱼岛，实现其"国有化"，吞并钓鱼岛的野心昭然若揭；9 月 11 日，我国政府宣布划定钓鱼岛及其附属岛屿的领海基线，维护我主权之决心坚如磐石。一时间，钓鱼岛归属之争骤然升温，中日两国关系降至冰点，国人对于日本的种种倒行逆施义愤填膺。正是在这样的形势和背景下，空军少将、空军指挥学院教授乔良作客文汇讲堂，主讲《大战略天平上的国家安全与利益》。

　　当天的讲座现场，座无虚席，就连过道里都站满了人。乔良将军一身戎装站上讲台，讲形势，谈战略，谋军事，论金融，侃侃而谈，挥洒自如，语言铿锵有力，观点掷地有声，举手投足间尽显学者的睿智和军人的英武。演讲之后安排了现场访谈，乔良自始至终精神饱满，面对听众的提问，他条分缕析，解疑释惑，赢得了经久不息的掌声。活动结束后，乔良为热情的听众签名留念，我趁机递上自己珍藏已久的他的成名作《超限战》（解放军文艺出版社 1999 年 2 月 1 版 1 印），请他题赠一句话，他沉吟片刻，落笔一挥而就"只有冷静的强硬，才有真正的力量。乔良 2012.9.15"。可谓字字千钧。在众声喧哗的当下，人们不禁要问，

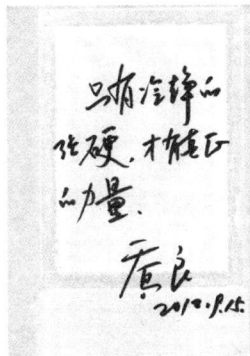

乔良的字苍劲有力，尽显共
和国军人的风采

他的这种冷静、这份理性，究竟从何而来？

理性来源于学识的积累。在乔良的讲座中，给人留下深刻印象的莫过于他那丰富的知识储备。谈军事理论，谈战争谋略，展示了他扎实的学术基础；谈经济形势，谈国际金融，则显示出他宽广的视野；谈哲学思考，谈人生感悟，又让我们看到他充满人文情怀的柔性一面。乔良的一个核心观点是：中日岛屿争端的背后，是中美两个大国间的利益博弈。美国通过掌握金融霸权，大肆掠夺中国以及其他国家的财富，金融手段已成为美国打压其竞争对手的"隐形武器"。他列举了大量的史实和数据支撑这一观点，使人们惊叹于一位空军少将竟能如此深谙金融领域的知识。主持人介绍，乔良每天阅读100页金融类书籍，从2005年开始从不间断，正是这种潜心钻研的勤奋努力，造就了乔良在军事和金融两大领域里的游刃有余。

理性来自辩证的思考。无论是开坛论道，还是出版专著，乔良都秉承了自己坚持独立思考的习惯。他反对走极端、贴标签式地看人论事，认为这种思维模式机械、保守，没有张力。他认为

395

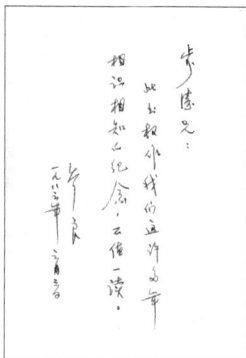

作为军旅作家的乔良曾创作过多部优秀的军事题材小说

盲目主战的"鹰派"会误国，使中华民族错失千载难逢的战略机遇期，而无视矛盾的"鸽派"必将害国，使领土、主权、资源拱手相让。他将自己定位为"理性派"，一切以中国的国家利益为核心，以国家安全为准则，将思考和判断建立在对国际局势的深刻洞察和对国家间政治关系的深层次剖析之上，主张综合运用多种手段打出"组合拳"，给"麻烦制造者"制造麻烦。这样一种机智、从容的理性智慧难道不值得我们激赏吗？

理性出自一个军人神圣的使命感。听乔良的演讲，能深切感受到他言语中那份忧国忧民的家国情怀，能感受到他身为共和国军人的坚毅与自信。他不无忧虑地提醒大家，在中国古代的谋略智慧中，就有着丰富多彩的经典案例，春秋战国时期就有晏子使楚展国威，唐雎不辱使命挫强秦，苏秦、张仪游说各国分别以合纵、连横之术改变了当时的天下局势，这些人、这些事，蕴藏了无穷的中华智慧，实现了不战而屈人之兵的目的。乔良反问道："如果今天的我们，还只会在战抑或不战之间纠缠不休，而拿不出更具策略的反制措施来，那我们还能称之为华夏民族的传人吗？"这样的反诘振聋发聩，让人们走出障眼的迷雾，回归到理性爱国的正确轨道上来。

　　乔良的父亲是一位参加过抗日战争的老兵，亲历过战火纷飞的年代，家庭环境的熏陶使他从小就怀揣军人梦想，他最欣赏的人，是前苏联的朱可夫元帅，兼具统帅和参谋两种才干于一身的"军神"。在和平年代，极少会有沙场上的较量，他的军人梦想只好安放在军事战略的研究领域，因此，在我眼中，乔良也是一个虔诚的求知者、读书人。据说，他在童年时期就经常去父亲所在部队的图书馆看书，11岁时几乎读遍了馆内所有的书籍。17岁入伍后，在兰州空军担任电影放映员，他最爱去的地方还是图书馆，在那里，他精读了"文革"前出版的两三百种外国社科名著。此间，幸得名师指点，十年中，他遍读西方哲学、社科类书籍近千册，在28岁进入北京大学中文系作家班就读时，他的床头书已经是最新的现代派和后现代派著作，乔伊斯、纳博科夫、萨特、哈贝马斯等人的作品和观点早已了然于心。正是这样不计得失的非功利阅读，对乔良的人生产生了重大影响，使他的文字

讲座那天，众多热心听众
渴望得到乔良将军的签名

397

《超限战》初版本及英文版书影

中蕴含着哲学思考的养分，增添了人文情怀的底色，帮助他在44岁时创作出令人刮目相看的《超限战》一书。他曾经说："在古代诗歌中，我最喜欢的是宋诗，宋诗慷慨悲凉的文字让你对国家有一种责任感，激励自己总想为国家做点什么，这种情怀始终萦绕在心。"

听完乔良的讲座，心情久久不能平静。我想，理性使人冷静，冷静才能思考，思考凝聚力量，在中国和平崛起的道路上，必定会有荆棘，会有坎坷和波折，只有用理性作舟，才能远涉重洋，到达成功的彼岸。

二〇一二年国庆前夜于入梦来斋

（原载 2012 年 10 月 13 日《文汇讲堂》专刊）

为了心中的梦想

——听金一南讲中国共产党的成功之路

在我读过的党史类书籍中，仅就阅读体验而言，《苦难辉煌》无疑是给我印象最深的一部。这本书用散文式的笔法，把中国革命史中伟人创造伟业、真人追求真理、大时代孕育大转折的全息图景写得酣畅淋漓、荡气回肠，相信这不是我一个人的感受，很多读者都有这样的体会，因此成就了这部近年来不可多得的正能量畅销书。2012 年 6 月 11 日，浦东新区人社局邀请到《苦难辉煌》一书作者，国防大学教授、我军著名的国家安全战略问题专家金一南将军，在浦东讲坛主讲"对国家和民族命运的思索"。我得到消息后，第一时间报名参加，期待着一睹金一南的"儒将"风采。

讲座那天，金一南教授一身戎装亮相讲坛，眉宇之间透着职业军人的机警，深邃的目光里藏着对祖国和人民的热爱。他的鲜明风格就是不讲大话套话空话假话，没有陈词滥调老生常谈，也不搞段子噱头迎合低俗趣味，那语音语调，仿佛在和你讲一些掏心窝子的贴己话，又像是朋友之间在说私房话，每一句都是实实在在的干货，每一句都说到你的心坎上。

听他的讲座，我感到三个"不舒服"。一是鼻子发酸，有一种想哭的冲动，特别是听到中国历史上的割地赔款丧权辱国，听

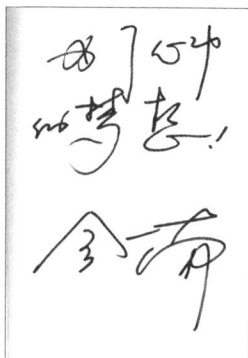

《苦难辉煌》封面及扉页题词书影

到汉奸屈膝投降出卖我志士仁人，听到民族脊梁在艰难困苦中坚守信仰还要遭受种种质疑，愈发让人心酸难过，欲哭无泪。二是眼睛发胀，原因在于金教授为讲座精心准备了内容丰富的PPT讲稿，那些图片，那些金句，那些数据，每一个都不愿错过，于是自始至终睁大了眼睛，生怕漏掉一丝精彩，可不得干涩发胀吗？三是听了他的讲座，体内郁积一股丹田之气，恨不能立马奔赴祖国的疆场贡献出男子汉的血性，恨不能立即告别生活中的种种颓废、慵懒、彷徨、虚度，有"醉里挑灯看剑，梦回吹角连营"的幻觉，可在讲座场内，仍需正襟危坐，真是无可奈何的事情。

不过，这只是表层的一点感受，一场讲座听下来，他那富有洞见的独立思考的视角，才是最让我钦佩，也是最吸引我的地方。

一是古今参照对比的视角，给人以启发。他说那一代共产党人都是年纪轻轻干大事，年纪轻轻丢性命。李大钊不到38岁英勇就义，毛泽东34岁上井冈山开辟工农武装割据，朱德30岁成为护国名将，周恩来29岁指挥南昌起义，聂耳不到23岁为《义

《狂飙歌：前所未闻的较量》或可视作《苦难辉煌》的前传

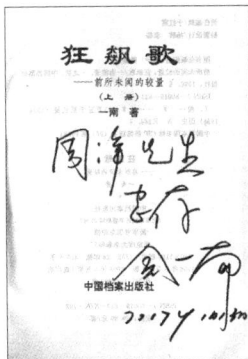

勇军进行曲》谱曲，林彪 24 岁出任红军军团长，反观现在的青年人，年纪轻轻就关心保养、关注血压、交流养生之道，难怪《人民日报》刊文称 80 后集体暮气沉沉，精神早"衰"。

二是敢于揭短亮丑的视角，给人以震撼。他敢于直面中共成功道路上的凄风苦雨一波三折，比如参加中共一大的 13 个代表，就有 5 人脱党，2 人被开除党籍，4 人壮烈牺牲，只有毛泽东、董必武两人是从头走到尾的；再比如歌曲里唱的是"四渡赤水出奇兵，毛主席用兵真如神"，但是毛泽东承认一生打了四次败仗，两次都发生在四渡赤水，土城战役一渡赤水，茅台那次打仗三渡赤水，都是吃了败仗的。毛泽东是人不是神，是人就会犯错误，但是他善于总结，不会在同一个地方摔倒两次，他自己都说："我这个人就是靠总结经验吃饭的。"

三是重实际看实效的视角，非常接地气。以往我们谈到周恩来，大多是说他的鞠躬尽瘁，高风亮节，难道周恩来作为党内举足轻重的关键领导人，其发挥的作用仅止于一种工作精神吗？金一南指出，周恩来最了不起的地方，就是他善于把党内脾气各异、兴趣各异、出身各异、教育背景各异的人凝聚起来并团结起来，共同为着一个目标奋斗，好几次历史转折关头，由于他及时有效的协调工作，硬是把关系理顺、矛盾平息、方向扭转。有过工作经验的人都知道，但凡中国的单位，十几个人的领导班子，工作做得不到位就有可能搞小圈子闹不团结，更别提由各路精英组成的一个大党了。这么一想，周恩来所作的历史贡献，大家自然心知肚明。

金一南将军有一个座右铭：做难事必有所得，做容易的事轻车熟路，闭着眼睛都能干的，那是重复，就是要做自己没做过的但很困难的事，那才是挑战。正是有了这样一种破釜沉舟、绝境逢生的精神，他从一名普通的图书馆资料员成长为我国国防战略和国家安全领域的知名专家，其人生经历就是"苦难辉煌"四个字的最好诠释。金一南的父亲金如柏是1930年参加革命的老红军，"文革"期间遭受迫害，父亲的功勋没有给他带来好处却让他经受坎坷，刚刚初中毕业的金一南被定为"黑帮子弟"，分配到一街道工厂做烧制阿司匹林药片瓶子的学徒工。这家厂因技术

与金一南将军合影

402

《竞争：生存与毁灭的抉择》是
金一南的第一部作品

不过关生产的瓶子很容易破损，金一南下班过后就开始了学习钻研，他在书上看到，瓶子容易破是因为原料中有空气，通过搅拌可以将空气挤出，于是他用搅拌法制作的瓶子质量上取得突破性进展，工厂开始有意识地培养他。这件事也使他悟出了一个道理：人的进步也是这样，需要不停地搅拌自己。

1987 年，35 岁的金一南调入国防大学图书馆，他在知识的海洋中如饥似渴地学习军事理论。这期间经历了坐冷板凳、书稿遗失、文章退稿等一系列挫折，他都没有放弃自己的梦想，而是开始了新一轮的"搅拌自己"。他撰写的文章《军人生来为战胜》在《解放军报》发表引起极大反响。1993 年他出版了自己的第一本书《竞争：生存与毁灭的抉择》。1996 年 45 万字的长篇军史著作《狂飙歌：前所未闻的较量》出版，这部书也可视作《苦难辉煌》的前传，他为此所付出的所有汗水和辛劳，都为自己日后的成长打下了坚实的基础。在他 46 岁那年，他凭借扎实的功底在一次对外交流活动中令校领导刮目相看，从而翻开人生新的篇章。他就像大器晚成的楠木，生长缓慢，但是后劲十足，他说：

"苦难让我把根须扎进泥土里，如果不是这样，我的根肯定是漂着的。只要精神不倒，干什么事就干到最好，就能在逆境中掌握自己的命运。"

学问的背后是道德，道德的背后是精神，精神的背后是信仰，支撑金一南"不停搅拌自己"的正是深藏心底的坚定信仰，这使他身上有一种对国家前途、对民族命运、对理想事业的崇高责任感。那天的讲座结束后，我快步走上演讲台，向金教授表达心中的崇敬之情，我递上《苦难辉煌》请他签名留念，他信笔题下"为了心中的梦想！金一南"，可谓字字千钧。我想说，我们的心是相通的，因为我们有着共同的梦想！

二〇一二年"七一"前夜于入梦来斋

后　记

《海上书缘》是我的第一部书，收录了我近年来在工作之余撰写的读书随笔，承文汇出版社编辑老师厚爱，现结集出版。付梓之际，心中那种酣畅淋漓的快慰与欣喜，实难用语言来形容，一如 15 年前，自己的文字第一次在报刊上发表时的心情。

那一年我读大三，寒假在家，每日以读书为乐。读得多了，不免跃跃欲试起来，开始动笔写文章，给报纸的副刊投稿。未曾想，首发即中，这就是发表于我家乡《芜湖日报》2002 年 2 月 7 日第 3 版上的一篇散文《淘书的日子》。父亲拿到刊有我文章的报纸似乎比我还要高兴，广而告之于他的同事和亲友。我至今还记得，他当时颇为认真地问了一句："你会成为一个作家吗？"听闻此言，我脸红心跳，不敢去和他的目光相遇，连说，不行不行，差远了差远了。嘴上如此说，心里却仿佛憋了一股子劲。那个寒假，我竟有 6 篇文章陆续在报刊上发表。

作家梦自然是不敢奢望，但或许是因了父亲那句问话中所包含的鼓励，读书与写作成为我业余时间最大的爱好。检视这些年来所读之书，除了工作书、专业书，还有人文经典，所写则既有政论时评，亦有与读书淘书藏书相关的所谓"书话"文章。关于写作信条，我还是笃信巴金先生的话："生活是创作的惟一的源泉，我写我熟悉的生活。"当然，更多的教诲也来自身边的亲人，比如我的母亲，在我遇到困难时，她总是说："做任何事，没有人是生下来就会的。"激励我不断学习、战胜困难、勇攀高峰，直到我读了《论语·述而》中的话"我非生而知之者，好古，敏以求之者也"，才更加领悟到母亲淳朴话语中蕴藏的智慧。

坦率地说，我有一份自己所热爱的工作。首先必须完成日常的繁重工作，以勤勉精进为己任，不可能每天都拿出大量时间用于读书和写作，但是，读书与写作也是日常生活不可或缺的内容，细水长流，持之以恒。这些年，我每天晚上挤出一些自主的时间用于读书、思考和写作，渐渐形成习惯，晚饭后，书桌前，台灯下，放松心情，全神贯注，既有利于平衡一天紧张的工作节奏，又可以取得较好的学习效果，常常是"心有所得，乐以忘忧"（冯契先生语）。这样且读且写，假以时日，竟也小有积累，这次结集出版，似乎可以对父亲的期许有所交代。但当我写下这篇后记时，父亲已长眠于故乡的土地九年多了，但我仍然固执地认为，他一直注目着我的学习和努力，并未走远。

书中所记书人书事，多发生在上海，且无论访书问学、睹书思人、签名题跋，无外一个"缘"字在其中，故以《海上书缘》名之。全书分五辑。辑一"签名本风景"，或记录一段签名本书缘，或考证版本流变，承载了爱书人的真挚情怀。辑二"问学师友"，是我与前辈师长以及同道书友交往的温馨回忆。辑三"读藏忆念"，是寓情于书，向文化界近年来离我们远去的那些学者大儒，表达一份哀思。辑四"灯下漫笔"，主要是读书淘书藏书的心路历程和点滴感悟。辑五"聆听书声"则是我参加各类讲座，进而收获名家签名书的悠悠往事。照理，我同书中所写的学界名家，大多并无深交，有的只听过其讲座，不能算深知，严格说没有资格谈他们。可是想到自己曾读过的一则史料，说鲁迅先生定居上海后，曾应邀陆续在沪上各大学发表演讲30余次，凡亲历者有文字记录的，我们今天均可知晓演讲内容，身临其境感受大师风采，而没有文字记录的几场演讲，则所讲主旨、当时情状等皆无从可考，着实让人遗憾。每念及此，便觉自己所听的每一场讲座，倘听后无所记，未免可惜，所以决定拿起笔，记下自己一知半解的那一点心得。

书成之时，萦绕在我心头的一个词是感恩。如果不是生活在上海这样的人文之城，如果没有人与人之间的成全之美，如果缺少报刊编辑的垂青和鼓励，我不可能聆听一流的人文讲座，体验到收藏名家签名本的乐趣，并在写作投稿的园地里品尝到收获的滋味。

这本小书的出版，包含着前辈师长的高情厚谊。我要感谢复旦大学教授陈思和先生，他在百忙之中阅读拙稿并慨然赐序，使拙著大为增色，在与陈老师的交往中，我得到的不仅是鞭策与勉励，更有人格魅力的感召，这一切，我当永铭于心，受益终生！我要感谢华东师范大学教授陈子善先生，他的书话文章我百读不厌、引为范本，蒙他垂爱，不仅多次为敝藏题签，更为拙著题写书名，实有画龙点睛之效，这份关爱令我十分感动。

我要感谢文汇报党委副书记、纪委书记谢海光老师，拙作出版前后，始终得到他的关心和帮助，此情铭感于心！我还要感谢文汇出版社副总编张衍老师、资深编辑乐渭琦老师玉成此书出

407

版，对他们此间所付出的辛劳，深致谢忱！书中部分文字最初发表时，报刊编辑限于篇幅曾有所删削，此次合集自当恢复原貌，不再一一注明。

春华秋实，几度寒暑，青灯黄卷，甘苦自知。记得董桥先生尝言："人在原稿纸的格子中沉浮，方知此中之难处。"经历了这本书的写作，愈觉高见甚是。限于水平，疏漏及不当之处在所难免，恳盼读者诸君不吝指正。

周　洋
二〇一七年三月于沪上入梦来斋

408